Verena Rabe

Ein Lied für die Ewigkeit

Über dieses Buch:

Eine Liebe, die immer in Erinnerung bleibt … 40 Jahre hat die Sängerin Elisabeth den Amerikaner John nicht mehr gesehen, doch bei einem Konzert begegnet sie ihm plötzlich wieder. Während der Olympiade 1936 im Berlin verband die beiden eine leidenschaftliche Liebe – obwohl Elisabeth die heimliche Freundin des jüdischen Komponisten Chaim war. Als dieser auf tragische Weise aus ihrem Leben schied, trennten sich auch die Wege von Elisabeth und John. Heute sind ihre Gefühle füreinander stärker als je zuvor … Doch können sie die Schatten der Vergangenheit überwinden?

Über die Autorin:
Verena Rabe studierte Neuere Geschichte in Göttingen und München und arbeitete als Journalistin, bevor sie Ende der 90er Jahre begann, Romane zu schreiben. Recherche vor Ort und Interviews mit Zeitzeugen sind fester Bestandteil ihrer Arbeit als Autorin. Sie hat zwei erwachsene Kinder und lebt mit ihrem Mann in Hamburg, verbringt aber viel Zeit in ihrer zweiten Heimat Berlin.

Verena Rabe

Ein Lied für die Ewigkeit

Roman

Genehmigte Lizenzausgabe 2017
der Buchvertrieb Blank GmbH, Vierkirchen
Copyright by 2016 dotbooks GmbH, München
Umschlaggestaltung: HildenDesign, München, www.HildenDesign.de
Umschlagabbildung: © HildenDesign unter Verwendung mehrerer
Motive von Shutterstock.com
Gesamtherstellung: GGP Media GmbH, Pößneck
Printed in the EU
ISBN 978-3-94601-258-0

Für Jörg, Anna-Stina und Johannes

Prolog

Die weiße Farbe deckte nicht. Der Anstreicher Kurt und sein Kollege Emil fluchten, weil ihre Handgelenke schon schmerzten und die Farbe stank. Bereits zum dritten Mal mussten sie überstreichen.

»Eine Drecksarbeit ist das, würde lieber wieder stempeln gehen als mich hier abschuften«, murrte Emil. »Kurt, lass uns eine Pause einlegen.« Sie setzten sich nebeneinander hin und aßen ihre Stullen.

»Weißt du, warum die sich eigentlich diese Mühe machen?«, fragte Emil. »War doch gut so. Unsereins hat immer einen Sitzplatz bekommen. Von mir aus können die das so lassen.«

»Ist wohl wegen der Olympiade und dem internationalen Besuch«, sagte Emil. »Wart's ab, in drei Wochen ist alles so wie vorher. Deinen Sitzplatz haste sicher bald wieder. Los ran, damit wir fertig werden.«

Kurt nahm den Pinsel und tauchte ihn tief in den Farbtopf. Nach einigen Minuten war auch das letzte »Für Juden verboten« verschwunden.

1. Kapitel

Wann war sie mit Chaim zum ersten Mal hier in dem Wald in der Nähe von Kladow gewesen? 1934 – vor jetzt 46 Jahren. Damals hatte sie sich trotz ihrer knapp zwanzig Jahre älter und verbrauchter gefühlt als heute mit 66. Jetzt befand sich der Wald in unmittelbarer Nähe der Mauer. In der Ferne hörte Elisabeth Brandt Schäferhunde hysterisch bellen, die an langen Leinen Patrouille liefen. Eigentlich war es kein idyllischer Ort mehr. Aber hier konnte sie ihrem Freund in Gedanken nahe sein.

Hier hatten Chaim Steinberg und sie sich früher im knietiefen Gras vor neugierigen Blicken verborgen, wenn sie sich küssen wollten, und sie hatte ihm Geschichten über die Gestalten erzählt, die sie in den vorbeiziehenden Wolken erkannte.

Elisabeth Brandt breitete eine Decke aus und holte eine Wasserflasche und ein Paket mit Hähnchenschenkeln, Tsatsiki und Brot aus dem Rucksack. Als Nachtisch gab es einen kleinen Apfelkuchen und Kaffee mit Milch und Zucker aus der Thermoskanne. Fast wie früher, dachte sie.

Auch mit ihren Eltern hatte sie als Kind hierher Ausflüge unternommen. Sie war mit ihrem Vater barfuß durch das Gras gelaufen, während ihre Mutter das Picknick vorbereitete. Und nach dem Mittagessen hatte sie ihre Mutter manchmal in den kühlen Innenraum der Sakrower Kirche begleitet, denn zu der Zeit hatte ihre Mutter ihren christlichen Glauben noch nicht durch den Glauben an den Nationalsozialismus ersetzt. Elisabeth sah ihr beim Beten zu und versuchte zu verstehen, was sie mit gesenktem Kopf vor sich hin murmelte. Wenn es ihr zu langweilig wurde, lief sie in den Wald, wo ihr jüngerer Bruder Helmut Höhlen baute, jetzt lag die Sakrower Kirche im Niemandsland. Es wurden dort keine Gottesdienste mehr abgehalten.

Elisabeth versuchte es sich auf der Decke bequem zu machen und bedauerte, nicht den kleinen Klappstuhl von ihrem Balkon mitgenommen zu haben. Nun gut, es würde auch so gehen. Sie tunkte die Hähnchenkeule in den Tsatsiki und wischte sich die Hände an einer blauen Stoffserviette ab. Sie wollte nicht jünger sein, schon allein deshalb, weil sie jetzt nicht mehr so sehr darauf achten musste, magere Sachen zu essen. Sie fand sich schöner mit etwas mehr auf den Rippen, jedoch ohne ein hageres, faltiges Gesicht.

Jetzt etwas Wein, dachte sie, aber sie hatte ihn extra zu Hause gelassen, weil sie einen klaren Kopf behalten wollte.

Wenn du hier wärst, Chaim, würdest du eine Melodie

summen und es gar nicht bemerken, sprach sie in Gedanken mit ihrem Freund. So war es immer gewesen, und bis zum heutigen Tag hatte Elisabeth die Melodien nicht vergessen.

Hatte Chaim an diesem Ort nicht zum ersten Mal darüber gesprochen, dass er für sie Lieder komponieren wollte?

Sie hatten einen Picknickkorb mit Frikadellen, Brot, Bier, Wasser und Schokolade gepackt und waren am frühen Morgen nach Sakrow hinausgefahren.

Sie gingen Hand in Hand über die Wiese zu ihrem Lieblingsplatz am See, und Elisabeth dachte verwundert: So fühlt es sich also an, wenn man glücklich ist.

Sie kannten und liebten sich jetzt ein Jahr und lebten in Chaims kleiner Wohnung unterm Dach zusammen, aber Elisabeth hatte ihre winzige Wohnung nicht aufgegeben, denn sie wusste, dass Chaim, wenn er komponieren wollte, allein sein musste, und es war nie vorauszusehen, wann es so weit war, mitten in der Nacht oder am frühen Morgen. Selten war er in der Lage, es vorher anzukündigen. Und für diese Fälle war es besser, schnell und ohne Vorbereitung gehen zu können.

Nach dem Essen legte sich Chaim neben sie ins Gras. Sie bettete ihren Kopf an seiner Schulter. Er wickelte eine Locke ihres blonden Haares um seinen Finger und spielte gedankenverloren damit. Manchmal ziepte es, aber sie sagte nichts, weil er vor sich hin summte und ganz weit weg zu sein schien.

Zuerst klang es nach Swing und ähnelte den Liedern, die sie abends in einer Bar in der Nähe des Kurfürstendammes sang. Aber dann summte Chaim plötzlich etwas, das überhaupt nicht dazu passte: Es war langsamer und melancholisch. Er wechselte immer wieder zwischen Dur und Moll, und sie dachte am Anfang, es handele sich um zwei Melodien, aber dann hörte sie genauer hin, und die beiden Melodien verschmolzen zu einem Lied.

»Was ist das?«, wagte sie nach einer Weile zu fragen. Chaim ließ ihr Haar los, drehte sich auf die Seite und stützte seinen Kopf mit der Hand ab. Dabei rutschte sein Pullover an den Ärmeln hoch, und Elisabeth konnte die helle, nur ganz leicht gebräunte Haut auf seinem Unterarm erkennen und die teure Uhr an seinem Handgelenk, ein Überbleibsel aus besseren, wohlhabenderen Tagen.

Sie betete seine Hände mit den schmalen Handgelenken und den sensiblen Fingern an. Sie hätte sie gern geküsst, aber sie tat es nicht, denn sie wusste, dass Chaim jetzt keinen Sinn für Zärtlichkeiten hatte, weil er über seine Musik sprechen wollte.

»Das bist du«, sagte er. »Die Melodie, die mir gerade eingefallen ist, das bist du.« Seine dunkelbraunen Augen flackerten.

»Ich wollte schon lange etwas für dich komponieren, aber es ist schwerer, als ich angenommen habe. Zuerst dachte ich an ein fröhliches, schwungvolles Stück, wie die Lieder, die du abends singst, aber dann war ich mir nicht mehr sicher. Denn du bist manchmal so traurig und in dich gekehrt. Jetzt habe ich die Lösung, hör zu.« Er summte es ihr noch einmal vor.

»Der mittlere Teil klingt fremd«, sagte Elisabeth.

»Ja, das stimmt, aber ist es nicht ein wenig wie etwas von Grieg? Ich möchte einen Liederzyklus für dich schreiben, und den kannst du dann aufführen, wenn das Theater mit den Nazis vorbei ist. Dann wirst du in einem Konzertsaal singen, und ich werde dich am Klavier begleiten. Und es wird keinen interessieren, dass ich Jude bin. Lange wird es nicht mehr dauern.«

»Wie kannst du nur so optimistisch sein?«, sagte sie und dachte daran, wie verzweifelt er ausgesehen hatte, als er ihr erzählte, dass er im Frühjahr 1933 plötzlich nicht mehr als Assistent des Musikalischen Leiters beim Hamburger Stadttheater hatte anfangen können, obwohl ihm die Stelle schon sicher gewesen war.

»Du wirst sehen«, sagte Chaim lächelnd und küsste sie auf den Mund. Sie wünschte, dass sie ihm glauben könnte.

In den folgenden Tagen komponierte Chaim ununterbrochen, aber dieses Mal wollte er nicht, dass sie ging. Sie saß neben dem Klavier und las, während er spielte, sie schlief in seinem Bett oder kochte etwas für ihn, das er aß, ohne zu merken, was es überhaupt war. Es war eine magische Zeit; sie fühlte sich ihm nahe, obwohl er nichts anderes wahrnahm als seine Musik, denn er komponierte für sie.

Er hatte sie gebeten, die Texte zu schreiben, und als die Melodien fertig waren, fing sie an. Sie verwendete ihre eigenen Gedichte als Vorlage, die sie bisher nur Chaim gezeigt hatte. Die meisten beschrieben eine melancholisch-sehnsüchtige Stimmung, aber das gefiel ihrem Freund, denn genauso fühlte er sich fast immer, wenn er nicht musizierte oder sich in Gedanken mit Musik beschäftigen konnte.

Deine Lieder sind bis heute nicht aufgeführt worden, Chaim, es wird Zeit, dachte Elisabeth. Es kam oft vor, dass sie in Gedanken mit ihm sprach, und manchmal bewegte sie dabei auch die Lippen und musste sich darauf konzentrieren, nicht vor sich hin zu murmeln. Meine Stimme ist in den vergangenen Jahren ein wenig brüchig geworden. Ich werde nicht singen, aber du wirst mich ja auch nicht mehr begleiten können. Ich habe eine Sängerin gefunden, die mich an mich als junge Frau erinnert. Sie ist ein fröhlicher Mensch, aber irgendwie umgibt sie auch etwas Tragisches, als ob sie schon viel durchstehen musste. Ich habe sie nicht danach gefragt, aber die Lieder habe ich ihr während einer Gesangsstunde gegeben, und sie war sofort begeistert. Sie wollte sie unbedingt in der Musikhochschule aufführen, sicher auch weil sie ihre Professoren beeindrucken will. Sie präsentiert schließlich Lieder eines unbekannten jüdischen Komponisten, aber mir ist es egal, aus welchen Beweggründen sie die Lieder singt, solange sie nur endlich aufgeführt werden.

Ich habe deine Schwester in New York angerufen, Chaim, und sie hat mir Geld überwiesen, damit ich alles organisieren kann. Sie wäre so gerne selbst zum Konzert gekommen, aber nach ihrem Schlaganfall traut sie sich den langen Flug nicht mehr zu. Ruth hat dich sehr geliebt und wird dich niemals vergessen. Ich werde während des Konzertes in Gedanken ihre Hand halten und mit den Tränen kämpfen.

»Ach wirklich«, höre ich dich sagen. Deine Augenbrauen sind hochgezogen, das soll spöttisch wirken, aber in deinen Augen lese ich Bitterkeit. Ja, mein Lieber, ich werde um dich weinen, hoffentlich wirst du es erfahren, wo auch immer du jetzt bist. Ich vermisse dich. Ich weiß, es gab eine Zeit, da empfand ich anders, aber lass uns nicht wieder davon anfangen, bitte.

2. Kapitel

Seitdem Katja Zaron wusste, dass sie im Kammersaal an der Musikhochschule in der Fasanenstraße auftreten würde, konnte sie abends nicht mehr einschlafen. Sie lag meistens bis vier Uhr morgens wach, ehe sie erschöpft in den Schlaf sank. Heute Nacht ging sie in Rainers Zimmer. Ihr Freund bemerkte gar nicht, dass sie aus ihrem eigenen Bett floh, in dem er auf dem Bauch und mit ausgebreiteten Armen schlief. Sie setzte sich in seinen dunkelbraunen Ledersessel, den er von zu Hause mitgebracht hatte und der ihr bei seinem Einzug beinahe einen Bandscheibenvorfall beschert hatte, weil er so schwer war. Sie versuchte sich auf Lektüre für Minuten von Hermann Hesse zu konzentrieren, aber es gelang ihr nicht. Rainers andere Bücher interessierten sie nicht. Er las nur Biografien berühmter Leute, deren Namen sie zuletzt im Geschichtsunterricht ihres Gymnasiums gehört hatte, und Bücher über Wirtschaft. Er besaß auch die gesammelten Werke von Goethe und Theodor Storm in Ledereinbänden, aber davon zog sie nichts an, schon gar nicht nachts um ein Uhr, wenn der Rest der Wohngemeinschaft schlief. Ganz hinten in einem Bücherregal versteckt bewahrte Rainer seine erotische Literatur auf, aus der sie sich gegenseitig ab und zu vorlasen, wenn sie mal allein in der Wohnung waren: Geschichten von Anais Nin, Henry Miller und Charles Bukowski, aber Katja hatte keine Lust, sie allein zu lesen, und wecken wollte sie Rainer auch nicht. Sie übernachteten fast immer in ihrem Zimmer, es war größer und heller. Das Fenster ging zum Innenhof hinaus, in dem eine Sandkiste stand, die nie benutzt wurde, da niemand in ihrem Haus kleine Kinder hatte. Die Aussicht aus Rainers Fenster war noch trübsinniger, er sah auf ein Wellblechdach, auf dem sie im Sommer manchmal saßen und sich sonnten.

Katja hatte schon alles ausprobiert, um einschlafen zu können, abends noch Bier und Schnaps getrunken, war um Mitternacht in die Badewanne gegangen und hatte sich Melissenschaumbad in das Wasser gegossen. Jetzt legte sie Andreas Vollenweiders In the garden, under the tree auf und lag mit geschlossenen Augen auf Rainers Bett. Normalerweise brachte diese Musik ihre Gedanken zum Stillstand, und sie konnte sich entspannen, aber so kurz vor dem Konzert halfen auch Vollenweiders Harfenklänge nicht.

Werde ich es schaffen, werde ich mein Lampenfieber kontrollieren können, was geschieht, wenn ich patze?, fragte sich Katja ununterbrochen. Es war ihr erstes Konzert in der Musikhochschule.

Darüber, dass sie die richtigen Noten sang, machte sie sich keine Sorgen, sie hatte im vergangenen Monat fast nichts anderes geübt und ihre anderen Fächer schleifen lassen. Fast jeden Abend war sie die Lieder in einem der Probenräume der Hochschule durchgegangen, hatte die hässlichen Leuchtröhren an der Decke nicht mehr wahrgenommen und auch nicht die Kahlheit der beigefarbenen Wände und die Nüchternheit des Raumes. Gesang war gar nicht ihr Hauptfach, eigentlich studierte sie Schulmusik mit Schwerpunkt Klavier, aber der Aushang von Elisabeth Brandt am schwarzen Brett, der besagte, dass sie jemanden suchte, der Lieder des jüdischen Musikers Chaim Steinberg singen wollte, hatte sie gleich angesprochen. Denn ihre heimliche Leidenschaft gehörte dem Gesang, sie hatte immer im Chor gesungen, sich aber nicht vernünftig ausbilden können, weil es in St. Peter-Ording, wo sie aufgewachsen war, keinen guten Gesangslehrer gegeben hatte. Sie erkundigte sich bei ihren Kommilitonen über Elisabeth Brandt und erfuhr, dass sie in der Berliner Musikszene als Sängerin in Clubs bekannt war und ihre Interpretationen von Swing und Jazz immer noch als einmalig galten, obwohl sie seit einigen Jahren nicht mehr auftrat und nur noch unterrichtete.

Katja kaufte sich eine Schallplatte von Elisabeth Brandt mit Interpretationen von Cole-Porter-Songs. Sie legte sie zu Hause auf und kramte weiter in ihrem Zimmer herum, aber als Elisabeth zu singen begann, erstarrte Katja in der Bewegung. Diese Stimme berührte ihre Seele so tief, dass sie sich nach dem zweiten Lied weinend auf ihrem Sessel wiederfand. Diese Stimme brachte sie aus der Fassung, und ihr wurde auf einmal klar, dass sie viel lieber als Sängerin arbeiten wollte, als uninteressierte Schüler mit Musikunterricht zu quälen.

Vor ihrem ersten Treffen mit Elisabeth Brandt war Katja so nervös gewesen wie vor ihrer Abiturprüfung. Sie hatte Angst davor, den Ansprüchen dieser begnadeten Sängerin nicht zu genügen. Sie erwartete eine ernsthafte Frau in schwarzem Künstleroutfit und mit melancholischen Augen. Aber Elisabeth begrüßte sie mit einem breiten Lächeln, drückte ihre Hand und sagte ihr gleich, dass ihr Katjas Stimme am Telefon gefallen habe und sie schon sehr gespannt darauf sei, wie sie die Lieder singen würde. Katja war sofort fasziniert von dieser immer noch schönen Frau. Sie trug schwarze Marlene-Dietrich-Hosen und ein rotes T-Shirt mit tiefem Ausschnitt, und um ihre Haare hatte sie ein blaues Tuch geschlungen. Sie wirkte offen und freundlich, nur ihre randlose Brille, die viel zu eckig für ihr rundliches Gesicht war, passte nicht. Ohne Umschweife gab sie Katja die Noten und setzte sich ans Klavier.

»Versuchen Sie mal, das zu singen«, sagte sie. Keine Erklärung zum Komponisten. Chaim Steinberg. Mai 1934 stand auf dem Blatt, und das Lied hieß *Nacht am Meer*. Der Text beschrieb ein Liebespaar, das sich am Meer trifft; die Frau weiß, dass es das letzte Mal sein wird. Ziemlich kitschig, fand Katja, aber sie sagte nichts, weil sie wusste, dass Elisabeth den Text geschrieben hatte. Aber das Meer liebte sie, besonders die Nordsee im nordfriesischen St. Peter-Ording. Bei Ebbe ging man eine halbe Stunde über den Strand, bis man das Wasser erreichte, als ob man dem Meer hinterherlaufen musste. Bei Flut kamen die Wellen besonders im Herbst und im Winter manchmal bis zu den hölzernen Pfahlbauten mit ihren Restaurants.

Wenn Katja in Berlin am Wochenende zum Wannsee hinausfuhr, weil sie Wasser sehen wollte, versuchte sie, nicht an das Meer zu denken. Sie lag im Sand und redete sich ein, dass sie die vielen Menschen um sie herum nicht störten und sie die Segelboote auf dem See pittoresk fand, aber meistens half es nichts, und sie wurde traurig vor Sehnsucht nach dem Meer – eine Sehnsucht, die sie auch ergriff, als sie Nacht am Meer zum ersten Mal sang. Während sie sang, dachte sie an das wilde Tosen der Nordsee im Herbst, wenn es in der Nähe des Wassers so laut war, dass man sich nur noch schreiend unterhalten konnte. Und an das leise Plätschern der Wellen, wenn es mal im Sommer ganz windstill war, was selten vorkam. Sie sehnte sich nach dem salzigen Geschmack im Mund und danach, wie die Haut prickelte, wenn man lange in der

Kälte am Meer spazieren gegangen war. Aber vor allem vermisste sie die Weite. Wenn sie als kleines Mädchen mit ihrem Vater am kilometerlangen Strand spazieren gegangen war, hatte er ihr von England erzählt und über das Meer gezeigt. »Sieh, Katja, dort hinten ist England«, hatte er gesagt, »die Möwe, die eben noch bei uns auf dem Strand spaziert ist, fliegt da jetzt hin.« England war für sie ein Zauberland, das nach Zitronendrops schmeckte, die ihr Vater ihr von seinen gelegentlichen Geschäftsreisen nach London mitbrachte.

Als Katja Nacht am Meer sang, dachte sie an Zitronendrops und an ihre damit verbundene Sehnsucht nach England, das sie immer noch nicht kannte.

Elisabeth hatte sie die ganze Zeit beobachtet und war blass geworden. Danach war sie aufgestanden und hatte den Arm um sie gelegt, als ob sie Katja trösten wollte. »Du bist die Richtige für Chaims Lieder«, hatte sie gesagt. »Willst du sie für mich singen? Entschuldige, jetzt habe ich dich geduzt.«

»Ist in Ordnung.«

»Ich bin Elisabeth. Du hast genau die richtige Dramatik in der Stimme.«

Und Katja hatte genickt und sich geschämt, weil sie sich nur nach dem Meer, Zitronendrops und ihrem Vater gesehnt hatte, mit dem sie mindestens einmal in der Woche telefonierte, und weil bisher nicht viel Dramatisches in ihrem Leben geschehen war.

3. Kapitel

Ich bin feige, dachte John Smithfield, ich habe es nicht einmal geschafft nachzusehen, ob das Haus noch steht, in dem Chaims Familie bis zum Sommer 1936 wohnte, obwohl ich es Ruth Steinberg versprochen habe. Soll ich ihr sagen, dass ich es aus Zeitmangel nicht geschafft habe, oder ihr erzählen, dass das Haus noch steht und gerade renoviert wird? Möchte sie das lieber hören? Einerlei, was ich ihr sagen werde, sie wird es nicht überprüfen. Sie war seit ihrer Auswanderung nicht mehr in Deutschland, und ich glaube nicht, dass sie jemals hierher zurückkehren wird. Aber ich werde Ruth nicht vormachen können, dass ich bei Chaims Konzert war, dachte John. Sie wird zu viele Details wissen wollen und außerdem nach Elisabeth fragen.

Also würde er Ruth enttäuschen müssen, denn er wollte nicht nach Berlin fliegen. Er wollte hier in der VIP-Lounge des Hamburger Flughafens sitzen bleiben, Gin Tonics trinken, Erdnüsse essen und auf das nächste Flugzeug nach Frankfurt warten. Was würde es auch bringen, noch einmal in eine längst vergangene Epoche seines Lebens einzutauchen? Vielleicht konnten die anderen es verkraften, Ruth Steinberg und Elisabeth Brandt, vielleicht konnten sie auch nur so ihren Frieden finden. Er brauchte das nicht. Er hatte seinen Frieden mit sich längst gemacht.

Aber Ruth hatte so enthusiastisch geklungen, als sie ihm auftrug, nach Berlin zu fahren.

»Bitte sei dabei als meine Vertretung. Als Zeichen, dass es doch weitergegangen ist mit unserer Familie«, hatte sie gesagt. Warum musste ihm das ausgerechnet jetzt einfallen?

John Smithfield orderte noch einen Gin Tonic und sah ungeduldig auf die Uhr. Er wollte endlich in das Flugzeug nach Frankfurt steigen, Frankfurt war neutraler Boden. In Frankfurt würde er nicht Gefahr laufen, von seinen Erinnerungen heimgesucht zu werden. Das Einzige, was er in Frankfurt jemals gemacht hatte, waren gute Geschäfte.

Hamburg war zu gefährlich für ihn.

Schon gestern Abend, als er mit seinen Geschäftsfreunden im Fischereihafenrestaurant seinen offiziellen Rückzug aus dem Geschäftsleben feierte, weil er die Leitung seines Bostoner Groß- und Außenhandelsunternehmens Smithfield and Son in drei Wochen an seinen Sohn Michael übergeben würde, hatten die Erinnerungen ihn bestürmt. Vielleicht lag es nur am Wein, aber er begann davon zu erzählen, wie ihn sein Vater 1932 für ein Jahr nach Hamburg, in die Stadt seiner Vorfahren, geschickt hatte, weil er der Ansicht war, John solle sich als sein späterer Nachfolger und Inhaber von Smithfield and Son kulturell bilden, und wie er in Hamburg nach kurzer Zeit Chaim kennen gelernt hatte.

Er begegnete ihm in einer Kneipe. Chaim saß an einem Tisch direkt an der Wand, vor sich ein Blatt Papier, auf dem er unentwegt schrieb. John setzte sich zu ihm, weil nichts anderes frei war und er neugierig darauf war, was der Mann tat. Der Mann schrieb weiter, ohne ihn zu beachten.

»Bereiten Sie einen Spickzettel für eine Prüfung vor?«, fragte John schließlich. Seine Stimme klang heiser, denn es waren die ersten Worte, die er seit drei Tagen gesprochen hatte. Er kannte noch niemanden in Hamburg.

»Nein, ich komponiere«, antwortete der Dunkelhaarige mit den für einen Mann schmächtigen Schultern und beugte sich wieder über das Blatt.

»Und das geht in einer Kneipe? Hier ist es doch ganz schön laut«, redete John weiter. Er musste sich unterhalten, auch wenn er schon bemerkt hatte, dass sein Gesprächspartner davon nicht allzu begeistert zu sein schien.

»Nein, das macht eigentlich nichts, aber jetzt habe ich den Faden verloren«, sagte sein Tischnachbar.

»Doch hoffentlich nicht meinetwegen.«

»Allerdings.«

»Das tut mir Leid. Kann ich Sie zu einem Bier einladen als Wiedergutmachung?«

»Eigentlich trinke ich mittags kein Bier, aber in Ordnung«, sagte sein Gegenüber. »Ich heiße übrigens Chaim Steinberg.«

Chaim war der erste Künstler, dem John begegnete. Er wollte diesen feinfühligen Mann mit den tiefgründigen Augen unbedingt kennen lernen. Zuerst meinte Chaim, er habe keine Zeit für Freundschaft, aber als er bemerkte, dass John sich für seine Musik interessierte, fasste er Vertrauen.

John hörte ihm oft beim Üben zu, saß stundenlang im Klavierzimmer von Chaims Eltern, bewunderte Chaims Hingabe und seinen Ehrgeiz. Er selbst hatte kein Ziel, fühlte sich manchmal wie ein Stück Holz, das auf öliger See trieb. Er wusste nicht, ob ihm die Aussicht, das Familienunternehmen zu leiten, überhaupt gefiel.

Chaim schleppte ihn fast jede Woche in die Musikhalle, obwohl sich John anfänglich sträubte, denn er konnte eigentlich nichts mit klassischer Musik anfangen und liebte Swing. Aber davon wollte Chaim nichts wissen.

Zuerst ertrug John die Konzerte stumm vor sich hin leidend. Er verstand überhaupt nicht, was die da vorne auf der Bühne taten. Er langweilte sich, aber Chaim bemerkte es nicht, denn er las ununterbrochen in einem Klavierauszug oder einer Partitur, dirigierte mit einer Hand und setzte ihm nach jedem Konzert auseinander, an welcher Stelle der Dirigent Fehler gemacht hatte.

»Ich werde später besser sein«, sagte er, und John glaubte ihm sofort. Chaims Zukunftspläne standen fest. Er wollte ein berühmter Dirigent und Komponist werden, und John war davon überzeugt, dass sein Freund dieses Ziel erreichen würde.

Chaim war oft sehr ernst und melancholisch, ihn schien neben seiner Musik nicht viel anderes zu interessieren. Dennoch schaffte es John in diesem Jahr, seinem Freund die Welt näher zu bringen. Er schleppte ihn in Clubs, traf Verabredungen mit Mädchen für sie beide, segelte mit ihm auf der Alster und war glücklich, wenn Chaim über seine Scherze oder seinen Akzent lachte. Und Chaim lehrte ihn das Hören, er begann die Musik, die sein Freund liebte, zu verstehen, und als er die Slawischen Tänze von Dvorak hörte, verlor er sich zum ersten Mal in der Welt der Töne.

Nach diesem Konzert saßen Chaim und er im Musikzimmer der Steinbergs vor dem Kamin und waren schon beim dritten Cognac angekommen, als sein Freund mit schwerer Zunge, aber sehr ernsthaft zu sprechen begann.

»Ich möchte dir etwas zeigen.« Er hielt John einige eng beschriebene Bögen hin.

»Du hast auch ein Klavierkonzert komponiert? Warum hast du mir das nicht schon früher erzählt?«

»Ich hatte Angst, du würdest mich auslachen.«

»Blödsinn, ich bin stolz auf dich.«

»Ich habe es in Siena geschrieben. Da war ich vor zwei Jahren. Meine Mutter hatte mir diese Reise geschenkt. Sie wollte eigentlich mitkommen, aber sie wurde krank. Ich fuhr trotzdem, mietete mir ein kleines Zimmer in einer Pension direkt an der Piazza di Campo, mitten in der Stadt. Ich fühlte mich einsam, denn ich war vorher noch nie ohne meine Familie verreist. Abends ging ich nicht weg, sondern blieb auf meinem Zimmer. Weißt du, ich war nie so mutig wie du.«

»Mutig?«

»Ja, du bist einfach auf ein Schiff gegangen und hast deine Familie und deine Freunde für ein Jahr hinter dir gelassen. Das könnte ich nicht.«

»Dass ich meine Familie für ein Jahr nicht sehen würde, hielt ich eher für eine angenehme Aussicht. Besonders meinen alten Herrn. Der tyrannisiert mich immer mit seinen hochtrabenden Vorstellungen, was ich alles werden soll. Aber erzähl weiter.«

»Ich hockte in meinem kleinen Zimmer und tat nichts. Durch das offene Fenster hörte ich Stimmen und Gelächter. Erst am dritten Abend traute ich mich, hinunterzugehen und mich in ein Café auf dem Platz zu setzen. Es war warm. Ich beobachtete die Menschen und belauschte die Gespräche an den anderen Tischen. Es brachte mir mehr und mehr Spaß. All diese gestikulierenden Menschen, die ihr Herz auf der Zunge zu tragen schienen. Ich verstand kein Wort, aber das machte nichts. Aus dem Klang und Tonfall ihrer Stimmen konnte ich schließen, worüber sie sich unterhielten. Ziemlich schnell entwickelte sich aus diesen Eindrücken eine Melodie in meinem Kopf. Ich hatte kein Klavier und auch kein Notenpapier, also zeichnete ich Notenlinien auf mein Briefpapier und skizzierte die Melodie. Ich wusste, es war der Anfang eines Klavierkonzertes. Am nächsten Morgen kaufte ich mir Notenpapier und schrieb und schrieb. Es war magisch. Ich konnte mir wirklich nicht erklären, woher die Einfälle kamen, sie flogen mir zu.«

»Und dann?«

»Ich kehrte nach Hause zurück und legte die Blätter in eine Schublade. Da blieben sie bis vor kurzem. Ich hatte nie den Mut, sie mir wieder anzusehen. Aber jetzt kann ich wieder komponieren. Du inspirierst mich«, hatte er damals gesagt und ihn angelächelt. Und John hatte nicht gewusst, was er darauf erwidern sollte.

Chaim würde es mir niemals verzeihen, wenn er erführe, dass ich nicht zu dem Konzert gefahren bin, dachte John. Zwar würde das Klavierkonzert nicht aufgeführt werden, aber Chaims Lieder, die er für Elisabeth geschrieben hatte. Werde ich sie wiedersehen?, fragte er sich. Bisher hatte er sich verboten, an Elisabeth zu denken. Jetzt bestürmten ihn die Gedanken an sie.

Ob sie auch selbst singen wird? Als sie Anfang zwanzig war, hatte er sie singen hören. Ihre Stimme war damals fantastisch gewesen. Das war unendlich lange her. Er wusste nicht, ob er Elisabeth überhaupt Wiedersehen wollte, aber es hatte eine Zeit gegeben, da hätte er alles für so eine Gelegenheit hergeschenkt. Sollte er sie jetzt vorübergehen lassen, auch wenn ihm nicht klar war, was geschehen würde, wenn er nach all der Zeit wieder vor ihr stände?

Statt nach einer Antwort zu suchen, ergriff John sein Handgepäck, legte sich seinen blauen Trenchcoat über den Arm und verließ die Lounge in Richtung PanAm-Schalter.

4. Kapitel

Elisabeth sah auf die Uhr. Schon vor einer Viertelstunde hatte Katja zur Probe erscheinen sollen. Warum waren kreative Menschen oft der Ansicht, Pünktlichkeit sei etwas für Buchhalter und nicht für sie? Chaim hatte nie Reue gezeigt, wenn er sie hatte warten lassen oder ihre Verabredung sogar einfach vergaß. Zuerst hatte sie es geheimnisvoll gefunden, dass ihr Freund sich nur selten an ausgemachte Termine hielt. Es war ja auch nicht schlimm gewesen, denn wenn er ein Treffen mit ihr wieder einmal vergessen hatte, ging sie einfach in seine Wohnung, um ihn abzuholen. Dort fand sie ihn fast immer am Klavier, und sie wusste genau, dass es keinen Sinn hatte, ihm Vorwürfe zu machen, weil er beim Musizieren die Zeit vergaß.

Aber später, als sie nicht mehr bei ihm wohnte, als sie sich nur noch zu bestimmten Zeiten und an einsamen Plätzen treffen konnten, ärgerte es sie, dass er so unzuverlässig war, und nicht nur einmal hatte sie vor Kälte gezittert, während sie auf ihn wartete, und auch vor Angst, dass ihm etwas zugestoßen sein könnte.

Die Tür flog auf, und Katja kam herein. Sie trug einen Strohhut und ein rotes, weit ausgeschnittenes Sommerkleid, das kurz über den Knien endete. Sie hatte schlanke, gebräunte Beine, ihre Füße steckten in hochhackigen, roten Sandalen. Sie sieht blendend aus, stellte Elisabeth ein wenig neidisch fest. Als sie mit Chaim zusammenwohnte, hatte sie auch so ausgesehen, aber heute trug sie keine kniefreien Kleider mehr, sondern Hosen mit weiten Beinen und Gummizug, darüber Hemden oder T-Shirts in Rot, Schwarz, Weiß oder Blau. Sie schmiegten sich an ihre Figur, sie hatte eine immer noch schlanke Taille, auch wenn sie nicht mehr ganz so schmal war wie früher. Ihre Oberschenkel waren dicker geworden, aber immer noch straff. Eigentlich war sie mit sich zufrieden. Dennoch gab es Momente wie diesen, in denen sie sich wünschte, noch einmal so jung zu sein wie Katja, die gerade Mineralwasser aus der Flasche trank. Sie wirkte so sorglos, und Elisabeth beneidete sie um diese Sorglosigkeit, denn sie selbst hatte in ihrer Jugend solche Zeiten unbeschwerter Sorglosigkeit nicht erlebt.

Katja entschuldigte sich nicht für ihr Zuspätkommen.

»Lass uns anfangen, wir haben diesen Raum nur für zwei Stunden«, sagte Elisabeth. Es hatte keinen Sinn, sie wegen ihrer Unpünktlichkeit zu rügen.

Die junge Frau stellte sich in Position, machte sich gerade und begann mit den Tonübungen. Alles Fahrige fiel von ihr ab. Sie modulierte ihre Stimme exakt, ihre Bauchdecke hob und senkte sich unter dem eng anliegenden Stoff des Kleides.

Elisabeth begleitete die Übungen am Klavier. Während der Proben übernahm sie diesen Part, aber für das Konzert hatte sie einen Pianisten engagiert, weil sie befürchtete, die Fassung zu verlieren, wenn sie selbst Chaims Lieder begleitete.

Sie schlug den Klavierauszug auf, den sie hatte drucken lassen, weil die Originalnoten auseinander gefallen waren.

»Lass uns mit Nacht am Meer beginnen«, sagte sie zu Katja.

Elisabeth erinnerte sich noch genau, wie sie den Text geschrieben hatte. Damals wohnte sie bei ihren Eltern in dem kleinen, weißen Haus mit dem ordentlichen Vorgarten in Wilmersdorf. Sie wusste nicht, ob es noch stand, sie wollte es auch gar nicht wissen. Sie hatte seit ihrem Auszug 1933 immer einen Bogen um diese Gegend gemacht. Ihre Eltern lebten schon lange nicht mehr dort, sie waren kurz nach dem Krieg nach Chile ausgewandert. Mehr wusste Elisabeth nicht, und es interessierte sie auch nicht.

Nacht am Meer hatte einen zutiefst melancholischen Text. Die Frau weiß, dass sie ihren Geliebten nur noch dieses eine Mal sehen kann, sagt es aber nicht, sondern verabschiedet sich in Gedanken von ihm, während sie die Nacht mit ihm verbringt. Dieses Klagelied auf eine verlorene Liebe inspirierte Chaim zu einer Melodie, bei der das Klavier nur die Akzente setzte.

Trotz ihrer scheinbaren Unbekümmertheit war sich Elisabeth sicher, dass Katja den Schmerz kannte, den der Verlust eines geliebten Menschen hervorrief. Sie schloss beim Singen die Augen, und in ihrer Stimme schwang Trauer mit. Natürlich hätte ich es selbst noch besser singen können, dachte Elisabeth und bedauerte nicht zum ersten Mal, dass sie nicht schon vor Jahren den Mut gefunden hatte, Chaims Lieder aufzuführen.

Wie schön Chaim gewesen war, als er Melodien zu ihrem Text improvisiert hatte. Sein Kopf erstrahlte im Schein der untergehenden Sonne, der durch das Dachfenster fiel. Er hatte sein Gesicht über die Tasten gebeugt, und seine Finger folgten seinen Eingebungen. Elisabeth hatte sich in den alten Sessel gesetzt, der dem Klavier gegenüberstand, und ihm zugesehen.

Er war der einzige Mann, dessen Aussehen sie jemals gerührt hatte. Seine Haut war eigentlich zu zart und blass für einen Mann. Neben seinen schmalen Fingern wirkten ihre eigenen derb. Seine schmalen Schultern hielt er so, als ob die Last der ganzen Welt auf ihnen läge. Er war fast immer ernst, nur in den Augenblicken der Entrückung, wenn er seinen Geist und seine Seele ganz der Musik öffnete, verlor er den melancholischen Zug, der sonst in seinen Mundwinkeln saß, und er wirkte glücklich.

Der scheppernde Klang seines alten Klaviers kümmerte ihn nicht, obwohl er auf einem Steinwayflügel Klavierspielen gelernt hatte, denn er hörte seine Musik in einer Vollendung, mit der es kein Flügel dieser Welt hätte aufnehmen können.

Das Leben mit Chaim machte sie glücklich, auch wenn sie wusste, dass seine Musik ihm wichtiger war als sie. Im Club trat sie als Sängerin auf, sie verdiente gut. Chaim brauchte nicht viel, er trug immer noch die Kleider, die er in Hamburg gekauft hatte. Sie gingen selten aus, und die Miete war niedrig. Er bekam Geld vom Jüdischen Kulturbund und spielte ab und zu abends in den großen Hotels. Und danach kehrte er zu ihr in seine Wohnung zurück und liebte sie vorsichtig und langsam. Aber immer öfter sehnte sie sich nach einem leidenschaftlichen Liebhaber, sie vermisste Fröhlichkeit und Ausgelassenheit, auch wenn sie versuchte, sich diese Sehnsucht zu verbieten.

Nach der Probe war Katjas Oberteil durchgeschwitzt, und auch Elisabeths T-Shirt klebte. Eigentlich hätte sie sofort nach Hause gehen und sich umziehen mögen, aber Katja fragte sie, ob sie noch einen Kaffee mit ihr tränke. Elisabeth wunderte sich über sich selbst, dass sie zustimmte, denn sie wollte mit ihren Gedanken an Chaim allein sein. Aber Katja schien es sehr wichtig zu sein, mit ihr zu sprechen.

Sie setzten sich in ein kleines Café. Hier drinnen waren sie die einzigen Gäste, die anderen Leute hatten sich draußen vor der Tür einen Platz gesucht. Es war sonnig und warm, aber sie beide genossen die Kühle und Ruhe im Innenraum. Elisabeth steckte sich eine Gauloise an, hielt ihrer Schülerin die Schachtel hin, und zu ihrer Überraschung nahm Katja auch eine Zigarette. Normalerweise winkten die jungen Sänger mit der Begründung ab, sie wollten sich durch das Rauchen nicht ihre Stimme verderben. Elisabeth konnte das nicht nachvollziehen, sie hatte eigentlich immer geraucht, zwar nie so viel, dass ihre Atemtechnik dadurch beeinträchtigt wurde, aber doch genug, um sich als Raucherin zu fühlen.

»Eigentlich rauche ich ja nicht, aber ich bin jetzt so nervös, weil ich dich etwas fragen möchte«, sagte Katja und wurde sogar rot. Nicht zum ersten Mal wunderte sich Elisabeth über die Schüchternheit dieser jungen, schönen Frau. Sie sah Katja lächelnd an und wartete.

»Vielleicht ist es indiskret, aber ich würde gerne mehr über Chaim Steinberg wissen. Bisher kenne ich nur seine Musik und das wenige, was du mir erzählt hast. Du standest ihm doch nahe?«

»Ja, ich liebte ihn sehr.«

»Wie war er? Um eine solche Musik zu schreiben, muss er sehr einfühlsam gewesen sein.«

»Ja, beinahe zu sehr. Manchmal hatte ich den Eindruck, er sei nur zufällig auf dieser Welt und sein Platz wäre sonst irgendwo anders. Als er klein war, wollte er ein Vogel werden, erzählte er mir. Er hatte sich auch schon genau überlegt, wie er es anstellen würde. Er würde sich beim Schwimmen in der Elbe einfach zu weit hinauswagen und dann untertauchen, sich tot stellen, bis die Strömung ihn mitrisse. ›Und wenn ich dann gestorben bin, erhebe ich mich als Vogel aus den Fluten, so stellte ich mir das vor‹, erklärte er mir einmal. Und ich war mir sicher, dass er den Plan, sich zu ertränken, in die Tat umgesetzt hätte, wenn ihn seine Mutter nicht rechtzeitig darüber hätte aufklären können, dass ein Mensch sich nach seinem Tod nicht einfach in einen Vogel verwandelt. Chaim hing nicht sehr am Leben«, sagte Elisabeth, aber sie wusste nicht, ob das sein Lebensgefühl richtig beschrieb. Er war nicht depressiv oder lebensmüde gewesen. Aber für ihn ergab das Leben nur dann einen Sinn, solange er musizieren konnte.

»Wie habt ihr euch kennen gelernt?«, fragte Katja.

Elisabeth war Chaim in einer eleganten Wohnung in Zehlendorf begegnet, einer dieser Wohnungen, die ihr mit Anfang zwanzig unendlich viel Respekt einflößten. Die Decken waren verschwenderisch mit Stuck verziert, bei jedem Schritt knarrte der Parkettfußboden, in den Intarsien eingelegt waren. Große orientalische Teppiche dämpften die Schritte. Drei ineinander übergehende Räume wurden durch weiß lackierte Flügeltüren getrennt: eine Bibliothek mit schweren braun-roten Ledermöbeln, in der Mitte ein Salon, an der Wand ein weißer Schrank, gefüllt mit Meißner Porzellanfiguren, unter den Fenstern zierliche weiße Sessel und kleine Mahagonitische.

Ein schlanker, feingliedriger Mann lehnte am Fenster des Salons und schaute mit einem Ausdruck, der zwischen Langeweile und Melancholie schwankte, über die anderen Gäste hinweg. Er trug seinen Frack mit einer natürlichen Eleganz, als ob er das täglich täte. Er war nicht unsicher, obwohl er abseits stand und von den anderen in Ruhe gelassen wurde und sie ihn respektvoll aus der Ferne beobachteten. Das muss Chaim Steinberg sein, dachte Elisabeth, der vielversprechende junge Musiker, der heute Abend spielen soll.

Im dritten Zimmer, das größer war als Elisabeths gesamte Wohnung, befand sich ein gelber Flügel, und davor waren Stühle aufgereiht. Sie hatte zu viel Sekt getrunken, weil sie sich in dieser Umgebung nicht wohl fühlte. Sie hatte eigentlich nicht kommen wollen, aber ihre jüdische Schulfreundin Charlotte, die sich um sie kümmerte, seit sie nicht mehr bei ihren Eltern lebte, hatte sie dazu überredet.

»Du musst mal etwas anderes sehen als deinen Club, dreckiges Geschirr und die mürrischen Gesichter der Gäste«, hatte sie gesagt. Es war Anfang 1934, und sie arbeitete in einem Club als Zigarettenverkäuferin und Kellnerin.

»Ich habe überhaupt nichts anzuziehen«, hatte sie sich noch gewehrt. Daraufhin hatte Charlotte ihr ein dunkelblaues Kleid mit kleinem, rundem Ausschnitt und Faltenrock übergestülpt und ihr noch eine lange Perlenkette umgehängt. Ich sehe fast so aus, als ob ich zu dem Kreis gehören würde, dachte Elisabeth, aber sie fühlte sich nicht wohl bei dem Gedanken.

Die Dame des Hauses stellte Chaim Steinberg vor. Er habe leider in der heutigen Zeit wenige Möglichkeiten aufzutreten, sagte sie, und sie sei besonders froh darüber, ihn durch dieses bescheidene Hauskonzert fördern zu können.

Chaim verbeugte sich kurz in Richtung der Stuhlreihen und setzte sich dann an den Flügel. jetzt hob er die Hände und spielte die ersten Töne. Er berührte die Tasten behutsam, als ob er sich nicht sicher wäre, dass sie sich ihm fügen würden, und er sie durch sanftes Streicheln gnädig stimmen könnte. Er ging mit ihnen ein Bündnis ein. Ich behandele euch gut, schien er sie zu beschwören, und ihr gehorcht mir, ohne dass ich dränge. An seiner Art zu spielen war nichts aggressiv oder theatralisch, es fiel ihm leicht. Er sah gar nicht in die Noten, die ein junges Mädchen für ihn umblätterte. Er spielte Fugen und Präludien aus dem Wohltemperierten Klavier von Bach auswendig. Ab und zu bewegte er die Lippen, als ob er den Flügel mit nur ihm bekannten Zaubersprüchen beschwor. Seine Haut schimmerte alabasterfarben im Kerzenlicht, dunkelbraune, kurz geschnittene Locken rahmten sein langes, schmales Gesicht ein.

Aber am meisten beeindruckte Elisabeth, dass er seine selbst komponierten Stücke im Anschluss mit geschlossenen Augen spielte. Seine Stücke erinnerten sie an die jüdischen Volkslieder, die sie von Charlotte kannte, aber die Melodien waren komplizierter und klangen trauriger.

Beim Applaus stand Chaim auf und verbeugte sich, eine Hand lag auf dem Flügel, als ob er damit ausdrücken wollte, dass nicht nur er, sondern auch das Instrument den Erfolg verdiente.

Sie hatte schon lange vor ihrer Begegnung davon geträumt, einen Musiker zu lieben, einen, der sich mit seiner Seele in der Musik verlor, denn sie glaubte, ein so empfindsamer Mensch würde ihre Zerrissenheit und Verletzlichkeit verstehen. Und sie erhoffte sich genau das von Chaim Steinberg, als sie ihn spielen sah. Nein, sie war sich sicher, dass er sie niemals verletzen könnte, weil er selbst so empfindsam war. Als sie ihm zuhörte, stellte sie sich augenblicklich vor, wie es wäre, mit ihm zusammenzuleben. Sie würden behutsam miteinander umgehen, seine Musik würde ihre Tage bestimmen. Sie würde ihm Freiraum für seine Kompositionen lassen, ihm beim Spielen über die Schulter gucken. Sie wollte für ihn sorgen und die alltäglichen Dinge für ihn übernehmen. Nur, wie sollte sie ihm begreiflich machen, dass sie die richtige Frau für ihn war?

Nach dem Konzert schüttelte er geistesabwesend Hände und ließ das Lob geduldig über sich ergehen. Was hatte sie ihm zu bieten? Sie gehörte nicht in diese Gesellschaft, die offensichtlich seine war, sie fand sich nicht hübsch, und sie war bestimmt nichts Besonderes. Es würde nicht ausreichen, einfach auf ihn zuzugehen, sich vorzustellen und ihn genauso wie die anderen zu loben. Sie musste ihn auf andere Weise für sich gewinnen:

Sie könnte singen. Sie könnte ihn bitten, sie dabei zu begleiten. Vielleicht würde ihn ihre Stimme interessieren. Sie machte der Gastgeberin diesen Vorschlag. Dabei vermied sie es, Chaim anzusehen. Sie brauchte es gar nicht zu tun, um zu wissen, was er dachte. *Ich soll jetzt mit irgendeiner Laiensängerin musizieren, die sich für berufen hält? Was für eine Strafe!*

»Ja, das ist eine hervorragende Idee«, griff Charlotte ein, »Elisabeth singt den besten Swing, den ich in Berlin gehört habe, und wir sind doch unter uns. Herr Steinberg, was denken Sie, begleiten Sie meine Freundin?«

»Ich kenne mich mit Swing nicht aus«, antwortete er.

»Macht nichts, ich habe ein paar Noten, Sie können doch mit Sicherheit vom Blatt spielen.«

»Also gut«, sagte er zögernd und etwas mürrisch.

»Nicht gerade sehr charmant«, sagte Katja. »Nein, wirklich nicht, er fand mich auch zuerst überhaupt nicht attraktiv, hat Chaim mir später gestanden. Er dachte nur: Meine Güte, wer ist diese überspannte Person, die unbedingt mit mir singen will?«

»Na, Klasse.«

»Aber dann habe ich angefangen zu singen. Und er verpasste den nächsten Einsatz, weil er so verblüfft war, dass ich wirklich singen konnte. Er war erschüttert, erzählte er mir später, weil er meine Stimme wunderschön fand, weil er sofort das Gefühl hatte, dass ich der Mensch sei, der ihn vollkommen verstünde und nach dem er schon lange auf der Suche war.«

»Und wie ging es dann weiter?«, fragte Katja.

»Wir verließen die Party gemeinsam und blieben zusammen, ohne darüber auch nur zu sprechen.«

»Ich habe noch nie jemanden getroffen und gleich gewusst, dass er der Richtige für mich ist«, seufzte Katja.

Elisabeth sah sie lächelnd an. »Ich weiß nicht, ob ich diese Erfahrung weiterempfehlen kann. Meistens endet es ziemlich traurig«, sagte Elisabeth, und Katja traute sich nicht mehr weiter zu fragen.

Aber das Gespräch beschäftigte sie noch, als sie mit der Bahn nach Spandau fuhr. Wie musste es sein, sich jemandem bei der ersten Begegnung in die Hände zu geben, ohne sich eine Hintertür offen zu halten? Sie konnte sich das nicht vorstellen. Liebe auf den ersten Blick gab es für sie nicht. Aber Elisabeth hatte es so glaubwürdig erzählt, dass es Katja auf einmal schwer fiel anzunehmen, sie hätte sich alles nur eingebildet. Vielleicht fehlt mir selbst auch nur die nötige Fantasie und Leidenschaft, um so etwas zu empfinden, oder auch der Mut, fragte sich Katja.

Ihre Devise war, nicht zu viel aufs Spiel setzen, sich nicht zu sehr zu engagieren, wenn sie jemanden kennen lernte. Ihr war es seit jeher suspekt gewesen, wenn eine Freundin ihr erzählte, dass sie sich beim ersten Treffen in jemanden verliebt hatte. Katja hielt zwar bei den dann folgenden Ausführungen, wie süß der Mann sei und wie genau er wusste, was in der betreffenden Freundin vorginge, den Mund, weil sie niemanden verletzen wollte, aber sie war fassungslos, wie jemand so unvorsichtig und blauäugig sein konnte zu glauben, den Charakter eines Menschen zu erkennen, den man nur einmal gesehen hatte.

Chaims und Elisabeths Liebesgeschichte war wohl nicht glücklich ausgegangen, so viel stand fest. Der Schmerz in Elisabeths Augen während der Schilderung ihres ersten Treffens mit Chaim war nicht zu übersehen gewesen.

Nein, so etwas wollte sie nicht erleben. Sie wollte nicht jahrelang um jemanden trauern, den sie einmal geliebt hatte.

Als sie die Zusage der Berliner Musikhochschule bekam, hatte sie ihrem Freund Steffen gesagt, dass sie auf jeden Fall nach Berlin gehen würde, auch wenn sie wusste, dass er niemals in dieser Stadt wohnen wollte. Er gehörte nach St. Peter-Ording, machte bei seinen Eltern im Hotel eine Lehre und wollte es auch später weiterführen. Besonders für seine Eltern war es ein Schock, als sie ging, denn Steffen und sie waren schon seit Jahren zusammen, und alle hatten gedacht, dass sie irgendwann heiraten würden.

An ihren Traum, auf die Musikhochschule zu gehen, hatte dort eigentlich niemand geglaubt außer ihre Eltern. Steffen war beleidigt gewesen, weil sie fast fröhlich ihre Sachen packte, einen kleinen Umzugswagen mietete und nach Berlin fuhr. Er weigerte sich sogar, beim Umzug zu helfen, was nicht weiter schlimm war, weil ihr Vater sie unterstützte. Aber es verletzte sie, dass ihr Freund davon überzeugt war, der Wunsch, Musik zu studieren, sei nur ein Luftschloss und sie würde bald nach St. Peter-Ording zurückkehren. Erst als sie Steffen per Brief klar machte, dass sie nicht zurückkommen würde, auch wenn sie sich manchmal unendlich nach dem Meer und dem Strand sehnte, dass sie ihn nicht liebte und außerdem auch schon einen anderen Freund hatte, begriff er endlich und schrieb ihr nicht mehr.

Das mit dem neuen Freund war damals gelogen, Rainer zog zu dem Zeitpunkt gerade erst in ihre Wohnung ein, aber sie wollte Steffen einfach endgültig den Laufpass geben, und Rainer fand sie attraktiv. Bei der ersten Gelegenheit, als sie länger als ein paar Stunden in der Wohnung allein waren, schliefen sie miteinander. Es war nicht der Himmel auf Erden, sie hörte kein Orchester und sah auch keinen Regenbogen, aber es war angenehm, und sie war drei Monate nicht mit einem Mann zusammen gewesen.

Durch die Freundschaft mit Rainer hatte sie immer jemanden, mit dem sie ausgehen konnte, wenn sie abends Zeit hatte, sie musste nicht mehr allein schlafen. Er gab ihrem Leben etwas Bodenständiges, das ihr – wie er meinte – fehlte. Ohne ihn hätte sie sich ausschließlich mit Musik beschäftigt. Er holte sie mit seinen, wenn auch meist langweiligen und für sie unverständlichen, Geschichten über das Bankgeschäft in die Realität zurück, wenn sie wieder einen ganzen Tag damit verbracht hatte, sich an der Hochschule mit Kompositionsunterricht, Chor, Atemtechnik, Musikgeschichte und Klavier zu beschäftigen.

Und Rainer kannte viele Leute, die in Katjas Augen normal waren. Durch ihn ging sie auf Partys, wo die Männer Sakkos und die Frauen Hosenanzüge oder Kostüme trugen und Frisuren hatten, die sie an die Drei-Wetter-Taft-Reklame erinnerten. Sie kam sich zwar zwischen den Jura- und

Germanistikstudentinnen und Bankern ziemlich eigenartig vor, nicht selten langweilten sie deren Gespräche, aber sie waren nett zu ihr und fanden sie exotisch, verdrehten oft sehnsüchtig die Augen, wenn sie erzählte, was sie machte. Nicht nur einmal hatte sie den Spruch gehört: »Wie gerne hätte ich auch etwas Künstlerisches angefangen«, und Katja wusste, wie der Satz eigentlich weitergehen sollte. Wenn man damit Geld verdienen könnte.

Zuerst war sie sauer gewesen, weil diese Leute überhaupt nicht zu begreifen schienen, dass es ein ausgesprochen hartes Studium war, das wirklich die letzten Reserven von ihr forderte. Sie hatte versucht, ihnen verständlich zu machen, wie viel Zeit sie investierte, aber als sie bemerkte, dass selbst Rainer ihr nicht richtig zuhörte, ließ sie es sein.

Dann sollten die anderen doch denken, dass sie sich einen schönen Lenz machte, nur weil sie nicht schon um acht Uhr morgens in einer Vorlesung hockte.

Rainer fand es schick, eine Musikstudentin als Freundin zu haben, er stellte sie immer stolz als solche vor, aber auch er hatte eigentlich keine Ahnung, was sie machte, und er wollte es auch gar nicht wissen. Nein, sie war ihm nicht besonders nah, aber das störte sie nicht. Es gab sowieso keinen Platz für so etwas in ihrem Leben.

5. Kapitel

John war gekränkt, dass sein Sohn Michael keine geschäftlichen Dinge mit ihm besprechen wollte, als er ihn anrief, um ihm zu sagen, er käme ein paar Tage später nach Boston.

Michael sagte nur: »Mach dir eine schöne Zeit, wir kommen hier schon klar, frag Mum doch, ob sie zu dir fliegt.« John wusste, dass er sich eigentlich darüber hätte freuen sollen, dass sein Sohn auch ohne ihn die Zügel in der Firma im Griff behielt, aber dennoch fühlte er sich plötzlich zum alten Eisen geworfen. Er stand am Flughafen Berlin/Tegel in einer Telefonzelle und wählte die Nummer seines Bostoner Stadthauses. Carolyn hob nach dem dritten Klingeln ab. John stellte sich vor, wie seine Frau jetzt an ihrem eierschalenfarbenen Schreibtisch saß und ihre Korrespondenz erledigte. Das machte sie immer am späten Nachmittag.

»Carolyn, hier ist John, ich bin jetzt in Berlin. Du weißt doch, Chaim Steinbergs Lieder werden hier aufgeführt, und ich habe Ruth Steinberg versprochen, bei diesem Konzert dabei zu sein.

Willst du nicht nach Berlin kommen?«, fragte er.

Stille am anderen Ende der Leitung. Seine Frau mochte keine Überraschungen. War sie ihm überhaupt in ihren über 42 Jahren Ehe einmal nachgereist? Er konnte sich nicht erinnern. Immer war etwas wichtiger gewesen, die Kinder, das Haus, ihr Garten. Aber jetzt waren die Kinder schon längst erwachsen, und um den Haushalt kümmerte sich ihre Haushälterin Mrs Miller. Eigentlich könnte sie kommen, dachte John.

»Es geht nicht, ich habe zu viel zu tun. Die Spendengala für krebskranke Kinder in zwei Wochen. Hast du vergessen? Genieß das Konzert, du warst schon lange nicht mehr in Berlin. Nimm dir frei, das wird dir gut tun«, sagte sie noch, dann legte sie auf. Sie scheint mich nicht zu vermissen, dachte John irritiert.

Sonst störte es ihn nicht, dass sie ihr eigenes Leben führte. Er hatte sie sogar dazu ermutigt, ohne ihn zu planen. Denn als die Kinder noch klein gewesen waren, quengelte sie jedes Mal, wenn er auf Geschäftsreise ging, und er hatte ihr zu verstehen gegeben, dass sie sich mit seiner Abwesenheit arrangieren müsste. Er arbeitete ja schließlich für das Wohl der Familie, wie er ihr klar machte. Damals war er sogar laut geworden, was er im Streit mit Carolyn sonst nie tat. Und sie hatte verstanden und sich arrangiert. Jetzt zählte sie nicht mehr auf seine Gegenwart, aber er wusste nicht mehr, ob er sich darüber freuen sollte.

John ließ sich zum Kempinski-Hotel Bristol am Kurfürstendamm fahren. Er wusste nicht, in wie vielen Hotels er schon übernachtet hatte. In dieser gehobenen Preisklasse glichen die Hotels bis auf wenige Ausnahmen einander weltweit. Vor einem Jahr war er eines Morgens in einem Hilton-Hotel aufgewacht und hatte nicht mehr gewusst, in welcher Stadt er sich eigentlich befand. Auch ein Blick aus dem Fenster half ihm zuerst nicht weiter, er konnte die Skyline der Hochhäuser keinem Städtenamen zuordnen. Er musste in den Hotelprospekt sehen, um festzustellen, dass er in Dallas war. An jenem Morgen hatte er beschlossen, Michael die Leitung der Firma zu übergeben und sich schrittweise aus allen Geschäften zurückzuziehen.

Aber er hatte nicht erwartet, dass sein Sohn so gut allein klarkommen würde. Bald trüge Michael die gesamte Verantwortung und er keine mehr. Was würde er dann mit all seiner freien Zeit anfangen?, fragte sich John. Golf spielen? Sein Handicap war miserabel, er hatte nie Zeit gehabt zu spielen und war nur zahlendes Mitglied eines elitären Bostoner Golfclubs. Es machte ihm auch keinen Spaß, einen kleinen, weißen Ball über Wiesen und Teiche zu schlagen, aber Carolyn hatte vor Jahren beschlossen, dass es gut für ihn sei, sich an der frischen Luft zu bewegen. Sie selbst spielte hervorragend. Carolyn könnte mir einige Tricks verraten, sie ist eine geduldige Lehrerin, dachte John. Er hatte niemals erlebt, dass sie laut wurde, wenn sie ihren Kindern etwas erklärte, egal, wie dumm sie sich anstellten. Aber eigentlich wollte er nicht Golfspielen lernen, er wollte etwas Sinnvolles mit seiner Zeit anfangen, aber er wusste nicht, was. Wenn er an die vergangenen vier Jahrzehnte dachte, musste er feststellen, dass er fast ausschließlich gearbeitet hatte.

Carolyn wird entsetzt sein, wenn sie plötzlich mit einem Mann verheiratet ist, der nicht morgens nach dem Frühstück ins Büro geht und erst spät am Abend zurückkommt. Wie ihre Freundinnen war sie der Überzeugung, nicht verheiratet zu sein, um mit ihrem Mann in der Woche Mittag zu essen oder gar den Tag zu verbringen. Du kannst dich doch mit deinen Freunden treffen, würde sie antworten, wenn er sie bäte, ab jetzt zweimal die Woche mit ihm zu lunchen. Aber sein bester Freund war vor zwei Jahren gestorben, und die anderen arbeiteten noch. Carolyn würde jedenfalls zu beschäftigt sein mit ihren Wohltätigkeitsveranstaltungen, mit ihren Enkelkindern und den Verabredungen mit ihren Freundinnen zum Lunch, um sich in Zukunft um ihn zu kümmern.

Dennoch stand sein Entschluss, aus der Firma auszusteigen, fest. Er war jetzt 68 und wollte nicht auch noch mit siebzig Tag für Tag in seinem Büro herumsitzen und nur damit beschäftigt sein, die Zeitung zu lesen und zu ignorieren, wie alle hinter vorgehaltener Hand darüber lästerten, dass der Alte nicht aufhören konnte, obwohl er längst überflüssig geworden war.

Er hatte es genossen, gebraucht zu werden und viel Geld zu verdienen.

Carolyn und er waren ein perfektes Team gewesen. Sie bewunderte ihn für seine Fähigkeiten, er hatte sich in ihre Bereiche nie eingemischt, die Kindererziehung, den Garten, das Haus. So gab es wenig Streit. Aber seit langem war ihm klar, dass er sich bei seinen seltenen Gesprächen mit Carolyn langweilte.

Sollte er sich ein Segelboot kaufen? Das hatte er doch immer gewollt und niemals in die Tat umgesetzt. Er würde sich damit beschäftigen, wenn er wieder in Boston war.

Jetzt musste er sich überlegen, was er die nächsten zwei Tage tun wollte. Das Konzert fand erst am Freitagabend statt. Er hatte keine Lust, sich Sehenswürdigkeiten anzusehen. Er wollte nicht durch die Stadt laufen und ständig daran erinnert werden, dass sie geteilt war. Aber die Aussicht, im Hotel zu bleiben, am Pool zu liegen und Erinnerungen nachzuhängen, erfüllte ihn mit Grauen. Er überlegte, ob er gleich Elisabeth Brandt anrufen sollte. Er wollte sie Wiedersehen, aber andererseits traute er sich nicht. Er brauchte noch etwas Zeit, um sich auf ein Treffen mit ihr vorzubereiten.

Doch in der Nacht tauchte Chaim in seinem Traum auf. Er setzte sich in den Sessel, der gegenüber von seinem Bett stand, und sah ihn an. Ich kann ihn berühren, wenn ich nur die Hand ausstrecke, dachte John, aber er schaffte es nicht, sich zu bewegen. Chaim wirkte so lebendig, obwohl John genau wusste, dass er nur seiner Vorstellung entsprungen sein konnte.

Sein Freund sah aus wie früher. John betrachtete sein schmales Gesicht, den fast weiblichen Mund mit der weich geschwungenen Oberlippe, der jetzt lächelte. Er sah ihn mit seinen dunklen Augen an, und sein Blick schien gleichzeitig auf den Grund seiner Seele und in die Ferne zu gehen. Er sagte nichts, und auch John wagte nicht zu sprechen, da er Angst hatte, dass dann dieser Traum vorbei sein würde.

Ab und zu strich Chaim sich mit einer verlangsamten Handbewegung das Haar aus der Stirn. Er trug denselben Frack wie bei seinem letzten Konzert. Er war jung wie damals. John spürte, wie ihm das Gummi seiner Schlafanzughose in die schlaffe Bauchdecke schnitt, als er sich die Kissen hinter den Rücken stopfte.

Erkennt mich Chaim überhaupt?, fragte er sich, doch dann wurde ihm klar, dass er nur in seiner Einbildung existierte. Obwohl sein Freund stumm blieb, fragten seine Augen ihn, warum alles so gekommen war.

»Warum quälst du mich?«, raunte John dem Wesen aus seiner Einbildung mit heiserer Stimme zu. Schweigen. Chaim sah ihn unverwandt an.

52

»Komm schon, rede mit mir. Bitte«, sagte John.

»Warum habt ihr mir das angetan?«, fragte Chaim plötzlich mit seiner leisen, melodischen Stimme.

»Ich wusste nicht, dass …«, stotterte John. Er wollte es ihm erklären, sich dadurch reinwaschen, aber er konnte es nicht. Er brachte keinen weiteren Ton heraus. John wachte auf. Er schaltete den Fernseher ein, um die Gedanken an Chaim zu vertreiben, aber es gelang ihm nicht.

Seine Erinnerungen kehrten immer wieder zu jenem Tag im Sommer 1936 zurück, an dem er voll Tatendrang auf der Manhattan in Hamburg einlief und dachte, jetzt begänne das große Abenteuer. Sein zweiter Gedanke galt damals Chaim, er wollte ihn so schnell wie möglich Wiedersehen, denn nur durch ihn hatte er den Mut gefunden, sich nach dem Jahr in Hamburg seinem Vater zu widersetzen und nicht Kaufmann zu werden, sondern nach New York zu gehen. Chaim hatte ihm damals in Hamburg eingeredet, dass er ein großartiger Auslandskorrespondent werden könnte. Aber keiner der Chefredakteure der großen Zeitungen, mit denen er in New York sprach, hielt ihn für sehr begabt, und so landete er im Sportressort eines Magazins. Drei Jahre verbrachte er in Baseballstadien, stickigen Umkleidekabinen und billigen Hotelzimmern und schrieb über zweitklassige Spiele, anstatt aus den Krisengebieten der Welt zu berichten. Und die ganze Zeit beantwortete er Chaims Briefe nicht, die ab und zu aus

Hamburg kamen, weil er sich schämte und nicht zugeben wollte, dass es mit der großen Karriere nichts geworden war. Aber dann bekam er den Auftrag, als Ersatz für einen verunglückten Kollegen nach Berlin zur Olympiade zu fahren, und da wusste, er, dass Chaim auf ihn stolz sein würde und er jetzt bereit für ein Wiedersehen war.

Sofort nach der Ankunft in Hamburg ließ er sich zum Grindelviertel fahren, wo Steinbergs damals gewohnt hatten. Er hatte ihnen schon vom Schiff telegraphiert. Er nahm ein Taxi in die Stadt, fand sich gleich wieder zurecht, freute sich über die vertrauten Gebäude, merkte aber gleichzeitig, dass sich etwas verändert hatte. Es wurden viele Häuser gebaut, es gab eine Unmenge Baustellen. Irgendwie wirkte alles sauberer, steriler. Als sie den Jungfernstieg entlangfuhren, bemerkte John, dass die Mode sich in Deutschland in den vergangenen Jahren sehr verändert hatte. Die Frauen trugen jetzt Röcke, die bis übers Knie reichten, irgendwie sah das altbacken aus, sie hatten kleine altmodische Hüte auf dem Kopf, und ihre Frisuren waren wieder länger als 1932, irgendwie gewellt und brav. Wo waren die exaltierten Mädchen mit den Bubiköpfen, die er damals in Hamburg kennen gelernt hatte? Sie waren nie ungeschminkt ausgegangen, und John erinnerte sich noch daran, wie ihre Lippen geschmeckt hatten, nach Erdbeere, Zitrone, Vanille. Die Frauen, die er jetzt aus dem langsam fahrenden Wagen sah, gefielen ihm nicht. Sie wirkten allesamt sauber und jungfräulich. War er wirklich nur vier Jahre nicht in Deutschland gewesen? Ihm schien es, als ob hier eine ganz andere Epoche begonnen hatte.

Natürlich wusste er, dass die Nationalsozialisten viel verändert hatten, aber dennoch erschreckte es ihn, dass die Unterschiede zu früher so gravierend waren. Es schien auch keine Bettler mehr zu geben. Eigentlich hätte er ja froh über die Entwicklung sein sollen, aber er fand die Atmosphäre in der Stadt beklemmend. Und zum ersten Mal fragte er sich ernsthaft, was Chaim und seine Familie in den vergangenen Jahren vielleicht hatten erdulden müssen. Er beschloss, vom Hotel Vier Jahreszeiten aus zu Fuß ins Grindelviertel zu gehen, und war erleichtert, als er feststellte, dass um die Universität herum alles beim Alten geblieben zu sein schien.

Er eroberte sich die Straßen zurück, die er von früher noch genau kannte. Er ließ seinen Blick über die Fassaden wandern. Die Rosetten, Putten, Gesichter, Figuren aus Stuck, die am Gemäuer der mehrstöckigen Häuser klebten, rührten ihn. Die Blätter der uralten Kastanien, unter denen er ging, raschelten, wenn der Wind leise durch die Kronen strich, und er lauschte dem Geräusch seiner Absätze auf dem Kopfsteinpflaster. Die Stadt mit ihrer Hektik war hier weit weg. Aber etwas hatte sich verändert. Überall standen Schilder in den Vorgärten: »Zu verkaufen«, las er, viele der kleinen Geschäfte in den Souterrains waren verschwunden.

Er kam an den Bornplatz zur Synagoge und erinnerte sich, wie Chaim ihn das erste Mal dorthin mitgenommen hatte. Er hatte ehrfürchtig in einer der hinteren Bänke zwischen schwarz gekleideten Männern gesessen. Der Gesang des Rabbis hatte bald seine Gedanken zum Stillstand gebracht, und es war eine tiefe Ruhe in seinem Inneren eingekehrt.

Jetzt erreichte John das Haus mit der verglasten Jugendstiltür, die Einblick in ein Marmortreppenhaus bot. Die Bronzetafel »Dr. jur. Steinberg und Partner« hing noch. John stieg die Treppen hinauf, an der Kanzlei im Hochparterre vorbei, und im zweiten Stock klingelte er. Ein altes Dienstmädchen öffnete ihm mit mürrischem Gesichtsausdruck und fragte herablassend, wer er sei. Warum beschäftigten die Steinbergs Christel nicht mehr?, fragte sich John. Und wie konnte Frau Steinberg, die immer Wert auf Freundlichkeit gelegt hatte, eine so unsympathische Hilfe ertragen?

Zuerst erkannte John den Mann im Halbdunkel der Diele nicht. Dann erschrak er. Das war Herr Steinberg, aber mit grauem Haar, zerknittertem Gesicht und gebeugtem Rücken.

»Herr Smithfield, kommen Sie herein. Meine Frau ist schon den ganzen Tag wegen Ihres Besuches ganz aufgeregt«, sagte Herr Steinberg. John ging hinter ihm her und konnte es kaum fassen, wie sehr Chaims Vater in den vergangenen vier Jahren gealtert war. Frau Steinberg empfing ihn im Wohnzimmer. Die orientalischen Teppiche und die Aquarellbilder an den Wänden, Stillleben und Landschaften, die kostbaren Vasen auf den niedrigen Tischen, die Biedermeiermöbel: Alles sah noch genauso aus, wie er es verlassen hatte, und doch war nichts mehr wie früher. Die Fröhlichkeit war aus den Räumen gewichen. Auf dem Flügel im angrenzenden Musikzimmer stapelten sich Noten, aber wo war Chaim? Heute war Freitag, und den Sabbatbeginn verbrachte er doch immer bei seinen Eltern? Langsam wurde John unruhig. Wo war Chaim?

Frau Steinberg erhob sich aus ihrem Sessel und streckte John beide Hände entgegen. »John«, sagte sie, »ich freue mich so, Sie zu sehen. Setzen Sie sich und leisten Sie mir Gesellschaft. Mein Mann geht gleich in die Synagoge. Sie bleiben doch zum Abendessen?«

John konnte ihr nicht folgen, er begann zu stottern, aber Frau Steinbergs milder Blick beruhigte ihn. In seinem Kopf öffnete sich langsam die Schublade, in der er seine Deutschkenntnisse verstaut hatte.

»Sie haben Neuigkeiten von meinem Sohn? Wissen Sie, wie es ihm geht, wo er ist?«, fragte Frau Steinberg unvermittelt, als sie allein waren.

»Lebt er nicht mehr in Hamburg?«, fragte John erstaunt zurück.

»Nein, er ist in Berlin. Ich habe seit zwei Jahren nichts mehr von ihm gehört«, antwortete Frau Steinberg. Sie begann zu schluchzen und verbarg ihr Gesicht hinter ihrem Taschentuch.

»Entschuldigen Sie, Herr Smithfield. Ich möchte Sie nicht belästigen.«

»Was… ist denn geschehen?«, stammelte John.

»Fragen Sie nicht.«

Sie wehrte weitere Fragen mit einer Handbewegung ab und sah auf die Uhr.

»Ich muss jetzt Ruth helfen, das Essen anzurichten. Bitte bringen Sie das Gespräch nicht auf meinen Sohn, solange mein Mann dabei ist.« Frau Steinberg stand auf und sah John flehend an.

Sie setzten sich um den großen Eichentisch, auf dem der gefüllte Fisch und das Sabbatbrot schon angerichtet waren. Frau Steinberg zündete die Sabbatkerzen an und zog die Vorhänge zu. Herr Steinberg füllte einen Becher mit Wein und las das Ende der Schöpfungsgeschichte. Außer John schien sich keiner daran zu erinnern, dass das früher Chaims Privileg gewesen war.

»Gepriesen seiest du, Herr, unser Gott, der die Frucht des Weinstockes ist.« Herr Steinberg schnitt die beiden Sabbatbrote, tauchte sie in etwas Salz und verteilte sie.

John konnte vor Nervosität fast nichts essen. Er dachte die

ganze Zeit an Chaim. Wie oft hatten sie so zusammengesessen und sich über den Tisch viel sagend angesehen, wenn Chaims Vater wieder über irgendetwas dozierte, was sie beide überhaupt nicht interessierte. Er stocherte in seiner Portion herum und wartete ungeduldig auf das Ende des Essens. Er wollte Ruth nach Chaim fragen, die auch dazugekommen war. Endlich erhob sich Herr Steinberg und verschwand wortlos in der Bibliothek. Frau Steinberg ging in die Küche.

»Was ist mit Chaim geschehen?«, fragte John.

»Sie hat dir nichts erzählt? Typisch für sie«, sagte Ruth.

»Chaim ist vor drei Jahren weggegangen und hat den Kontakt zu uns abgebrochen.«

»Das passt gar nicht zu ihm.«

»Er hatte eine Stelle als Assistent des Musikalischen Leiters am Hamburger Stadttheater in Aussicht, und die hat er nicht bekommen, weil er Jude ist. Nachdem er die Nachricht erfahren hatte, sprach er tagelang nicht und verweigerte jedes Essen. Dann verschwand er plötzlich. Er meldete sich Wochen nicht. Ich dachte schon, er hätte sich umgebracht, dann schrieb er mir eine Postkarte aus Sylt und bat mich, seine Kleider und Noten zu packen und sie ihm zu schicken. Ich bin gleich hingefahren und fand ihn zu Füßen einer Bildhauerin, Hannah. Die hatte ihm eingeredet, dass es verkehrt sei, nach der jüdischen Tradition zu leben. Er gab uns die Schuld daran, dass er Jude ist und deshalb nicht arbeiten kann – wie absurd! Irgendwann habe ich es aufgegeben, ihn davon überzeugen zu wollen, wieder nach Hause zu kommen, und bin nach Hamburg zurückgekehrt. Hannah nahm ihn dann mit nach Berlin. Das war vor drei Jahren. Meine Mutter hat ihn dann noch einmal ohne Wissen meines Vaters besucht. Und dann ist er umgezogen, wir haben seine Adresse nicht.«

John fühlte sich unwohl und verabschiedete sich bald. In der Diele fing ihn Herr Steinberg ab.

»Bitte informieren Sie mich sofort, wenn Sie Kontakt mit meinem Sohn aufgenommen haben, ich muss ihn unbedingt sehen«, sagte er.

Er versprach Herrn Steinberg, alles zu tun, um Chaim zu finden, obwohl er keine Ahnung hatte, wie er das in einer so großen Stadt wie Berlin anstellen sollte.

6. Kapitel

Als sie Johns Stimme am Telefon hörte und sie sofort erkannte – sie hatte sich überhaupt nicht verändert, schien es Elisabeth – bekam sie Herzklopfen. Sie musste ein paar Mal tief ein- und ausatmen, um sich ihre Aufregung nicht anmerken zu lassen. Er hatte nur gesagt:

»Hallo, hier ist John. Ich bin doch nach Berlin zu Chaims Konzert gekommen. Kann ich dich heute Nachmittag sehen?«

Er hatte diese Frage auf Deutsch gestellt, und sein Akzent war genauso drollig gewesen wie damals. 1936 hatte er sich mit dem harten R abmühen müssen, denn damals konnte sie kein Englisch, jetzt beherrschte sie es fließend.

»Das klingt fantastisch, als ob du Engländerin wärst«, lobte John.

»Wie schön, dass du es geschafft hast zu kommen. Chaim hätte sich sehr gefreut«, antwortete sie.

Dann wusste sie nicht mehr, was sie sagen sollte. Sie hörte ihm zu, wie er erklärte, dass Ruth nicht zum Konzert kommen konnte und dass er als ihre Vertretung da sei. Eigentlich ging es ihr gar nicht um seine Worte, sondern nur um den Klang seiner Stimme. Sie war erstaunt darüber, dass ihr Herz immer noch schneller klopfte als gewöhnlich. Nach all den Jahren, dachte sie.

»Heute Nachmittag habe ich Zeit«, sagte sie. »In welchem Hotel wohnst du?«

»Im Kempinski Hotel Bristol am Kurfürstendamm.«

»Du hast wohl noch immer eine Vorliebe für gute Hotels?«

»Ich weiß eigentlich nicht, meine Sekretärin bucht die Hotels. Und ich kenne kein anderes in Berlin.«

»Wir können uns im Café Kranzier treffen. Das kennst du bestimmt. Um vier. Draußen, an einem der Tische auf dem Bürgersteig.«

»Gut, Elisabeth. Ich bin da«, sagte er.

Wird er mich wieder erkennen?, fragte sie sich, als sie aufgelegt hatte. Sie betrachtete sich in ihrem großen Schlafzimmerspiegel. Bis auf ihre Hände mochte sie sich. An ihren Händen erkannte man ihr wahres Alter. Sonst sah sie jünger aus als 66. Vor zehn Jahren hatte sie aufgehört, in Clubs aufzutreten, obwohl sie nach wie vor gefragt war und ihr Repertoire aus Blues und Chansons alle Moden überstanden hatte. Aber sie fand, dass ihre Hände zu alt wirkten. Ihre Stimme klang immer noch ungewöhnlich, fast wie die einer Schwarzen, hatte mal jemand geschrieben, und sie hatte es als Kompliment aufgefasst. Nein, sie hatte nicht wegen ihrer Stimme aufgehört, sondern wegen ihrer Hände, die jetzt faltig waren und auf deren Handrücken sich Altersflecken zeigten, jeder konnte ihre Hände in aller Ruhe betrachten, wenn sie das Mikrofon hielt und sang. Und sie war überzeugt, dass Lieder über Leidenschaft und Liebe nicht zu diesen Händen passten.

Was wird John denken, wenn er sieht, wie ich lebe?, fragte sich Elisabeth. Ich bin nicht mehr jung, nicht gerade berühmt und besitze nichts außer einer klapprigen Ente und einem Klavier, habe weder Kinder noch Mann. Und ich unterrichte Hausfrauen, die meinen, dazu berufen zu sein, Cole-Porter-Songs zu singen, dachte sie zynisch. Wird ihm das gefallen?

Sie verstand nicht, warum sie sich selbst plötzlich so kritisch sah. Eigentlich mochte sie ihre Arbeit als Lehrerin. Auch die Arbeit mit den unbegabteren Schülerinnen, deren Augen während der Gesangstunde zu glitzern begannen und die nach einer Zeit anfingen sich in den Hüften zu wiegen. Sie verabschiedeten sich mit geröteten Wangen und liefen beschwingt, aber vollkommen unrhythmisch die hölzernen Treppen des Mietshauses hinunter, und Elisabeth verzieh ihnen dennoch immer wieder, was sie den fantastischen Songs von Cole Porter mit ihrer mangelnden Begabung angetan hatten.

Sie unterrichtete auch junge Jura- und Betriebswirtschaftsstudentinnen, die diese Fächer aber nur studierten, weil es von zu Hause so vorgesehen war, wie sie behaupteten und ihr oft versicherten, dass sie eigentlich Musikerinnen werden wollten, sich aber nicht trauten, diesen Schritt zu wagen. Diese Frauen fanden ihre kleine Zweieinhalb-Zimmer-Wohnung entzückend. Sie liebten ihr Wohnzimmer, in dem der Flügel zu viel Platz wegnahm und große, bunte Kissen auf dem Boden lagen, die sie von ihren Reisen nach Mexiko mitgebracht hatte. Elisabeth sammelte auch kleine Skulpturen. Die meisten waren aus Stein, einige wenige sehr kleine aus Bronze, viele stellten Körper dar, meistens Frauenakte. Frauen mit runden Hintern und großen Brüsten; die abstrakten hatten Namen wie »Fruchtbarkeit« oder »Mutter«.

Elisabeth selbst hatte keine Kinder bekommen und es auch nie bereut. Sie war sich sicher, dass sie keine geduldige Mutter gewesen wäre, außerdem hatte es sich einfach nicht ergeben. Als sie mit Chaim zusammen war, hatte sie eine Zeit lang mit dem Gedanken gespielt, ihn dann aber wieder verworfen. Wie hätte sie es schaffen sollen in der damaligen Zeit und mit ihrem Beruf? Nach Chaim hatte sich die Frage nicht mehr gestellt, und sie war nie unglücklich darüber gewesen. Aber sie liebte es, junge Mütter mit ihren Kindern zu beobachten, jedenfalls die glücklichen, die ihre Babys mit einer sonst nie irgendwo wahrgenommenen Hingabe betrachteten. Wenn sie an die Blicke ihrer eigenen Mutter dachte, musste sie frösteln, denn sie waren, soweit sie sich erinnern konnte, immer abschätzend oder kalt gewesen.

Die Studentinnen unter ihren Schülerinnen, die in ihrer Freizeit bei ihr Unterricht nahmen, fühlten sich wohl in der unkonventionellen Wohnung, aber Elisabeth wusste, dass sie mit Mitte sechzig auf keinen Fall auf knapp siebzig Quadratmetern allein leben wollten, sondern davon ausgingen, dass ihr Wohnzimmer so groß sein würde, dass ein Flügel bequem in einer Ecke Platz fand.

Die liebste, aber auch die schwierigste Gruppe ihrer Schülerinnen waren solche Frauen wie Katja, ambitioniert, aber flatterhaft, dazu entschlossen, sich hauptsächlich mit Musik zu beschäftigen, aber noch nicht in der Lage, es zu tun.

Wie lebte John jetzt? Hatte er in seinem Leben als Geschäftsmann seine Leichtlebigkeit bewahren können, die sie von Anfang an geliebt hatte und neben der Chaims Melancholie und Ernsthaftigkeit unerträglich geworden waren?

In den 44 Jahren, die zwischen ihrem letzten Treffen mit John und heute lagen, hatte Elisabeth immer wieder von ihm geträumt. Eine Zeit lang glaubte sie, er tauche nur dann in ihren Träumen auf, wenn sie mit einem Liebhaber unglücklich war oder keinen hatte. Dann wurde sie in ihren Träumen wieder von John genau dort auf den Hals geküsst, wo sie es liebte, sie spürte seine Hände, die immer kleine

65

Glücksschauder auf ihrer Haut hervorzauberten. Sie tauchte voll Lust in diesen Traum ein, spürte ihn wieder in sich, wie er sie vollkommen erfüllte, und gab sich seinem unvergleichlichen Rhythmus hin. Nach solchen Träumen wachte sie entspannt und glücklich auf und brauchte lange, um sich wieder in der Wirklichkeit zurechtzufinden.

Irgendwann begann sie auch an John zu denken und von ihm zu träumen, obwohl sie mit einem Liebhaber glücklich war. Besonders im Sommer, wenn die Luft wieder genauso roch wie in den ersten Augusttagen 1936 in Berlin, die sie zusammen erlebt hatten. Es konnte geschehen, dass sie in einem Café am Savignyplatz saß und eine junge Frau lachen hörte, und sie erinnerte sich daran, wie sie selbst damals gelacht hatte, mit zurückgeworfenem Kopf und aus vollem Hals, weil John irgendetwas gesagt hatte, was sie zur Fröhlichkeit reizte.

Und immer wenn sie die fröhlichen Songs ihres Repertoires sang, erschien er ihr vor ihrem inneren Auge, mit seiner unvergleichlich mühelosen Art, sich zu bewegen, als ob er gar keinen Kontakt zum Boden hätte. Für ihn war das Leben damals ein Spiel gewesen, eine große Show, die man genießen sollte.

Und Elisabeth erinnerte sich daran, dass auch ihr Schritt im Zusammensein mit John beschwingter geworden war, dass alles um sie herum farbiger gewirkt hatte, dass sie schneller gesprochen und heftiger geliebt hatte, mit viel mehr Intensität und Freude, als sie sich jemals sonst zugestanden hatte.

Sie war auch noch nach John mit witzigen Männern zusammen gewesen, aber keiner hatte es fertig gebracht, dass sie sich innerlich so leicht fühlte und vollkommen vergessen konnte, welche Bürden aus der Vergangenheit sie auf ihren Schultern mit sich herumtrug.

7. Kapitel

Sosehr sich John am nächsten Morgen bemühte, die Gedanken an Chaim zu verscheuchen, sie kamen immer wieder. Er musste bis zur Verabredung mit Elisabeth Brandt noch etwas unternehmen, hinausgehen, denn wenn er weiter im Hotel bliebe, würde er sich gedanklich nur im Kreis drehen, sich Vorwürfe machen. Also beschloss er, den Kurfürstendamm entlangzuschlendern. Es war warm. Er trug helle Cordhosen, ein leichtes dunkelblaues Baumwollsakko und ein hellblaues Lacoste-Hemd. Er fühlte sich eigentlich zu leger angezogen für einen Mittwochmorgen, so ganz ohne Schlips. Normalerweise kleidete er sich nur in den Ferien so – wann hatte er zum letzten Mal Ferien, gemacht? Seine Füße steckten in Slippern, auch das war ungewohnt, aber er hatte sie heute Morgen in seinem Koffer entdeckt. Carolyn hatte sie wohl dorthin gelegt, um ihn daran zu erinnern, dass er nicht nur arbeiten, sondern auch einmal ausspannen sollte.

Er stürmte den Kurfürstendamm in seinem gewohnten Tempo hinunter, den Oberkörper leicht nach vorn gebeugt, und wollte seinen Kopf auf das Ziel programmieren, das er ansteuerte. Dann bemerkte er, dass er ja gar keinen Termin hatte, und verlangsamte seine Schritte. Jetzt ging er nur so schnell wie die anderen Passanten und musste sich nicht mehr einen Weg durch die Menge bahnen. Er konnte die Auslagen in den Geschäften betrachten und verstand auf einmal, warum sich seine Frau weigerte, mit ihm einkaufen zu gehen. Mit seiner normalen Gehgeschwindigkeit war er gar nicht dazu in der Lage, anderes als seine eigenen Schritte wahrzunehmen.

Er wollte sich zerstreuen, aber er konnte es nicht. Und er hatte den Eindruck, Chaim schlendere neben ihm her, gedankenverloren vor sich hin summend, die Hände in den Manteltaschen seines beigen Sommermantels vergraben, den Kragen seines Hemdes nicht umgeklappt. Chaim hatte nie viel Wert auf den Zustand seiner Kleidung gelegt, er zog das an, was gerade im Schrank lag. In der Hamburger Zeit waren es meistens gebügelte weiße Hemden gewesen und eine schwarze oder graue Hose mit weiter geschnittenen Beinen, ein dazu passendes Sakko, das er im Sommer fast immer wegließ, weil er stattdessen einen hellen Sommermantel trug. Krawatten hatte Chaim nur dann umgebunden, wenn er mit seinem Vater zusammen war. Oft war es auch vorgekommen, dass er die Krawatte, die er zu Hause noch getragen hatte, fünf Minuten später auf der Straße abgenommen hatte und in die Tasche steckte.

Jetzt war es John, als ob sein Freund wieder neben ihm ging, die Krawatte abgebunden und den obersten Knopf seines Hemdes geöffnet. Und obwohl er es gar nicht wollte, verlangsamte John sein Tempo noch weiter, weil Chaim immer langsamer gegangen war als er selbst, weil er gar nicht darauf bedacht war, mit jemandem Schritt halten zu wollen.

Der Kurfürstendamm mit seinen eleganten Geschäften interessierte John nicht mehr. Er hatte keinen Bezug zu dieser Gegend. Als er damals während der Olympiade in Berlin gewesen war, spielte sich das Leben für ihn nicht hier ab, sondern auf der anderen Seite des Brandenburger Tores am Pariser Platz, »Unter den Linden«, in der Friedrichstraße und am Alexanderplatz. Aber dorthin konnte er jetzt nicht mehr.

Während seiner wenigen Besuche in Berlin in den vergangenen Jahren hatte er es vermieden, in die Nähe des Brandenburger Tores zu kommen, und in Ostberlin war er auch nie gewesen. Die Vorstellung, dass es das Hotel Adlon, in dem er gewohnt hatte, als er Sportberichterstatter der Olympischen Spiele 1936 gewesen war, nicht mehr gab, konnte er nicht ertragen. Auch wenn er gar nicht mehr wusste, in wie vielen Luxushotels er übernachtet hatte, das Adlon war für ihn immer noch ein besonderes Hotel.

Ein Mann in Livree öffnete ihm damals den Wagenschlag, als das Taxi vor dem Adlon ankam – wie bei einem Star, dachte John. Er folgte dem Pagen, der seine beiden schäbigen Koffer trug, als seien kostbare Kleider darin und nicht nur zwei Anzüge, ein Sakko, eine Hose, Wäsche, Zigaretten, Brandy und seine Reiseschreibmaschine.

An der Decke der Eingangshalle schimmerte goldfarbener Marmor zwischen Mahagoni. An den Wänden hingen dicht an dicht Seidengobelins. Im Vergleich zu den teuer gekleideten Damen und Herren, die an der Rezeption lehnten oder sich auf den antiken Sesseln niedergelassen hatten, kam er sich in seinem braunen Anzug und dem Trenchcoat schäbig gekleidet vor. Aber der Concierge begrüßte ihn zuvorkommend und sprach mit ihm englisch. John war dafür sehr dankbar, denn er hatte schon bemerkt, dass sein Deutsch sehr eingerostet war. Der Concierge winkte einen Pagen in perfekt sitzender Livree heran, der Johns Koffer mit einer Leichtigkeit anhob, die er dem schmächtigen Jungen nicht zugetraut hätte.

Sein Zimmer lag im dritten Stock zur Wilhelmstraße hin. In der Mitte des Raumes thronte ein riesiges Mahagonibett. John warf sich in Hut und Mantel darauf und versank in weichen Daunendecken. Das war nicht zu vergleichen mit den schäbigen Hotelzimmern, in denen er in den vergangenen Jahren als Sportreporter gewohnt hatte.

Erst einmal musste er sich rasieren und dann etwas essen. Doch als er die Riesenbadewanne aus Marmor sah, beschloss er, sofort ein Bad zu nehmen. Er zog sich aus, stellte sich vor den großen Wandspiegel und betrachtete seinen muskulösen, aber schlanken Körper. Genüsslich zündete er sich eine Zigarette an und ließ sich in das Badewasser gleiten. Ah, das Leben ist herrlich, wenn jemand anderes die Spesen bezahlt, dachte er.

Er war hungrig und studierte in der Badewanne die Speisekarten der verschiedenen Restaurants. Er hätte im Gourmet-Restaurant Seezunge bestellen können, Schildkrötensuppe oder Ente in Blut. Haufenweise Vorspeisen mit französischen Namen, die er nicht aussprechen konnte, Salate mit Krabben, Consommés oder Mousse au Chocolat.

Aber das interessierte ihn nicht. Er wollte eigentlich nur ein Bier und ein anständiges Stück Fleisch. Ob er das in diesem feinen Hotel überhaupt bekommen könnte? Exquisites Essen war nicht seine Leidenschaft. Nicht, weil er es nicht kannte, seine Mutter war eine hervorragende Köchin, sondern weil es ihn mittlerweile langweilte.

Er blätterte weiter die umfangreichen Speisekarten durch. In der Adlon-Bar schien es das zu geben, was er wollte.

Als er die Tür zur Bar öffnete, schlug ihm Zigarrenrauch entgegen. Fast alle Tische waren besetzt, beinahe ausschließlich von Männern. John vermutete, dass die meisten wie er Journalisten waren, die auch während der Olympiade im Adlon wohnten. Er sah sich unauffällig um, während er nach einem freien Tisch suchte. Leider erkannte er kein Gesicht. Und niemand winkte ihn zu sich heran. Warum auch? In der Riege der Ausländskorrespondenten und international tätigen Sportjournalisten war er noch vollkommen unbekannt.

Er setzte sich an einen gerade frei gewordenen Tisch und nahm sich eine der Zeitungen, die an der Wand hinter ihm an einem Haken hingen. Er tat so, als ob er las, während er auf sein Bier wartete, aber er konnte sich auf den Artikel nicht konzentrieren. Er bemühte sich, entspannt zu wirken. Dabei fühlte er sich unwohl, sein Puls raste, mit fahrigen Bewegungen steckte er sich eine Zigarette an. Er hoffte inbrünstig, dass er nicht wie der letzte Anfänger wirkte, er hatte aber die Befürchtung, dass er genau das tat.

Schon auf der Manhattan, mit der er von New York nach Hamburg gefahren war, war es so gewesen.

Beim ersten Interview mit den Sportlern der amerikanischen Olympiamannschaft, die auch Passagiere des Ozeandampfers waren, wurde er von den anderen Journalisten zur Seite gedrängt, und wenn er einmal eine Frage stellen konnte, redete ihm ein anderer Reporter sofort dazwischen, so dass er die Antworten gar nicht verstand. Zuerst ließ er es noch geschehen, aber dann benutzte er seine Ellenbogen, um sich nach vorne zu dem Sportler zu drängen, und trat denjenigen, die nicht weichen wollten, einfach auf die Füße, wie er es bei ähnlichen Situationen in Sportler-Umkleide-kabinen gelernt hatte.

Nein, er hatte sich in den Tagen auf See nicht sicher ge-fühlt. Ihm ging es gut, wenn ihm etwas für seine Artikel einfiel, und er verfluchte sich, wenn er hilflos vor einem leeren Blatt Papier saß und über die Tasten seiner Schreib-maschine strich, als ob er sie beschwören wollte, ihm doch gnädig zu sein und eine Inspiration zu schicken. Manchmal genehmigte er sich dann einen Brandy in der Bar, um sein Gehirn zu entkrampfen. Bisher hatte dieser Trick immer funktioniert. Allerdings war es dann nicht bei einem Drink geblieben, und am nächsten Morgen hatte ihn immer ein ausgewachsener Kater gequält. Auf dem Schiff hörte er aber nach dem ersten Glas auf, denn er fand, dass es nicht zu einem Profi passte, während der Arbeit zu trinken.

Aber heute konnte er sich noch ein Bier gönnen, denn erst morgen musste er ins Stadion. Nach dem zweiten Bier ent-spannte er sich. Auch wenn er noch nicht so weit war, von den hier anwesenden Journalisten als ihresgleichen aner-kannt zu werden, er fühlte sich nicht mehr fehl am Platz.

Auf dem Weg in die Halle kam er an einem Wintergarten vorbei, aus dem Klaviermusik drang. Er blieb unwillkürlich stehen. Nein, das kann nicht sein, dachte er, rührte sich aber dennoch nicht und lauschte. War es vielleicht doch möglich? Er trat ein Stück in den Raum hinein. Nur an einigen Tischen, die zwischen mit Palmen und Farnen bepflanzten Kübeln standen, saßen Paare. Auch wenn John von seiner Position aus den Klavierspieler noch nicht sehen konnte, war er sich jetzt sicher: Es war Chaim, denn nur Chaim konnte aus einem nichts sagenden Schlager etwas erschaffen, das ganz neu klang, als ob der, der dort spielte, Hände mit Flügeln besäße.

John lauschte der Musik und zögerte. Wie sollte er seinem Freund nach so langer Zeit begegnen? Was bedeutete es, dass er im Adlon spielte? War es gut oder schlecht für ihn? Chaim hatte damals in Hamburg niemals davon gesprochen, in einem Hotel spielen zu wollen. Er hatte sich ausschließlich in großen Konzertsälen gesehen. Er braucht Geld, sonst hätte er diese Arbeit nicht angenommen, dachte John. Steckt er in Schwierigkeiten?

Zögernd näherte er sich dem Flügel, weil er nicht wusste, was er sagen sollte, aber als Chaim aufblickte und ihm lächelnd zunickte, ohne mit dem Spielen aufzuhören, dabei die rechte Augenbraue hob, wie er es schon früher immer getan hatte, wenn ihn etwas erstaunte, bemerkte John, wie sich auf seinem Gesicht ein Grinsen ausbreitete.

»Bleib hier, ich bin in einer halben Stunde fertig«, sagte Chaim leise, ohne sein Spiel zu unterbrechen. Ein Kellner sah missbilligend zu ihnen hinüber. John bestellte sich einen Kaffee, ließ sich in einen Sessel gegenüber dem Flügel fallen und beobachtete seinen Freund. Die anderen Gäste beachteten die Musik kaum und unterhielten sich.

Chaim spielte ohne Pause. Unter seinen Augen lagen dunkle Schatten. Sein Gesicht war hagerer als früher, seine Haut sehr blass, und seine Schultern wirkten noch schmächtiger. Er sollte mal Sport treiben, dachte John, konnte sich seinen Freund aber nicht auf einem Sportplatz oder in einem Stadion vorstellen. Sport hatte ihn schon 1932 in Hamburg nicht interessiert, und daran schien sich nichts geändert zu haben.

Er trug einen Frack. Er gehört nicht in diese Bar, sondern in einen Konzertsaal, dachte John. Jetzt hatte sein Freund die Augen beim Spielen geschlossen und lächelte entspannt. Ohne diese dunklen Schatten unter seinen Augen sähe er fast glücklich aus, zumindest wenn er spielt, fiel John auf.

Nach genau einer halben Stunde klappte Chaim den Deckel des Flügels hinunter und setzte sich zu John.

»Ich wusste, dass ich dich Wiedersehen würde«, sagte Chaim ohne Einleitung.

»Es ist lange her«, gab John zurück.

»Was machst du in Berlin?«

»Ich schreibe über die Olympiade.«

»Du bist Auslandskorrespondent geworden? Gratuliere.«

»Nicht ganz, Sportreporter für eine New Yorker Zeitung.«

»New York Times?«

»Nein, kleiner, kennst du nicht.«

»Ich spiel nicht nur in Bars«, sagte Chaim. »Heute Abend gebe ich ein Konzert im Jüdischen Kulturbund. Ich dirigiere die Vierte von Mendelssohn-Bartholdy. Hast du Lust, es dir anzuhören?«

»Ja, sehr gern.«

»Das freut mich, auch wenn ich weiß, dass du nicht wegen der Musik kommst. Bist du immer noch Jazz- und Swing-fan?«

»Ja, aber die Vierte von Mendelssohn mag ich. Ich habe sie mit dir zusammen in Hamburg in der Musikhalle gehört.«

»Hast du einen Frack?«

»Nein, aber ich muss mir sowieso einen besorgen.«

»Ich gebe dir eine Adresse, sag, dass du die Empfehlung von mir hast, dann macht er dir einen guten Preis. Ich muss jetzt los. Ich hinterlege an der Kasse eine Karte. Wir sehen uns nach dem Konzert in meiner Garderobe?«

Chaim stand auf, schüttelte ihm die Hand und verschwand.

John blieb verwirrt zurück. Irgendetwas an seinem Freund hatte sich verändert. Er war ihm fremd geworden. Es lag nicht daran, dass sie beide jetzt älter waren. Nein, es lag an dem Ausdruck seiner Augen. Sie strahlten nicht mehr, sondern hatten etwas abgrundtief Trauriges und Resigniertes, das John abstieß. Vielleicht hat Chaim wirklich Schwierigkeiten, schoss es ihm durch den Kopf, aber er verdrängte den Gedanken gleich wieder. Er war in Berlin, um zu arbeiten und nicht um die Probleme anderer Leute zu lösen, selbst nicht die seines früheren Freundes.

Aber als er abends den Konzertsaal betrat, war er aufgeregt und neidisch zugleich – wie ein Junge, der seinen besten Freund bei einem wichtigen Fußballspiel durch Anfeuern unterstützen will, selber aber nicht spielen kann, weil er zu schlecht ist, um in die Mannschaft aufgenommen zu werden. Es war stickig im Saal, obwohl er nur zu zwei Dritteln besetzt war. Die Dame neben ihm trug teuren Schmuck und war für Johns Geschmack ein wenig zu dezent geschminkt. Ihr Begleiter prahlte damit, dass er die Vierte von Mendelssohn-Bartholdy das letzte Mal in Paris gehört habe, und die Frau sah ihn bewundernd an.

»Ausgezeichnete Interpretation damals, ich kann mir nicht vorstellen, dass Steinberg das besser hinkriegen wird. Er ist doch noch sehr jung«, sagte er mit einer Stimme, die keinen Widerspruch zuließ. John dachte an seinen Vater, der genauso stolz auf seine Bildung und sein kulturelles Kosmopolitentum war, und war wieder einmal froh, sich von ihm gelöst zu haben.

Die Streicher kamen auf die Bühne. Unvorstellbar, dass Chaim gleich am Dirigentenpult erscheinen sollte. Sein schüchterner Freund, der sich damals in ihrem gemeinsamen Jahr in Hamburg niemals getraut hatte, vor Publikum zu sprechen, und sich auf Festen immer in eine Ecke verzog, von der aus er die anderen beobachten konnte. Jetzt erschien er auf der Bühne, verbeugte sich kurz Richtung Publikum und hob die Arme. Wie ein großer, schwarzer, dünner Vogel, der seine Schwingen ausbreitet, sah er aus. Augenblicklich wurde es still im Saal. Der erste Ton der Holzbläser erklang, sanft und intensiv zugleich. John lauschte andächtig, er hatte die Italienische noch nie so eindringlich interpretiert gehört, wie jetzt von seinem Freund. Er konnte seine Blicke während des gesamten Konzertes nicht von ihm abwenden. Er beschwor das Orchester mit den sparsamen, sanften, aber gleichzeitig kraftvollen Bewegungen seiner Arme und Hände und machte überhaupt keinen deprimierten Eindruck mehr. Genau dort oben ist sein Platz, dachte John und wünschte sich, irgendwann einmal auch so etwas über sich sagen zu können.

Als der letzte Ton verklungen war, blieb es für einen Moment still, so dass John schon befürchtete, die Aufführung sei durchgefallen. Dann brach der Applaus los. John klatschte wie besessen und rief so oft bravo, bis die Leute in seiner Reihe sich nach ihm umdrehten.

Chaim verbeugte sich wieder und wieder. Jetzt wirkte er blass und abgekämpft. Das Publikum strebte den Ausgängen zu. Die Musiker verschwanden durch die Seitentür. John wartete, bis der Saal leer war, dann schwang er sich auf die

Bühne und fand die Tür, die wohl zu den Garderoben führte.

Er landete bei den Musikern, die ihre Instrumente zusammenpackten und miteinander scherzten.

»Sorry, wo finde ich Herrn Steinbergs Garderobe?«, fragte er einen Flötisten, der mit der Hand nach rechts wies. Die Tür zu Chaims Garderobe stand offen. John ging leise hinein, Chaim bemerkte ihn nicht, denn er saß auf dem Stuhl vor dem Spiegel und hatte seinen Kopf auf die Hände gestützt.

John räusperte sich. Chaim zuckte zusammen und fuhr herum. John trat weiter in den Raum hinein. Chaim sprang erschreckt von seinem Sessel auf. Als er John erkannte, entspannten sich seine Gesichtszüge wieder.

»Entschuldige, dass ich dich nicht gleich gehört habe, ich war in Gedanken. Eine Sinfonie zu dirigieren ist ziemlich anstrengend«, sagte Chaim.

John blieb stumm. Wieder beschlich ihn der Eindruck, dass Chaim vor irgendetwas Angst hatte. Aber er wollte ihn nicht fragen. Wenn es wichtig war, würde er es schon von sich aus sagen.

»Und du hast es also geschafft, nur noch zu musizieren. Du hast fantastisch dirigiert. Kompliment«, gratulierte er ihm.

»Es ist nicht die Metropolitan Opera, aber immerhin«, erwiderte Chaim leise.

Dann schwieg er, und John fragte sich, warum es ihm

plötzlich schwer fiel, ein Thema zu finden, über das sie reden könnten – als ob sie nichts mehr verband. Aber stimmte das nicht auch? Er selbst war ein bodenständiger Sportreporter und sein Gegenüber offensichtlich ein feinfühliger Künstler.

»Was ist mit deinen Eltern und Ruth?«, fragte John deshalb, ohne zu erkennen zu geben, was er selbst schon wusste.

Augenblicklich versteinerten sich Chaims Gesichtszüge.

»Weiß nicht. Interessiert mich auch nicht. Ihretwegen habe ich die Stelle am Hamburger Stadttheater nicht bekommen. Man hatte mir dort im Frühjahr 1933 was angeboten.«

»Was haben denn deine Eltern damit zu tun?«

»Mein Vater ist doch stadtbekannt mit seinem ganzen Getue in der Jüdischen Gemeinde und in seinem Club. Alle wussten, wer ich war und dass ich Jude bin. Wäre er nicht so verdammt bedeutend gewesen, hätte ich vielleicht eine Chance gehabt.«

Das ist doch absurd, dachte John. Aber er sagte nichts.

»Wenn meine Mutter nicht so unglaublich religiös wäre und ich nicht gewusst hätte, dass ich ihr das Herz brechen würde, wenn ich es tue, wäre ich schon vor Jahren Christ geworden. Du weißt gar nicht, wie quälend es für mich war, immer anders zu sein, sobald ich unser Viertel verließ. Ich fühlte mich doch sowieso schon vollkommen anders, weil ich kein Interesse an Fußball hatte und an den Dingen, die andere Jungs mochten, sondern nur an Musik. Ich habe mir in den vergangenen Jahren oft gewünscht, John, nicht in diese Familie hineingeboren worden zu sein«, sagte Chaim.

Ich werde ihm nicht erzählen, dass ich seine Familie gesehen habe, beschloss John da.

»Jetzt habe ich nur die Möglichkeit, ab und zu im Jüdischen Kulturbund zu dirigieren wie heute Abend. Das ist natürlich ganz schön, aber nicht das, was ich wollte.«

»Warum verlässt du Deutschland nicht?«, fragte John.

»Ich bin hier zu Hause. Außerdem kann ich meine Freunde vom Jüdischen Kulturbund nicht im Stich lassen. Ich will durchhalten. Nicht auffallen. Möglichst wenig mit den Nazis zu tun haben. Wir werden auch diese Phase der Verfolgung überleben.«

Hoffentlich, dachte John. Am nächsten Morgen schickte er ein Telegramm an Herrn Steinberg.

8. Kapitel

John erinnerte sich, dass Chaim damals seine Liebe zu Elisabeth, die ihn vor allem in Deutschland hielt, mit keinem Wort erwähnt hatte, und wieder fragte er sich, wie schon unzählige Male in den vergangenen Jahrzehnten, ob alles anders gekommen wäre, wenn er um Chaims Gefühle für Elisabeth von Anfang an gewusst hätte.

Er war schon um halb vier beim Café Kranzier, ging durch die Reihen der draußen stehenden Tische und überlegte, wo er sich hinsetzen sollte. Am besten wäre es, die Sonne im Rücken zu haben, dann würden seine Falten nicht so auffallen. Ein kleiner Tisch wurde gerade frei, von ihm aus konnte er den gesamten Bürgersteig in beiden Richtungen überblicken. Er wollte genug Zeit haben, um Elisabeth zu erkennen, bevor sie ihn entdeckte. Verstohlen musterte er sich im Schaufenster. Wird sie mich attraktiv finden?, fragte er sich. Als ich Elisabeth 1936 zum ersten Mal sah, trug ich einen geliehenen Frack und Anzughosen, die mir viel zu weit waren, aber sie fand mich hinreißend, dachte er.

Er begegnete ihr an dem Abend nach dem Konzert im

Jüdischen Kulturbund. Chaim nahm ihn noch in den Delphi-Tanzpalast an der Kantstraße mit. Heute war in dem prächtigen Gebäude schräg gegenüber vom Hotel Kempinski ein Filmtheater untergebracht.

»Du wirst dir Vorkommen wie in Amerika«, meinte Chaim, »sie spielen fantastischen Swing«, und John hatte sich darüber gewundert, dass sein Freund sein Interesse für eine Musikrichtung entdeckt hatte, die er vor vier Jahren noch vehement abgelehnt hatte.

Im Delphi-Tanzpalast an der Kantstraße drängten sich die Menschen schon in der Eingangshalle. Die Luft war schwer von Parfüm, Schweiß und Rauch. Aus dem Tanzsaal dröhnte Musik. Das hört sich tatsächlich nach echtem Swing an, stellte John begeistert fest. Die Musik klang beinahe so, als ob drüben im Saal ein amerikanisches Orchester säße.

»He, Chaim, ich wusste gar nicht, dass ihr auch solche Musik machen könnt. Ich dachte, die Deutschen spielen nur Klassik.«

»Der Bandleader ist Schweizer, Teddy Stauffer, spielt erst seit kurzem hier. Ehrlich, John, ich finde diese Musik immer noch nicht besonders, aber das ist halt jetzt Mode.«

Jungen schlenderten an den beiden vorbei. John wunderte sich darüber, dass die meisten einen Regenschirm dabei hatten, obwohl es nicht nach Regen aussah. Sie trugen helle Trenchcoats und weiße oder bunte Schals. Auch ihre Anzüge waren anders geschnitten als die, die er bisher in Berlin gesehen hatte, darunter lange, weite Jacken und lässig geschnittene Hosen, und ihre Haare waren viel länger als die ihrer Altersgenossen. Im Nacken reichten sie bis über den Kragen, und den Pony hatten sie mit Pomade nach hinten gekämmt. Ihre Mädchen waren auffällig geschminkt, und sie trugen aufreizende Kleider. Die Musik wurde schneller. Die Jungen aus der Garderobe drängelten sich an John vorbei zur Tanzfläche, begannen mit einem einfachen Foxtrottschritt und schoben ihre lachenden Mädchen hin und her, bis die Röcke schwangen. Ein Trompeter spielte ein Solo. Plötzlich ließen die Jungs ihre Partnerinnen los und tanzten für sich, zappelten mit den Beinen und warfen sie in die Luft. Den rechten Arm streckten sie schräg nach oben aus, reckten den Zeigefinger hoch und schlugen den Takt mit. Viele tanzten jetzt allein, verrenkten sich in immer neuen Figuren. Die jungen Leute stampften und zuckten und schienen außer sich zu sein. Wenn ein Lied beendet war, klatschten und pfiffen sie, keuchten und küssten ihre Mädchen ungeniert auf der Tanzfläche.

Chaim tippte John auf die Schulter.

»Ein Hexenkessel, was? Wir können uns immer noch gut amüsieren. Komm jetzt, ich habe dort hinten zwei Bekannte getroffen«, sagte Chaim.

Zuerst bemerkte er ihren blonden Bubikopf und war

darüber erstaunt, dass sie diese Frisur noch trug, obwohl sie längst aus der Mode war. Dann fiel sein Blick auf ihren muskulösen Rücken, der aus dem Ausschnitt ihres türkisfarbenen Kleides hervorlugte. Auch das Kleid entsprach der Mode der zwanziger Jahre, es sah aus wie ein Charlestonkleid. Sie sprach mit einer Frau, die neben ihr saß, und gestikulierte dabei mit den Händen. John dachte noch: Diese Frau würde ich gern kennen lernen, als Chaim ihr auf die Schulter tippte und sie ansprach.

»Da sind wir. Darf ich euch meinen amerikanischen Freund John Smithfield vorstellen?«

Elisabeth drehte sich zu ihm um und musterte ihn mit unverhohlenem Interesse. Dann begann sie zu lächeln. Ihr Mund war breit, und sie hatte links und rechts auf der Wange Grübchen.

»John, ich freue mich«, sagte sie, und das Lächeln schwang in ihrer dunklen Stimme mit und setzte sich in ihren blauen Augen fort.

John verfehlte fast den Stuhl, als er sich setzte. Ihm war plötzlich heiß, und er konnte nicht sprechen. Er hockte neben dieser wunderschönen Frau, traute sich nicht, sie anzusehen, weil er Angst hatte, sich in der Tiefgründigkeit ihrer Augen zu verlieren oder ihr stattdessen ununterbrochen auf ihr perfektes Dekolleté zu starren.

»Auf John«, sagte Chaim und prostete ihm zu. Er hatte

gar nicht bemerkt, dass jemand Sekt bestellt hatte. Eigentlich mochte er das Zeug nicht, aber er wollte kein Spielverderber sein, also ergriff er das Glas und stieß mit den anderen an. Der Alkohol stieg ihm ohne Umwege in den Kopf. Diese Frau brachte ihn vollkommen aus dem Gleichgewicht.

Jetzt wandte sie sich zu ihm um, legte eine Hand auf seinen Arm und schien dabei nicht zu bemerken, dass diese kleine Berührung ihn noch mehr aus der Fassung brachte.

»Gefällt es Ihnen in Berlin?«, fragte sie. Er versuchte zu antworten, geriet aber ins Stottern und hob entschuldigend die Hände. Sie lächelte ermunternd, aber das verwirrte ihn noch viel mehr. Er verhaspelte sich erneut.

Chaim forderte Elisabeth zum Tanzen auf. John beobachtete die beiden. Elisabeth reichte Chaim nur bis zum Kinn, aber obwohl er so viel größer war als sie, schien es, als ob er sich an ihr festhielte und nicht umgekehrt. Sie schmiegte ihren Kopf an seine Schulter, wirkte dabei aber nicht entspannt. Und sie schwiegen beim Tanzen.

John blieb missmutig am Tisch zurück und grübelte darüber nach, ob Chaim etwas mit Elisabeth hatte. Aber nein, dachte er, wohl nicht, sonst hätte er es mir bestimmt gesagt, und die beiden sähen verliebter aus.

Nach fünf Tänzen kamen sie zurück an den Tisch. Elisabeths Wangen glühten. Sie schien gerne zu tanzen.

»Ich liebe diese Musik, Sie auch?«, fragte sie und fächelte sich mit der Getränkekarte Luft zu.

»Er ist verrückt nach Swing«, antwortete Chaim für ihn.

Das war sein Stichwort. Über Swing wusste er Bescheid, darüber konnte er reden.

»Chaim konnte ich bisher nicht dafür begeistern. Kennen Sie Benny Goodman?«, fragte er.

»Natürlich, aber es ist schwer, hier seine Platten zu bekommen.«

»Wenn ich wieder in Amerika bin, kann ich welche für Sie besorgen«, bot er an.

Für dieses Strahlen ihrer Augen hätte er ihr auch die Carnegie Hall gemietet.

»Ich singe in einer Bar. Wenn Sie Zeit haben, kommen Sie doch vorbei«, sagte sie.

Sie redeten über Swing, und John stellte fest, dass sie dieselben Stücke mochte wie er. Er taute auf und traute sich wieder deutsch zu sprechen. Er erzählte ihr, wann er zum ersten Mal Swing gehört hatte, welche Musik ihn an seinen ersten Kuss erinnerte. Sie lachte, als er ihr beschrieb, wie er vorher seinen Freund um Rat gefragt hatte, weil er eigentlich gar nicht wusste, wie man küsst. John stellte erstaunt fest, dass er sich noch nie so ungezwungen mit einer Frau unterhalten hatte. Und er bemerkte nicht, dass Chaim irgendwann blass und schweigsam aufstand und verschwand.

Es war jetzt kurz vor vier. Jeden Augenblick konnte Elisabeth kommen. John steckte sich eine neue Zigarette an. In der vergangenen Stunde hatte er so viel geraucht wie sonst an einem Tag.

Warum war er sich so sicher, dass er sie wiedererkennen würde? Damals war Elisabeth blond gewesen, aber vielleicht färbte sie sich heute die Haare, oder sie waren grau oder weiß?

John bereute es, aus Eitelkeit seine Brille nicht mitgenommen zu haben, die er immer trug, wenn er in der Ferne etwas besser erkennen wollte. Aber schon kurz bevor die Frau sich zu ihm umdrehte und ihm zuwinkte, wusste er, dass es Elisabeth war. Er erkannte sie an ihrem wippenden Gang, der sich in 44 Jahren nicht verändert hatte. Sie ging schnell, und dabei tänzelte sie wie zu dem Rhythmus eines fröhlichen Liedes.

»Elisabeth«, wollte er schon rufen, aber in dem Moment drehte sie sich um und kam auf ihn zu, mit demselben Lächeln und Strahlen in den Augen wie damals.

Er erhob sich und bemerkte, wie sein Herz ins Stolpern geriet. Und gleichzeitig spürte er den Ehering an seinem Finger. Sie ist eine alte Freundin, sagte er sich. Nicht mehr. Sie kam mit ausgestreckten Armen auf ihn zu. Er ignorierte das und küsste sie stattdessen flüchtig auf die Wangen. Dann bot er ihr einen Stuhl an und versuchte seine Aufregung zu zähmen. Sie hatte ihre Hände im Schoß verschränkt. Auf ihrem Gesicht las er ab, dass sie seine kühle Begrüßung irritierte. Aber sie überspielte es, indem sie ihm von den Konzertvorbereitungen erzählte. Während er ihr zuhörte, betrachtete er sie in Ruhe.

Sie hatte ihre Haare, die sie augenscheinlich färbte, mit einem bunten Tuch aus dem Gesicht gebunden, sie waren lockiger als früher. An ihren Ohren klimperten große, silberne Ohrringe, die wie Tropfen geformt waren und bei jeder ihrer Bewegungen die Reflektion des Sonnenlichtes einfingen und auf ihr Gesicht warfen. Sie trug schwarze, weite Hosen mit Stickereien an der Seite und ein schwarzes, enges Shirt. Ihr Dekolleté war noch immer großartig. In ihrem Ausschnitt hing ein einzelner großer, blauer Stein an einer silbernen Kette, ein Lapislazuli, tippte John.

Ein roter Gürtel mit Silberschnalle betonte ihre Taille. Sie war nicht so hager wie Carolyn. An den Füßen trug sie tatsächlich so etwas wie Cowboystiefel. Sie sieht aus wie ein Hippie, dachte John und erinnerte sich daran, wie sie ihn schon bei ihrem ersten Treffen dadurch verblüfft hatte, dass sie der Mode ein wenig hinterherhinkte. Aber vielleicht war es auch Ausdruck ihres persönlichen Stils, dachte er. Jedenfalls ähnelte Elisabeths Kleidung keiner derjenigen Frauen, die zu Carolyns und seinem Freundeskreis zählten. Dort trug man niemals tagsüber so ein Shirt, sondern ein Polohemd in dezenter Farbe oder eine weiße Bluse, einen blauen Rock oder Golfshorts, die knapp unterhalb des Knies endeten. Und er war sich sicher, dass sich in keinem Kleiderschrank von Carolyns Freundinnen Cowboystiefel finden ließen.

John vermied es, Elisabeth in die Augen zu sehen. Irgendetwas machte ihn unzufrieden. Sie redete weiter, wohl ohne zu bemerken, dass er wenig sprach. Sie steckte sich eine Zigarette an, sie benutzte ein silbernes Zippo-Sturmfeuerzeug. Mit einer Hand klappte sie den Deckel lässig auf und entzündete die Flamme. Ihre Hände waren knochiger als früher, auf den Handflächen sah er die Adern hervortreten. So sehen meine auch aus, dachte er.

Ihm gefiel nicht, dass sie sich so benahm, als ob er immer nur ein guter Freund gewesen wäre. Er sah ihr in die Augen und begegnete einem forschenden, abwartenden Blick, der im Widerspruch zu ihrem Plaudern stand.

»Du unterrichtest?«, fragte John.

»Ja, die Solistin von Freitagabend, Katja Zaron, ist momentan meine beste Schülerin. Ich denke, dass sie es schaffen wird, wenn sie sich noch ein wenig mehr auf ihre Karriere und weniger auf ihren Freund konzentriert. Sie war sofort begeistert von Chaims Liedern und wollte sie unbedingt aufführen.«

»Du hast sie selbst niemals gesungen?«

»Nein, das konnte ich nicht, aber ich habe sie seit damals überallhin mitgenommen, die Noten waren vollkommen verblichen und zerknittert, ich musste sie erst einmal drucken lassen.«

»Ich glaube, dass du damit Chaim eine große Freude bereitest.«

»Da bin ich mir sicher«, sagte Elisabeth und lächelte traurig.

»Du hast seiner Familie sehr geholfen, als sie nach Amerika kamen, das weiß ich von Ruth. Ich finde das großartig«, sagte Elisabeth.

»Ich konnte nicht viel tun. Steinberg bat mich um Hilfe. Seine Frau war aber schon sehr krank, ich gab Steinberg Geld, damit er Medikamente kaufen konnte, aber wie du weißt, half es nichts mehr.«

»Ja, sie wollte einfach nicht mehr leben. Aber dass sie gestorben ist und Steinberg dann auch ziemlich bald, ist nicht deine Schuld.«

»Ich weiß, es stört mich trotzdem, dass ich nicht mehr tun konnte. Weißt du, dass Ruth mir damals einen Brief geschrieben hat, in dem stand, dass Steinberg nach dem Tod seiner Frau angefangen hatte zu trinken und manchmal ganze Nächte lang nicht nach Hause kam, sondern sie irgendwo im Freien verbrachte?«

»Nein. Ich habe die beiden nie kennen gelernt, aber zumindest Ruth.«

»Dass du jetzt das Konzert organisierst, ist für sie ein gro-
ßes Geschenk, auch wenn sie nicht dabei sein kann.« Er zögerte. »Hast du ihr jemals erzählt, was damals zwischen uns
geschehen ist?«, fragte er dann.

»Nein, für sie ist es besser anzunehmen, dass ich bis zum
Schluss Chaims Freundin war.«

Sie schwiegen.

»Du hast die Firma deines Vaters übernommen?«, fragte
sie jetzt.

»Es war sonst niemand da«, antwortete John.

»Du hast nie wieder als Journalist gearbeitet?«, fragte Elisabeth.

»Ich konnte meine Mutter nach dem Tod meines Vaters
nicht im Stich lassen. Sie kam mit den Geschäften nicht zurecht, und meine Schwestern waren noch zu jung, als dass
sie einen potenziellen Schwiegersohn und Geschäftsführer
hätten anbringen können.«

Warum verteidige ich mich?, fragte sich John.

»Wann hast du geheiratet?« Elisabeth wies auf seinen breiten goldenen Ehering.

»1938«, erwiderte John.

»Verstehe«, sagte Elisabeth, und es klang verletzt.

»Ich habe sie bald nach meiner Rückkehr kennen gelernt«,
erklärte er. Warum klang auch das wie eine Rechtfertigung?

»Du hast Kinder?«

»Drei, zwei Jungs und ein Mädchen. Meinem ältesten Sohn übergebe ich bald die Geschäftsführung und ziehe mich aus der Firma zurück. Und du? Hast du eine Familie?«, fragte er schnell, weil er jetzt die Richtung des Gespräches bestimmen wollte.

»Nein«, sagte sie kühl. Irgendwie gefiel ihm das nicht.

»Erzähl mir von deiner Familie«, forderte Elisabeth ihn schließlich auf, und er tat es, weil ihm das Schweigen, das aus zu viel Ungesagtem bestand, unangenehm geworden war. Er schwärmte von Michaels Geschäftstüchtigkeit und der Intelligenz seiner ältesten Tochter Barbara, erzählte Anekdoten über seine jüngste Tochter Tessa, die gerade ihr zweites Kind bekommen hatte, sprach über Carolyns Garten und ihr Haus, ihre Freunde und seine fehlende Leidenschaft für Golf, Elisabeth saß ihm gegenüber, zündete sich ab und zu eine Zigarette an, ließ dabei jedes Mal das Feuerzeug klicken und unterbrach ihn nur mit einigen Nachfragen.

Er holte seine Brieftasche mit den Fotos heraus, die seine Frau ihm dort hineingelegt hatte, und zeigte Elisabeth die Bilder.

Erst als Elisabeth auf ihre Armbanduhr schaute und sagte, dass sie jetzt wegmüsse, weil sie noch eine Probe habe, bemerkte er, wie lange er schon redete.

Sie verabschiedete sich von ihm und ging weg, ohne sich noch einmal umzudrehen.

9. Kapitel

»Elisabeth, bitte«, sagte Katja. Elisabeth trommelte mit den Fingern auf den schwarzen Deckel des Flügels, während Christoph, der Pianist, versuchte, sich auf sein Spiel zu konzentrieren, was ihm aber nicht gelang. »Deine Finger«, versuchte es Katja noch einmal und berührte ihre Lehrerin am Arm. Elisabeth zuckte zusammen und sah Katja mit abwesendem Gesichtsausdruck an. »Was?«, fragte sie.

»Du lenkst uns mit deinem Getrommel ab«, sagte Katja und lächelte dabei, um die Kritik weniger scharf klingen zu lassen.

»Ach so, ja, natürlich, entschuldigt. Ich werde mich in die erste Reihe setzen und euch von dort aus zuhören«, sagte Elisabeth.

»Lass uns noch einmal beginnen«, schlug Katja vor. Sonst war es immer ihre Lehrerin gewesen, die Anweisungen gab, aber die saß in der ersten Reihe, wippte mit ihrem Fuß und betrachtete ihre Fingernägel. Langsam wurde Katja sauer. Dies war schließlich ihre vorletzte Probe, und Christoph patzte zwar nicht, aber spielte zu wenig gefühlvoll. Das musste ihr doch auffallen. Sie sollte etwas zu Christophs Spiel sagen, dachte sie. Katja selbst traute sich nicht, denn Christoph war schon im dritten Jahr. Aber Elisabeth schien überhaupt nicht zuzuhören.

Sie spielten das gesamte Programm durch, und die ganze Zeit sagte Elisabeth nichts, sondern nestelte an ihrer Kette. Als Katja das letzte Lied gesungen hatte, erhob Christoph sich und sagte gönnerhaft, als ob nur sie hätte Fehler machen können und er vor so etwas Niedrigem gefeit wäre:

»Das war doch schon sehr schön. Wir sehen uns dann zur Generalprobe. Ich muss los.« Er packte seine Sachen zusammen und verschwand mit einem kurzen Gruß in Richtung Elisabeth, was sie überhaupt nicht zu stören schien.

Jetzt reicht es mir, dachte Katja und ließ den Deckel des Flügels lauter als gewöhnlich herunterklappen. Der Lärm riss Elisabeth aus ihren Gedanken.

»Vorsicht«, warnte Elisabeth, »der Flügel ist sehr empfindlich.«

»Ich weiß schon. Hast du eigentlich bemerkt, dass Christoph sich dreimal verspielt hat?«, fragte Katja und bemühte sich nicht, ihren zickigen Unterton, den sie immer bekam, wenn sie wirklich sauer war, zu kontrollieren. Elisabeth stand auf und kam zu ihr auf die Bühne.

»Ja, natürlich, aber ich dachte, ich sage nichts, sonst bringe ich ihn noch mehr aus dem Konzept. Du weißt doch, was für eine Mimose er ist. Ich werde nachher noch einmal mit ihm sprechen, aber unter vier Augen. Du warst hervorragend«, lobte Elisabeth.

»Danke, aber du hast die ganze Zeit so dagesessen, als ob dich unser Spiel überhaupt nicht interessiert und du nicht zuhörst. Entschuldige, dass ich so offen bin, aber es hat mich wirklich gestört.«

»Tut mir Leid, wenn ich nicht hundertprozentig anwesend war, aber mir ist eben etwas geschehen, das mir nicht aus dem Kopf geht.«

Jetzt lächelte Katja fast. »Du wirst ja rot. Ist es ein Mann?«, fragte sie so selbstverständlich, als ob sie mit einer Gleichaltrigen spräche. Seit ihrem gemeinsamen Besuch im Café hatte sie auch nicht mehr das Gefühl, mit einer über vierzig Jahre älteren Frau zusammen zu sein. Elisabeth erschien ihr viel jünger.

»Ja, es ist ein Mann. Er hat mich vollkommen durcheinander gebracht. Ich habe zuerst pausenlos auf ihn eingeredet, weil mein Herz raste und ich ihm am liebsten sofort um den Hals gefallen wäre.«

»Und was wäre daran schlimm gewesen?«

»Er war überhaupt nicht berührt. Er begrüßte mich förmlich mit Küsschen rechts und Küsschen links. Und er ist verheiratet, seit über 40 Jahren. Er hat drei Kinder, ein erfolgreiches Unternehmen, eine bezaubernde Frau, eine Villa in Boston. Ich kam mir plötzlich so vor wie ein Niemand mit meiner kleinen Wohnung und dem bisschen, was ich auf der Bank habe. Und außerdem hat er Carolyn geheiratet, kurz nachdem wir uns aus den Augen verloren hatten.«

»Wann hast du ihn kennen gelernt, nach Chaim?«

»Nein, durch Chaim, er war sein Freund. Er kam im Sommer 1936 nach Berlin, um über die Olympiade zu schreiben, und da stellte Chaim ihn mir vor.«

Katja hatte sich einen Stuhl herangezogen und saß nun gegenüber von Elisabeth. Mittlerweile glaubte sie, dass ihr eigenes Liebesieben im Vergleich zu Elisabeths unglaublich fad war.

»Aber ich dachte, du und Chaim wart da noch zusammen?«

»Ja, eigentlich schon, aber das wusste niemand.«

»Warum nicht, er war doch nicht verheiratet?«, fragte Katja.

»Das nicht, aber Jude. Hast du nie davon gehört, dass Juden und Ariern seit Herbst 1935 verboten war, eine Beziehung miteinander zu haben?«

»Wenn ich ehrlich bin, nein.«

»Hat man euch in St. Peter-Ording den Geschichtsunterricht gestrichen?«

»Nein, es hat mich aber nie interessiert«, gab Katja etwas schnippisch zurück.

Elisabeth verdrehte die Augen.

»Aber du weißt schon, wer Hitler war?«, fragte sie spöttisch.

»Ja, natürlich«, antwortete Katja lasch, und Elisabeth beschloss, nicht weiter nachzuhaken.

»Ich glaube, jetzt solltest du aber zuhören«, sagte sie.

An dem Tag, der ihr Leben mit Chaim beendete, hatten sie einen langen Spaziergang an der Havel unternommen, sie waren meistens schweigend Hand in Hand gegangen. Beide liebten sie diese besondere Stimmung im Frühherbst, wenn sich die Blätter langsam färbten, aber die Sonne noch genug Kraft hatte, sich zu behaupten. Sie hatten einsame Wege gewählt, waren immer wieder stehen geblieben und hatten sich geküsst.

»Wir kamen nach Hause zurück, und ich schaltete das Radio an, obwohl Chaim das eigentlich immer störte. Er konnte nicht nebenbei Musik hören, sondern brauchte die Stille. Aber an diesem Tag im September 1935 spielten sie keine Musik. Bevor ich noch den Sender wechseln konnte, erfüllte Hitlers Stimme den ganzen Raum. Was er sagte, ließ uns mitten in der Bewegung erstarren. Ab sofort war es Juden und Ariern verboten, eine Beziehung einzugehen. Wir sahen uns schweigend an und dachten beide das Gleiche: Hitler spricht das Todesurteil über unsere Liebe.«

»Wie schrecklich«, sagte Katja. Mehr fiel ihr nicht ein, und sie kam sich ziemlich dumm vor.

»Ja, das war es. Ich werde niemals vergessen, wie Chaim reagierte. Er schlug mit der Faust aufs Klavier und brach dann zusammen, lag vor mir auf dem Boden und schluchzte. Ich konnte mich nicht bewegen. Ich wünschte mir, Jüdin zu sein. ›Was sollen wir tun?‹, fragte Chaim immer wieder. Schließlich hockte ich mich auf den Boden und hielt ihn fest. Die Nachbarn können uns ohne weiteres denunzieren, die wissen alle, dass wir zusammenwohnen, schoss es mir durch den Kopf. Ich bekam Angst, und für einen winzigen Augenblick spürte ich den Impuls, ihn zu verlassen. Aber als ich Chaims verzweifelten Blick sah und sein Flehen hörte, begriff ich, dass ich ihm das nicht antun durfte.«

Katja hatte ihre Hand auf Elisabeths gelegt.

»Ich entwickelte den Plan für unser zukünftiges Zusammenleben, Chaim war mit allem einverstanden. Noch am selben Tag packte ich meine Sachen zusammen und stellte meine zwei Taschen demonstrativ in den Hausflur. Dann stritten wir uns lautstark im Treppenhaus, damit auch alle Nachbarn mitbekamen, dass ich ihn verlasse.«

Katja zog ihre Hand zurück.

»Nein, es war nicht so, wie du jetzt vielleicht denkst. Ich habe mich nur zum Schein von ihm getrennt. Wir trafen uns weiter, aber nur noch außerhalb unserer Wohnungen, erst in Parks und an einem See im Grunewald, im Winter in den weniger gut besuchten Museen. Es war nicht sehr romantisch.«

»Es tut mir Leid. Und John? Der merkte nichts, als er auftauchte?«

»Nein, damals war er ziemlich naiv. Und so unbeschwert. Chaim hat mich ihm als Bekannte vorgestellt. Der ahnte nichts. Das wollte er wohl auch nicht.«

»Du hast dich wieder sofort verliebt wie bei Chaim?«, fragte Katja ungläubig.

»Ja, oder besser, nicht ganz. Als ich John sah, dachte ich nur, dass ich mit ihm ins Bett gehen wollte. Aber als wir anfingen zu reden, habe ich mich in seine Stimme und sein Lachen verliebt.«

Sie bemerkte, dass Katja rot wurde. »Entschuldige, Katja, ich bin vielleicht etwas zu direkt für eine über Sechzigjährige.«

»Nein, ich schäme mich fast dafür, dass ich nicht so leidenschaftlich bin«, sagte sie.

10. Kapitel

Auch am Abend ging ihr John nicht aus dem Kopf. Er hatte umwerfend ausgesehen mit seinem jetzt grauen, immer noch vollen Haar. Und er war fast genauso schlank wie früher. Aber er hatte während des gesamten Gespräches nicht einmal den Kontakt mit ihr aufgenommen. Und überhaupt nicht gelacht. Nicht so wie damals während ihres ersten Gespräches im Delphi-Palast. Sie konnte sich immer noch an sein zuerst verlegenes und dann so fröhliches Lachen erinnern. Und wie es in ihrem Körper prickelte, wenn er sie damals zufällig berührt hatte. Damals zupfte er ständig am Kragen seines Hemdes, als ob es ihm zu eng wäre. Augenblicklich hatte sie sich ihn in einer amerikanischen Bar umgeben von Freunden vorgestellt. Wie sie lachten, tranken, rauchten und immer neue Drinks bestellten, obwohl sie pleite waren. Und sich selbst sah sie in dieser Runde, wie sie Zigaretten mit einer langen Elfenbeinspitze rauchte und Geistreiches über das Neueste vom Broadway von sich gab und dabei daran dachte, dass sie bald mit John schlafen würde.

Jetzt konnte sie ihn sich nur noch in seinem feinen Bostoner Golfclub vorstellen, umgeben von langweiligen, hochnäsigen Frauen in knielangen Karohosen mit Perlen in den Ohren. Oder bei einem steifen Essen im Kreise seiner Geschäftsfreunde.

Aber seine abgeklärte Eleganz war gar nicht das Furchtbarste an dem Treffen gewesen, sondern wie er über seine Familie gesprochen hatte. So ohne Zweifel, so voller Begeisterung, und Elisabeth war augenblicklich auf jeden in seiner Familie eifersüchtig gewesen.

Wie hatte sie annehmen können, dass er ihr in all den Jahren die Treue hätte halten können?

Denn so eigenartig es vielleicht war: Sie selbst hatte ihm immer die Treue gehalten, einerlei mit wie vielen anderen Männern sie im Bett gewesen war.

John schwamm vierzig Bahnen im Hotelpool, nachdem er vom Treffen mit Elisabeth zurückkam. Er drosch auf das Wasser ein, um seine Wut loszuwerden. Wie konnte sie nur so arrogant und überheblich sein, als er ihr von seinem Erfolg als Geschäftsmann erzählt hatte?, dachte er. Das war typisch Künstlerin. Selber wenig Geld verdienen, sich sogar noch von Ruth Geld geben lassen, um das Konzert überhaupt organisieren zu können, und dann aber auf alle herunterschauen, die in ihrem Leben hart gearbeitet hatten. Er war noch wütend, als er zum dritten Mal in der Sauna saß, und bestellte sich danach gegen alle Vernunft einen großen Whiskey, den er in drei Zügen austrank, um dann in einen Tiefschlaf zu fallen.

Aber als er erwachte, fühlte er sich auch nicht besser. Er wollte Carolyn anrufen, aber er wusste, dass sie nichts mehr hasste, als wenn man sie nachts aufweckte. Deshalb ließ er es bleiben. Nur im Bademantel schlurfte er durch das Hotelzimmer und wusste nicht, was er mit sich anfangen sollte.

Meine Güte, wie er diese noblen Hotels hasste! Immer diese Schalen mit Früchten auf dem Tisch, die Betthupferl auf dem Kopfkissen, die Dekorationsgegenstände, die irgendwie eine private Atmosphäre erzeugen sollten und genauso im Nachbarzimmer anzutreffen waren, die Minibar mit den überteuerten Getränken, das Badezimmer mit den zwei Waschbecken, von denen er seit Jahrzehnten immer nur eines benutzte, weil er meistens allein reiste, und vor allem diese Doppelbetten, in denen, wenn er in ihnen schlief, nie etwas anderes stattgefunden hatte.

Würde es jetzt nur noch so weitergehen?, dachte er. Gut, die vielen Geschäftsreisen waren bald vorbei, aber dann drohten ihm diese vielen Abende mit Carolyn, während derer er nicht wusste, was er mit ihr sprechen sollte, während derer ein Anruf von den Kindern auch für ihn den Höhepunkt des Tages darstellen sollte. Er würde froh sein, wenn sie von ihren Freundinnen angerufen wurde und er sich in sein Arbeitszimmer zurückziehen konnte, um zu lesen. Er würde sich auf die schönen Dinge des Lebens konzentrieren wollen. Und Carolyn könnte ihm zu diesem Thema nur etwas über ihren Garten erzählen oder über die Dinnerpartys, die sie veranstaltete und zu denen ihre gemeinsamen Freunde kamen, die er allerdings fast alle langweilig fand.

Hatte er sich überhaupt schon jemals wegen seiner Frau betrunken? Wann war er zum letzten Mal wütend auf sie gewesen? Er konnte sich an keine solche Szene erinnern, sondern nur an ein Gefühl der Gleichförmigkeit. Ja, er hatte sie immer respektiert und geachtet. Sie war niemals Grund für Kummer gewesen. Er hatte sie nie sehr vermisst, wenn er auf Reisen war. Er hatte sie überhaupt niemals vermisst.

Elisabeth schon. Auch noch Jahre nach der Woche mit ihr im Sommer 1936 hatte er nicht an sie denken können, ohne in ein Gefühlschaos aus Schmerz und Sehnsucht gestürzt zu werden. Er konnte blind ihr Gesicht mit diesen unglaublich lebendigen Augen wieder in sich wachrufen, er spürte ihre Küsse und ihre warmen Hände auf seinem Rücken, während sie sich liebten. Und ihr Lachen klang in ihm nach, ihr fröhliches Lachen, das überhaupt keinen Zweifel daran ließ, dass die Welt gut für sie war, solange er sie zum Lachen bringen konnte. Er hatte es geliebt, wie sie in Gelächter ausbrach, auch wenn er ihr nur einen seiner lahmeren Witze erzählte. Sie verstand seinen Humor. Carolyn hatte ihn nie komisch gefunden.

Aber Elisabeth jetzt auch nicht mehr. Sie hatte noch nicht einmal gelächelt. War er nicht mehr komisch? Und es schmerzte ihn sehr, dass sie ihn nicht mehr zu mögen schien. Dabei war er doch innerlich derselbe geblieben. Jedenfalls kam es ihm so vor. Er sah zwar an sich herunter und wunderte sich über seine nicht mehr straffe Haut am Bauch, über seine weißen Storchenbeine und die hervortretenden Adern auf den Händen, aber er hatte immer gewusst, dass er innerlich jung geblieben war. Und er hatte erwartet, dass Elisabeth ihn erkannte. Dass sie seine Reden über das Geschäft durchschaute, dass sie in den Äußerungen über seine Frau Missmut registrierte oder zumindest Langeweile, dass sie erkannte, wie wenig wichtig ihm eigentlich sein luxuriöses Leben in Boston war.

11. Kapitel

Am nächsten Tag fuhr John zum Olympiastadion. Wenn er schon nichts mehr bei Elisabeth erreichen konnte, wollte er sich wenigstens dem anderen Teil seiner Vergangenheit in Berlin stellen. Vor Jahren hatte ihn ein Journalist um ein Interview über seine Zeit als Sportreporter während der Olympiade 1936 gebeten. John lehnte mit der Begründung ab, keine Zeit zu haben und sich auch nicht mehr genau erinnern zu können, wie es damals gewesen war. Aber das stimmte nicht. Er hatte nichts von dem vergessen, was er in diesem großartigen, im Nachhinein in seinem Gigantismus Furcht erregenden Olympiastadion erlebt hatte. Er erinnerte sich noch an seine Aufregung und Freude, als er zum ersten Mal vor dem Olympiastadion in der Schlange für die Journalisten auf Einlass wartete. An seiner Jacke steckte eine Plakette, die alle Ausländskorrespondenten bekommen hatten. Er wusste noch genau, wie stolz er darauf war, jetzt mit William Shirer von CBS und Otto Tolishus von der New York Times in einem Atemzug genannt werden zu können.

Sein Blick wanderte über die Wettkampfarena aus Granitstein. Vor dem perfekten Rund der Arena wirkten die rechteckigen Eingänge unnatürlich starr. An den Masten, die am oberen Rand der Arena aufgereiht waren, wehten die Flaggen der teilnehmenden Länder.

Eine weiß gekleidete Helferin geleitete John zu seinem Platz auf der Pressetribüne, und er war froh über ihre Hilfe, weil er, von den gigantischen Ausmaßen des Stadioninnenraumes überwältigt, die Orientierung verloren hatte. Los Angeles vor vier Jahren war ja schon beeindruckend gewesen, aber dieser Bau sprengte alle bisherigen Maßstäbe.

Auf der einen Seite des Runds drängten sich die Musiker eines Orchesters mit den Mitgliedern von einem halben Dutzend Militärkapellen auf einer Tribüne. Darüber stellten sich gerade unzählige weiß gekleidete Chorsänger auf.

Auf der anderen Seite der Arena ragte eine Plattform aus dem Zuschauerrund hervor. Sie war noch leer. Dort sollte Hitler bald erscheinen.

Das Jubeln vereinte sich zu einem einzigen Heilruf. In allen Reihen erhoben sich die Menschen von ihren Sitzen und streckten ihre rechten Arme in die Höhe. Auch einige Journalisten taten das. John sah sich verunsichert um. Musste auch er so grüßen? Doch seine amerikanischen Kollegen blieben mit verschränkten Armen sitzen, und er tat es ihnen gleich.

Unter ohrenbetäubendem Jubel nahmen Hitler und seine

Gefolgschaft in seiner Loge Platz. Die Diplomaten, die unterhalb des Führers in einer eigenen Loge saßen, erhoben sich von ihren Sesseln und begrüßten Hitler mit Applaus.

Die olympische Glocke erklang. Matrosen hissten noch mehr Flaggen. Die Mannschaften zogen durch das Marathontor ein. Jede trug ein anderes Kostüm und drehte eine Runde durch das Stadion. Einige marschierten im Gleichschritt zu den Klängen der Kapellen, die ihre Hymnen spielten. Andere Sportler kamen immer wieder aus dem Takt. Die Mannschaften nahmen vor der Hitlerloge Aufstellung, viele Sportler erwiderten seinen Gruß mit dem Hitlergruß. Die Deutschen bedachten die Athleten mit frenetischem Beifall, wenn sie mit dem Hitlergruß einmarschierten. John spürte dabei Unbehagen, was aber sofort verflog, als die amerikanische Mannschaft einzog. Seine Landsleute lüpften nur den Hut und hielten ihn gegen die Brust, als sie an Hitlers Loge vorbeimarschierten, und der Fahnenträger senkte nicht einmal seine Flagge. Keiner hob den Arm zum Hitlergruß. Als die amerikanische Hymne erklang, wäre John am liebsten aufgesprungen und hätte mitgesungen. Die Amerikaner bewegten sich lässig im Takt der Musik. Durch das Stadion toste der Beifall.

Plötzlich verstummte die Musik. Einen Augenblick war Stille, dann begannen alle Militärkapellen gleichzeitig das Horst-Wessel-Lied zu spielen. Die deutsche Mannschaft zog jetzt durch das Marathontor ein. »Heil, Heil«, donnerte es minutenlang durchs Stadion und »Deutschland, Deutschland«. Die Mannschaft nahm vor ihrem Führer Aufstellung. John griff wieder zum Fernglas. Hitler grüßte die Sportler lange wie ein römischer Imperator.

Dann eröffnete er mit dröhnender, fast ins Schreien überkippender Stimme, die Spiele.

Die olympische Hymne von Richard Strauß erklang. Weiße Tauben wurden aus ihren Käfigen gelassen, stiegen in den Himmel und zogen über dem Stadion fast rhythmisch ihre Kreise. John beobachtete sie mit Tränen in den Augen. Er hätte seinen Nachbarn gern umarmt, denn er fühlte sich plötzlich mit allen Menschen im Stadion verbunden, einerlei, woher sie kamen und welche ihre Muttersprache war: Der Sport vereinte sie.

Eine weiße Gestalt erschien auf der Ostseite des Stadions. Der letzte Fackelläufer, der Auserwählte, der die olympische Flamme vor über 100 000 Augenpaaren entzünden wird, der Lichtbringer, der Inbegriff des reinen Sportsgeistes, schrieb John auf. Der Mann war knapp zwanzig, durchtrainiert, hatte lange Beine. Lässig lief er eine halbe Runde durch das Stadion. Er schien das Gewicht der Fackel überhaupt nicht zu spüren und die Stufen zum Altar hinaufzufliegen. Oben drehte er sich um, wandte sich allen Menschen zu, die gebannt in seine Richtung starrten. Er hob die Fackel weit über seinen Kopf, hielt sie mit gestrecktem Arm hoch. Der andere Arm lag an seinem Körper an. Er richtete sich auf, straffte sich. Ich grüße euch, schien er zu sagen. Seht her, ich bin der Träger des Lichtes. Er streckte die Fackel aus. Die Flamme in der Schale entzündete sich. Sie stieg hell und leuchtend in den grauen Himmel.

Dann sprach Rudolf Ismayr den olympischen Schwur. Mit einer Hand auf der Hakenkreuzfahne gelobte er Fairness und Sportlichkeit. Und John glaubte daran, dass auch in Berlin der Sport an oberster Stelle stand.

»Halleluja, halleluja«, sang der Chor. Auf einer riesigen Tafel erschien der Spruch von Baron Coubertin.

»Sinn olympischer Spiele ist nicht Sieg, sondern Teilnahme. Ziel nicht Kampf, sondern Ritterlichkeit.«

Ja, das ist es, nur darum geht es, dachte John ergriffen und wischte sich die Tränen mit dem Handrücken weg.

Nach der Eröffnungsfeier saß er lange tatenlos vor seiner Schreibmaschine. Links und rechts schlugen Journalisten auf die Tasten ein oder telefonierten. Ihn umgab babylonisches Stimmengewirr, das ihn lähmte. Er blätterte seine Notizen durch, aber er hatte keine Idee für den Anfang. Er schwitzte und fühlte sich miserabel, als er bemerkte, dass einige Kollegen ihre Geschichten schon längst fertig hatten und in der Ecke Zigaretten rauchten.

Nein, er konnte es nicht länger ertragen, vor diesem leeren

Blatt zu sitzen. Hektisch schrieb John Sätze auf das Papier und strich sie gleich wieder durch. Es war wie verhext. Sonst fand er den ersten Satz, aus dem sich die ganze Geschichte ergeben würde, doch immer schnell. Warum hatte er ausgerechnet jetzt einen Blackout?

Als er bemerkte, dass die Hälfte seiner Kollegen schon gegangen war und sehr wahrscheinlich in einem der Restaurants beim Essen saß, verließ auch er den Presseraum. Er rauchte eine Zigarette, ging auf und ab und versuchte, sich nicht auf seinen Artikel zu konzentrieren. Manchmal kam ihm auf diese Art die rettende Idee. Er dachte daran, dass er Elisabeth noch in der Bar besuchen könnte, wenn er sich jetzt beeilte und endlich anfing zu schreiben und sich über die Feier im Stadion, die sich jetzt noch anschloss, nur Notizen machte. Er bedauerte, dass er die Abendveranstaltungen keinem Assistenten aufs Auge drücken konnte. Es war angekündigt, dass Kinder tanzen und singen und den olympischen Gedanken interpretieren sollten. Es half nichts, er würde nicht darum herumkommen, sich das Spektakel anzusehen, vorausgesetzt, er bekäme jetzt endlich einen zündenden Einfall für den Anfang seines Artikels über die Eröffnungsfeier, dachte er.

Er schloss die Augen. Manchmal konnte er auf diese Weise Bilder heraufbeschwören, die ihm halfen, den Einstieg in den Text zu finden. Er sah einen mit weißen, sich bewegenden Farbtupfen gesprenkelten Himmel und hatte plötzlich die Idee. Die Taube war ein Symbol des Friedens. Und darum ging es auch dieses Jahr bei den Olympischen Spielen, trotz der Krise in Spanien, trotz des totalitären Regimes des Gastlandes. Es war ein Fest des Friedens, das die Sportler mit den Zuschauern feierten. Davon war er überzeugt. Ja, mit diesem Bild würde er seinen Artikel beginnen und damit sicher auch seine Leserinnen ansprechen. Er stürzte in den Presseraum zurück und warf sich auf seinen Stuhl. Wie besessen hämmerte er auf die Tasten der Schreibmaschine ein, um nicht den Faden zu verlieren. Nach einer Stunde war er fertig. Erschöpft las er den Artikel noch einmal durch. Er war stolz, es doch noch geschafft zu haben, kaufte sich ein Sandwich und ging wieder auf die Pressetribüne, weil die Abendveranstaltung gleich begann.

Seufzend beobachtete er die unzähligen Kinder unten in der Arena. Na ja, das war nun wirklich uninteressant, aber für die Ladys könnte er daraus sicher eine nette Geschichte machen. Mit halb geschlossenen Augen döste er vor sich hin und überlegte gerade, ob er sich den Rest der Veranstaltung schenken sollte, als Scheinwerferstrahlen in den Himmel schossen, die sich zu breiten Lichtbändern ausweiteten und über dem Stadion eine Kuppel bildeten, so dass die Sterne vor dem gleißenden Licht verblassten. »Großartig«, murmelte John.

»Diese Hunde, wissen Sie, wozu die Scheinwerfer norma-
lerweise benutzt werden? Um Flugzeuge am Himmel aus-
findig zu machen, im Krieg, das sind Flakscheinwerfer.
Diese Nazis lassen wirklich gar nichts aus«, schimpfte der
Journalist neben ihm. John wurde jäh aus seiner stillen
Andacht gerissen.

Aber hatte er sich wirklich weiter darüber Gedanken gemacht, was dort überhaupt von den Nazis gespielt wurde?
Nein, er war nach der Eröffnungsfeier gleich in die Bar zu
Elisabeth gefahren, weil er sie unbedingt Wiedersehen
wollte. Im Wagen hatte er darüber nachgedacht, wie er sich
ihr am besten nähern könnte, denn er hatte auf jeden Fall
vorgehabt, mit ihr die Nacht zu verbringen.

Und in den Tagen danach hatte er einfach im Stadion
seinen Job erledigt, die Ergebnisse der olympischen Wett-
kämpfe aufgeschrieben, versucht, mit den Siegern ins Gespräch zu kommen. Und er war von der Leistungsfähigkeit
der Deutschen begeistert gewesen. Hatte sich sogar überlegt, ob es nicht sinnvoll wäre, auch die amerikanischen
Athleten vor der nächsten Olympiade so auf ein gemeinsames Ziel einzuschwören, wie es in Deutschland vor Berlin
geschehen war. Im Dezember 1934 war die deutsche Olympiamannschaft in der Deutschen Oper Berlin verpflichtet
worden. Und John hatte gehört, dass alle Sportler eine Erklärung hatten unterschreiben müssen, in der sie gelobten,

während der Trainingszeit allen Genüssen zu entsagen, den Körper und Willen zu schulen und zu härten, dem Reichssportminister und den von ihm eingesetzten Trainern treu ergeben zu sein, der Kameradschaft zu dienen, die Schweigepflicht über alles, was mit der Vorbereitung zur Olympiade zu tun hatte, zu beachten und insgesamt für die deutsche Sache einzustehen.

Die deutschen Sportler waren schon gemeinsam auf das Ziel zu siegen zumarschiert, als es in den USA noch nicht einmal klar gewesen war, ob überhaupt eine Olympiamannschaft nach Berlin fahren sollte, weil man Hitlers Diktatur und die Unterdrückung der Juden nicht unterstützen wollte. Aber nachdem Tilly Fleischer als Halbjüdin in das deutsche Fechtteam aufgenommen worden war, besänftigten sich die Gemüter ziemlich schnell, und die Amerikaner begannen ernsthaft zu trainieren.

Aber einige schienen das Training gar nicht zu brauchen, fand John, allen voran Jesse Owens. Er liebte es, diesem Läufer zuzusehen, weil er all das verkörperte, was er selbst gern gewesen wäre. Owens hatte seit Jahren nur ein Ziel, dass er wie besessen verfolgt hatte: Er wollte der Schnellste der Welt werden, und er hatte gegen alle Widerstände angekämpft. John beneidete Owens um dessen Zielstrebigkeit und Willenskraft, er selbst hatte so etwas noch nicht entwickelt, wusste, dass er sich bisher mit dem

Mittelmaß zufrieden gegeben und für nichts wirklich ge-kämpft hatte.

Nicht für einen Schulabschluss, Geld, Freunde oder eine Frau.

Auch Elisabeth hatte er damals nicht erobern müssen. Es hatte gereicht, da zu sein und charmant zu lächeln.

Und jetzt begegnete sie ihm mit dieser Schroffheit! Hatte sie nicht gespürt, dass sie ihn wieder aus der Fassung ge-bracht hatte? Sie hatte doch früher gewusst, was in ihm vorging, ohne dass sie ihn lange gekannt hatte.

12. Kapitel

»Morgen werden wir etwas Schönes unternehmen. Ich habe eine Überraschung für dich«, sagte Rainer und drückte einen Gute-Nacht-Kuss auf Katjas Mund. »Schatz, ich bin so müde«, sagte er, als sie ihm das Schlafanzugoberteil hochschob, um ihm den Bauch zu kraulen, »die Arbeit hat mich heute total ausgelaugt«. Dann drehte er sich zur Wand und schlief innerhalb von fünf Minuten ein. Am liebsten hätte Katja ihn aus ihrem Bett geworfen, sie wollte nicht schlafen, sondern geliebt werden. Aber dieser Mann neben ihr schien nicht in der Lage zu sein, ihre Bedürfnisse auch nur zu erahnen. Sie konnte nicht schlafen, hatte einfach Lust, aber sie war auch zu faul aufzustehen, sich ihren Anaïs-Nin-Band mit den erotischen Geschichten zu schnappen und in Rainers Zimmer zu gehen.

Also lag sie neben ihrem jetzt schnarchenden Freund und ärgerte sich darüber, ihm nicht ausdrücklicher gesagt zu haben, dass er bitte in seinem Zimmer schlafen solle, wenn er keine Lust auf sie hatte.

Sie mochte dieses quasi-eheliche Zusammenleben nicht.

Es erinnerte sie zu sehr an das stets ordentlich durchgelüftete Schlafzimmer ihrer Eltern, ihre weiße gemangelte Bettwäsche und die züchtigen T-Shirt-Nachthemden ihrer Mutter.

Vielleicht war es in Ordnung, so zu enden, wenn man Kinder hatte und seinen Mann schon seit Jahrzehnten kannte. Aber mit 21? Sie hatte schon einige Male mit dem Gedanken gespielt, sich zu trennen, aber dann wäre sie allein gewesen, und das wollte sie auf keinen Fall, denn sie war der Ansicht, so absurd sie es selbst fand, dass eine Frau ohne einen Mann an ihrer Seite nur die Hälfte wert sei. Erst seit sie Elisabeth kannte, bemerkte sie, dass diese Überzeugung, die sie von ihrer Mutter geerbt hatte, langsam ins Wanken geriet.

Rainer verabschiedete sich jeden Morgen mit einem Kuss auf ihre Stirn, weil sie meistens noch schlief, wenn er das Haus verließ. Manchmal war sie schon wach und blinzelte unter ihren Augendeckeln hervor. Dann sah sie immer dasselbe Bild. Einen jungen Mann in entweder grauem oder blauem Anzug oder mit einem karierten Sakko und grauer Hose. Das Hemd wechselte, mal war es gestreift, dann wieder einfarbig oder kariert. Der Schlips, der niemals fehlte, war immer dezent gemustert.

Zuerst hatte sie es gemocht, so verabschiedet zu werden, sie hatte sich dadurch erwachsen gefühlt. Aber seit einiger Zeit ödete es sie an.

Sie wollte gar nicht wissen, welche Überraschung Rainer sich für sie ausgedacht hatte. Sehr wahrscheinlich wollte er zuerst mit ihr shoppen gehen, und zwar in die Geschäfte, die sie ohne ihn mied, weil sie die Kleider, die dort verkauft wurden, zu konservativ fand. Er würde wieder versuchen, ihr ein Kostüm aufzuschwatzen, dezent in Dunkelblau oder Grau, vielleicht sogar einen Flanellfaltenrock, weil sie darin seiner Meinung nach so hübsch aussah.

Dann würde er ihr vorschlagen, mit ihr im Kempinski auf dem Kudamm einen Drink zu nehmen, und erwarten, dass sie große Augen machen würde, weil er sie in ein so teures Hotel ausführte.

Am liebsten wäre sie ganz früh aufgestanden und in die Musikhochschule gegangen. Sie konnte immer sagen, dass sie für das Konzert noch üben wollte, aber Elisabeth hatte ihr eine Pause verordnet, damit sie ihre Stimme nicht überanstrengte.

»Frühstück, mein Schatz«, hörte sie Rainer am nächsten Morgen in ihr Ohr säuseln, und sie roch Kaffee. Sie schlug die Augen auf. Rainers muskulöse, behaarte Beine waren zum Greifen nahe. Sie streichelte sie, aber er reagierte nicht, sondern stellte ein Tablett auf ihren Knien ab. Auf einem Teller lagen ein Vollkornbrot mit Käse und eines mit Marmelade. »Das magst du doch so gern«, meinte Rainer, »rück mal, damit ich auch noch Platz habe.« Er griff sich sein Brot mit Leberwurst, das er, soviel sie wusste, jeden Morgen aß, und biss hinein.

Katja kaute lustlos auf ihrem gesunden Brotkanten herum. Warum macht er immer genau das, was ich nicht möchte?, dachte sie sauer, denn sie hatte eigentlich vorgehabt, in der Bleibtreustraße in ihrem Lieblingscafe frühstücken zu gehen, ein wenig Zeitung zu lesen, die anderen Leute zu beobachten und den Tag in Ruhe kommen zu lassen. Stattdessen musste sie in ihrem WG-Zimmer im Bett liegen und Vollkornbrot essen.

Aber sie wollte die Stimmung nicht von vorne herein verderben. Er hat sich ja auch Mühe gegeben und kann nichts dafür, dass er nicht besonders originell ist, dachte sie.

»Ich würde dir wahnsinnig gern etwas Schönes kaufen, ich habe da neulich so ein entzückendes schwarzes Kleid gesehen. Genau das Richtige für deinen Auftritt«, sagte Rainer gerade in dem Moment, als sie begonnen hatte, mit ihm ein wenig zu füßeln. Nein, ich fang gleich an zu schreien, dachte sie und zog ihre Füße wieder zurück. Sie hatte sich schon längst entschieden, das rote Kleid zu tragen, und es auch mit Elisabeth so abgesprochen. Rainer schien nichts zu bemerken.

Katja verdrehte die Augen, aber so, dass Rainer es nicht sehen konnte. Sie wollte keinen Streit, sie durfte sich nicht aufregen, und sie durfte vor allem nicht laut schreien, weil sie ihre Stimmbänder schonen musste. Sie hätte ihren Freund am liebsten mitsamt seinem Tablett aus dem Bett gestoßen.

Und sie hatte überhaupt keine Lust mehr, sich ihm zu nähern. Aber er schien sowieso nicht die Absicht gehabt zu haben, an diesem Morgen mit ihr zu schlafen. Kaum hatte er aufgegessen, sprang er aus dem Bett und stürzte ins Bad, denn der Wasserboiler fasste nur so viel warmes Wasser, dass es morgens gerade für zwei Personen reichte.

Katja hatte keine Lust, sich mit kaltem Wasser zu waschen, und sie wusste, dass Rainer, wenn er erst einmal duschte, nicht so schnell wieder aufhören würde, also trottete sie hinter ihm her und pochte gegen die Tür, damit er ihr öffnete.

Sie putzte sich die Zähne und wusch sich das Gesicht. Gestern Abend war sie in der Badewanne gewesen, während Rainer ferngesehen hatte. Hinter dem durchsichtigen Duschvorhang sah sie die Konturen von Rainers durchtrainiertem Körper, und sie hätte heulen können, weil sie sich daran erinnerte, dass sie vor einem halben Jahr keine fünf Minuten im selben Badezimmer hätten bleiben können, ohne gemeinsam unter der Dusche zu landen.

Was hat sich eigentlich verändert?, dachte Katja, während sie Lidschatten, Kajalstift und Wimperntusche auftrug. Ist es unweigerlich so, dass man sich nicht mehr pausenlos begehrt, wenn man zusammenwohnt?

Sie fragte sich, wie es bei Chaim und Elisabeth gewesen

war, und konnte sich überhaupt nicht vorstellen, dass diese beiden Menschen sich jemals so gleichgültig begegnet waren, obwohl ihr klar war, dass Chaim auch kein Don Juan gewesen sein konnte. Aber er war feinfühlig gewesen und zärtlich. Jedenfalls hatten Elisabeths Augen gestrahlt, als sie Chainas schmale Handgelenke und seine langen Finger beschrieb.

»Wenn er Klavier spielte, vergaß ich alles um mich herum und verlor mich in seinem Spiel«, hatte sie gesagt und dabei versonnen durch die Fensterscheibe des Cafés auf die Straße geschaut. Katja wusste, dass diese Beziehung tragisch geendet hatte, auch wenn Elisabeth ihr bisher nichts Genaueres gesagt hatte, außer dass sie sich Hals über Kopf in John verliebte, als die Belastung durch die ständigen Heimlichkeiten zu groß wurde. Sie konnte erahnen, wie sehr Elisabeth damals gelitten hatte, als sie mit ihren gepackten Koffern Chaim verließ, um ihn dadurch vor Verfolgung zu schützen. Aber eigentlich wünschte sich Katja ein ähnlich intensives Gefühl, wenn sie mit einem Mann zusammen war.

Bei Rainer konnte sie sich nicht vorstellen, jemals so etwas zu empfinden. Er war nett und zuverlässig, ja, und es brachte ihr Spaß, mit ihm zu schlafen. Bisher hatte sie gedacht, dass das genügte, um mit jemandem zusammenzubleiben.

»Ich freue mich so, mit dir einen ganzen Tag verbringen zu können«, sagte Rainer auf dem Weg zur U-Bahn. Er hatte sich extra freigenommen. Katja hatte es nicht übers Herz gebracht, ihm zu sagen, wie wenig ihr momentan daran lag, mit ihm zusammen zu sein. Und sie wollte auch kein schwarzes Kleid.

In der U-Bahn saß Katja ein dunkelhaariger Mann Ende zwanzig gegenüber, neben ihm auf dem Boden stand eine Gitarre. Er trug ein schwarzes T-Shirt und eine Jeans, die an den Knien kaputt war. Seine Haare fielen ihm in die Stirn, und er schob sie lässig zurück. Rainer hatte seine Zeitung herausgeholt, weil er die Zeit nutzen wollte, um noch kurz den Wirtschaftsteil zu überfliegen, wie er sagte. Katja bemerkte, dass der Mann sie beobachtete. Zuerst versteckte sie ihr Gesicht hinter dem Feuilletonteil der Zeitung, den sie wie immer von Rainer bekam, aber dann ließ sie die Zeitung sinken, weil sie sich sowieso nicht auf die Buchstaben konzentrieren konnte. Der Mann lächelte sie an. Seine Augen waren braun. Sie wurde rot, musste ihn aber weiter ansehen. Jetzt musterte der Mann unverhohlen ihren Busen. Es gefiel ihr. Rainer las weiter im Wirtschaftsteil. Der Zug wurde langsamer. Bitte, lass ihn noch nicht aussteigen, dachte Katja, aber der Mann ihr gegenüber erhob sich, griff nach seiner Gitarre und fragte leise: »Kommst du mit?« Katja erhob sich ohne nachzudenken und wollte hinter dem Mann hergehen, aber Rainer hielt sie zurück. »Noch nicht hier, Schatz, die nächste Station«, sagte er. Der Mann zuckte mit den Achseln und verließ den Waggon so schnell, dass sie nicht mehr reagieren konnte.

Während des Essens im Europa-Center, wozu Rainer sie mit großer Geste eingeladen hatte, nachdem sie sich erfolgreich gegen den Kauf eines langweiligen schwarzen Kleides gewehrt hatte, provozierte Katja einen Streit, indem sie die Brauen hob und Rainer spöttisch anlächelte, egal, über welches Thema er mit ihr zu sprechen versuchte. Nach einer Viertelstunde hatte sie ihn so weit, dass er wütend das Restaurant verließ.

Sie folgte ihm nicht, um sich zu entschuldigen, wie sie das sonst bei Streitereien immer tat, obwohl sie wusste, dass er vor dem Europa-Center auf und ab ging. Sie bestellte sich noch einen Rotwein und fühlte sich zum ersten Mal an diesem Tag wirklich entspannt.

13. Kapitel

Elisabeth hätte niemals angenommen, dass sie einen Menschen wieder so vermissen würde, wie sie es jetzt tat. Normalerweise genoss sie es, allein in ihrer Wohnung zu sein, ein Buch zu lesen oder Musik zu hören, in die Badewanne zu gehen oder einfach nur auf dem Bett zu liegen.

Aber all das brachte ihr keinen Spaß. Einerlei, was sie tat, John fehlte ihr. Während sie in der Küche Tee zubereitete, musste sie an seine Hände denken, die ihre berührt hatten, als er ihr den Zucker reichte. Sie stellte sich vor, er stünde hier mit ihr in ihrer kleinen Küche und sähe ihr zu, wie sie die Kekse aus der Packung nahm und auf einen kleinen Teller legte. Und sie wusste, dass er die Art, wie sie sich bewegte, auch jetzt wieder liebte. Denn trotz seiner zurückhaltenden Art hatte sie gespürt, dass er sie fasziniert beobachtet hatte.

Der Schmerz der Gewissheit, John wohl niemals in ihrer Wohnung zu sehen, schoss ihr in die Brust, so dass sie die Teekanne abstellen musste, sonst hätte sie sie fallen gelassen. Sie durfte John nicht bedrängen, sie durfte nicht versuchen, ihn aus seiner Spur zu werfen. Er hatte sich vor Jahrzehnten entschieden.

Aber je mehr sie darüber nachdachte, was er tatsächlich über seine Familie gesagt hatte, desto klarer wurde ihr, dass er eigentlich fast ausschließlich begeistert von seinen Kindern erzählt hatte und das Strahlen in seinen Augen immer dann erloschen war, wenn er von Carolyn sprach.

Aber ich kann mich auch getäuscht haben, dachte Elisabeth. Sie durfte sich nicht an so kleinen Hinweisen festklammern. Besser war es, die Sehnsucht nach John zu ignorieren. Vielleicht lag es einfach daran, dass sie jetzt schon zu lange allein war, auch wenn das aus freien Stücken geschehen war. Und jetzt war sie einem Mann wieder begegnet, den sie einmal leidenschaftlich geliebt und von dem sie sich nie wirklich verabschiedet hatte, denn 1936 war der Abschied nicht freiwillig gewesen.

Elisabeth nahm sich die Noten von Chaims Liedern, um sich abzulenken. Sie konnte sie auswendig, aber irgendwie beruhigte sie es jetzt, die Seiten umzublättern und die Musik innerlich erklingen zu lassen.

Und wieder war sie begeistert von Chaims Komposition. Sie war nicht sehr kompliziert, aber jeder Ton traf sie mitten ins Herz. Sie schlug die ersten Töne an. Auch hierzu brauchte sie die Noten eigentlich nicht, aber sie schlug sie doch auf. Plötzlich öffnete sich ihr Mund, und sie begann zu singen.

Erst ganz leise, weil sie Angst vor ihrer eigenen Stimme hatte, dann lauter. Bisher hatte sie sich nur selten getraut, Chaims Lieder zu singen, weil sie Angst vor den Erinnerungen hatte. Aber seit John in Berlin war und sich mit ihr hätte erinnern können, fürchtete sie nichts mehr. Sie sang nur halblaut, weil sie ihre Nachbarn nicht stören wollte. Aber sie ließ die Balkontür auf, denn Chaims Musik sollte über den Savignyplatz schallen. Und sie stellte sich vor, wie Chaim Anfang August 1936 Klavier gespielt hatte, während er auf sie wartete, und sie nicht gekommen war, weil sie mit John im Hotel Adlon die Nacht verbrachte.

Mit jeder Minute, die verstrich, ohne dass Elisabeth leise an die Tür klopfte, wuchs Chaims Unruhe. Er versuchte, nicht daran zu denken, dass sie schon vor einer Stunde hatte kommen wollen, aber es gelang ihm nicht. Traf sie sich mit John? Sie hatten sich gestern beinahe verliebt angesehen. Aber John war sein Freund. Oder es zumindest einmal gewesen. Er würde so etwas nicht tun.

Leise spielte er eine Fuge aus dem Wohltemperierten Klavier. Bachs Musik tröstete ihn immer. In ihrer mathematischen Genauigkeit konnte sich seine Seele ausruhen. Kompositionen von Mozart machten ihn fröhlich, Chopin wühlte ihn auf. Aber Bach brachte seine Gedanken zum Fliegen.

Er improvisierte, und es formierte sich eine Melodie, die

er kannte, aber lange nicht mehr gespielt hatte. Er holte seine schwarze Mappe heraus, in der er die Entwürfe für sein Klavierkonzert aufbewahrte, und legte die Notenblätter auf das Klavier. Er fand die Sequenz, die er eben gespielt hatte. Sie stammte aus dem zweiten Satz, dem Adagio. Er spielte sie noch einmal. Diese Tonfolge war brillant. Aufgeregt suchte er den Beginn des ersten Satzes. Leise schlug er das Eingangsthema an und lauschte ihm lange hinterher. Es war mächtig und düster. Genauso hatte er es sich damals vorgestellt.

Am Tag, als er es niedergeschrieben hatte, war es so warm wie jetzt gewesen. Er hatte im Haus seiner Eltern bei geöffnetem Fenster Klavier gespielt und plötzlich von der Straße das dumpfe Knallen von Stiefelabsätzen auf dem Asphalt gehört. Das irritierte ihn, er stand auf, um das Fenster zu schließen. Aber dann war er am geöffneten Fenster stehen geblieben und hatte die vorbeimarschierenden SA-Männer beobachtet. Sie bemerkten ihn nicht, sie sahen geradeaus auf den Nacken des Vordermannes. Der Erste trug eine Hakenkreuzfahne. Die Männer marschierten im Gleichschritt. Klock, klock, klock, ertönten ihre Schritte auf dem Asphalt. Klock, klock, klock. Die schweren Stiefel bearbeiteten die Straße, als ob die Männer sie weich treten wollten.

Chaim fürchtete sich, er wusste, dieser Marsch durch das Jüdische Viertel war eine Drohgebärde. Er schloss das Fenster, denn er wollte von den Männern nicht entdeckt werden. Er setzte sich wieder ans Klavier. Seine Finger wanderten über die Tasten, als ob sie die Melodie schon kannten, die sie spielen wollten. Mit geschlossenen Augen spielte er die Töne, die seine Hände ihm vorgaben. Da war das Thema, das er monatelang nicht gefunden hatte. Das war das männliche Thema, das er als Gegenstück für das weibliche brauchte, das ihm in Siena eingefallen war.

Am nächsten Tag hatte er erfahren, dass er nicht vom Hamburgischen Stadttheater engagiert werden würde. Und die Töne in seinem Kopf waren verstummt.

Das Konzert brach mitten im dritten Satz ab. Aber jetzt erklangen weitere Töne leise und zögerlich in seinem Kopf. Er schloss die Augen. Wenn er ganz still bliebe, würden die Töne vielleicht lauter werden. Es geschah nichts. Er konnte die Melodie in seinem Kopf zwar erahnen, aber mehr nicht. Er setzte sich in den einzigen Sessel, den er besaß und der neben dem Klavier stand, lehnte sich zurück, schloss die Augen wieder und wartete.

Weit entfernt hörte er eine Oboe klagen. Eine einfache Melodie, die ihn an ein Gute-Nacht-Lied erinnerte, das seine Mutter für ihn gesungen hatte. Jetzt antwortete der Oboe eine Violine. Das Klavier nahm die Töne auf und führte die klagende Melodie fort. Dann setzten die anderen Streicher ein und spielten eine Variation der Melodie. Die Musik in

Chaims Kopf wurde lauter. Es entfaltete sich in ihm die gesamte Klangwelt eines Orchesters.

Er kramte Papier hervor und schrieb wie in Trance Noten, die sich wie von selbst aus den Tönen in seinem Kopf ergaben. Jetzt griff die Violine das Thema wieder auf. Die Querflöte übernahm die Melodie, die Oboen fügten sich ein, die Celli, die Bratschen, bis das Thema ein betörender trauriger Reigen war, in den das Klavier zu guter Letzt einstimmte. Und er schrieb und schrieb, trunken vor Glück.

Es dämmerte über Berlin. Chaim lehnte am Fenster, setzte eine Cognacflasche an den Mund und betrachtete den Himmel. Langsam wurde es hell. Er fühlte sich leicht und gleichzeitig erschöpft.

War die Zeit mit John es wert gewesen, Chaim zu hintergehen, fragte Elisabeth sich jetzt, während sie das Badewasser einlaufen ließ und sich auszog. Aber die Antwort zu finden fiel ihr überhaupt nicht schwer, denn damals hatte sie jede Sekunde mit John genossen, jeder Augenblick mit ihm hatte sie mehr zum Leben erweckt und ihr die Fröhlichkeit zurückgegeben, die sie eigentlich schon immer in ihrem Herzen getragen hatte.

Und sie wusste auch, dass es jetzt wieder so sein würde, wenn er sich ihr nur öffnen könnte. Auch wenn sie so getan hatte, als ob es sie vollkommen kalt ließe, sie war beeindruckt

134

darüber gewesen, was er aufgebaut hatte. Und mit welcher Ernsthaftigkeit, aber auch Lässigkeit er sein Ziel verfolgt hatte!

Sie war sich sicher, dass sein Herz nicht daran hing, Dinge zu kaufen und zu verkaufen. Er hätte in seinem Leben etwas erschaffen müssen, vielleicht etwas schreiben, dachte sie, aber gleichzeitig wusste sie auch, dass ihm für diesen Weg immer die Konsequenz gefehlt hatte. Schon als er für die Olympiade schrieb, hatte er nicht den Ehrgeiz besessen, durch seine Artikel etwas zu verändern. Elisabeth hatte schnell bemerkt, dass ihm abseits der sportlichen Ereignisse der Luxus, die Prominenten, das Zusammensein mit den Sportlern zu sehr interessierte. Soweit sie es damals beurteilen konnte, hatte er diese Dinge immer in den Vordergrund gestellt und seine Artikel nebenbei geschrieben.

Ihm fehlte Chaims manische Art, die ihn dazu befähigt hatte, eine eigentlich längst verlorene Sache zu verfolgen und sich durch nichts von seinem Weg abbringen zu lassen. Natürlich wollte John ein berühmter Sportreporter werden, aber er war nicht bereit, alles dafür zu geben. Ihm fehlte der letzte Funken Ehrgeiz, und das hatte Elisabeth damals genossen. Denn so blieb noch genug Platz für sie. Nicht nur einmal hatte John in den Tagen mit ihr ein Bankett, an dem er eigentlich hätte teilnehmen sollen, um Kontakte für seine Karriere zu knüpfen, sausen lassen, weil es ihm mehr Spaß brachte, ihr beim Singen zuzuhören und zuzusehen. Wie lustvoll er sie geliebt hatte! Ihm hatte sie sich ohne Rückhalt hingegeben, ausgerechnet sie, die eigentlich gar kein Vertrauen in Menschen besaß.

Und auch bei ihrem Wiedersehen im Kranzier hatte sie dieses fröhliche Vertrauen in ihn wieder gespürt. Und ihn auch sofort durchschaut: sein Bemühen, so zu sitzen, dass ihr seine Falten nicht sofort ins Auge fielen. Sie hatte sich vorgestellt, wie er morgens vor seinem Kleiderschrank nachgedacht hatte, was er für sie anziehen sollte, eher etwas Saloppes oder doch etwas Elegantes? Und wie er dann den Impuls hatte niederkämpfen müssen, seine Frau anzurufen und sich von ihr beraten zu lassen.

Sie wusste, dass er sie hatte beeindrucken und ihr zeigen wollen, wie weit er es gebracht hatte. Und ihr war klar, dass er Angst davor gehabt hatte, sie würde seine Arbeit als Groß- und Außenhandelskaufmann nicht würdigen.

Und er schien sie zu bewundern, weil sie Sängerin geblieben war.

Auch wenn sie in den Stunden nach dem Treffen angenommen hatte, er würde all diese Dinge ad acta gelegt haben, bemerkte sie doch jetzt, während sie sich ihr Treffen Stück für Stück wieder vor Augen rief, dass auch bei ihm mehr Gefühle da gewesen waren, als er hatte zugeben wollen.

Und sie nahm sich vor, ihn wieder zu treffen und ihn mit dem, was sie unternahmen, ein wenig aus der Fassung zu bringen. Vielleicht würde er dann seine Maske fallen lassen.

Und sie verbot sich für die Zukunft jeden Gedanken an seine Familie. Er musste entscheiden, wie weit er gehen wollte. Das war nicht ihr Problem.

14. Kapitel

Elisabeths Anruf kam für John überraschend, aber als er ihre Stimme hörte, schlug sein Herz sofort schneller, und er musste tief Luft holen, um sich seine Aufregung nicht anmerken zu lassen. Wie macht sie das nur?, fragte er sich. Carolyn hatte sein Herz nie zum Stolpern gebracht, wenn er mit ihr telefonierte, auch nicht am Anfang ihrer Beziehung. Elisabeth konnte ihn abfällig behandeln, und er verzieh ihr sofort, sobald er ihre Stimme hörte.

»Wir machen einen kleinen Ausflug, ja? Ich warte unten in der Lobby auf dich«, entschied sie. Sie fragte gar nicht, ob er überhaupt Zeit hatte oder wollte.

»In zwanzig Minuten«, sagte er. Er hatte keine Ahnung, was sie mit ihm vorhatte. Aber das gefiel ihm. Und er war sich sicher, dass er sich mit ihr nicht langweilen würde. Er hatte ihr beim ersten Treffen aufmerksam zugehört, ihm war keine ihrer Gesten und nichts von ihrem Mienenspiel entgangen. Sie hatte die ganze Zeit seine Aufmerksamkeit gefesselt, und das hatten in seinem Leben nicht viele Menschen in einem Gespräch geschafft. Er summte vor sich hin, steckte sich eine Zigarette an, ging ins Badezimmer, rieb sich etwas von seinem Davidoff-Aftershave auf die Wangen. Mein Gott, war er aufgeregt. Egal, was sie vorhatte – er freute sich darauf, sie zu sehen und sich in ihren Bann zu begeben. Carolyn konnte nichts dagegen haben. Dies war ein harmloses Treffen zwischen zwei Menschen, die sich vor Urzeiten geliebt hatten. Mehr nicht.

Elisabeth klimperte mit ihren Autoschlüsseln, als John auf sie zukam. Zu ihren Füßen stand eine knallrote Tasche. Sie trug ein blaues Kleid mit engem Oberteil und tiefem Ausschnitt, das Tuch in ihren Haaren hatte sie weggelassen, und ihre Haare wirkten heute nicht mehr ganz so rötlich wie gestern. Und wieder wollte er ihr unbedingt mit seinen Fingern durchs Haar fahren.

»Ziemlich heiß heute«, sagte sie, während sie sich mit großer Geste Luft zufächelte. Wie gestern erstaunte es ihn, wie ungezwungen sie sich bewegte. Die Frauen, die er kannte, schienen ihre Bewegungen ständig zu kontrollieren.

»Hast du Lust, mit mir ein wenig durch Berlin zu gondeln? Allerdings kannst du dich darauf gefasst machen, dass ich dir nicht nur die schönen Seiten zeige«, sagte sie.

Was will sie eigentlich damit bezwecken, wenn sie so von oben herab tut?, fragte er sich.

»Warum seid ihr Künstler nur immer so verdammt unkonventionell?«, murmelte er. »Können wir nicht einfach an

140

einen See fahren und in einem netten Restaurant essen gehen? Ich lade dich auch ein.«

»Ich kann mein Essen selbst bezahlen, du Snob«, zischte
sie. Er hielt sie am Arm fest, denn sie machte Anstalten auf-
zuspringen, wohl um zu gehen.

»Entschuldige, war dumm von mir«, sagte er und schob
ihr eine Haarsträhne aus der Stirn. »Fahr mit mir, wohin du
willst.«

»Okay, aber noch einmal so eine Bemerkung, und ich setze
dich auf der Strecke aus.«

»Und du hörst auf, mich Snob zu nennen, okay?«

»Du bist doch einer«, gab sie zurück.

Er musste lächeln.

»Und du bist eine anstrengende Künstlerin«, erwiderte er.
Jetzt lächelte auch sie.

»Und mein Auto steht wie immer im Halteverbot. Beeil
dich.«

Direkt vor dem Hotel parkte eine rote Ente mit einge-
schalteter Warnblinkanlage in zweiter Reihe, hinter der sich
schon einige Autos stauten.

Elisabeth stieg in den Wagen und beugte sich hinüber, um
ihm die Tür zu öffnen. Danach warf sie Schals und Kassetten
vom Beifahrersitz auf die Rückbank. Elisabeth betätigte einen
Schaltknüppel, der am Armaturenbrett angebracht war, und
setzte ein Stück zurück, ohne sich umzusehen. Dann blinkte

sie kurz und fädelte sich mit einer schnellen Bewegung des Lenkrades in den Verkehr ein. John hielt den Atem an.

»Ich habe eine Bitte: Keine Lobreden mehr auf die Familie«, sagte Elisabeth, als sie an der Gedächtniskirche vorbeifuhren. »Es macht mir Beklemmungen, dass ich nichts zu dem Thema beisteuern kann. Außerdem bin ich jetzt mit dir hier und nicht mit deinen Kindern oder deiner großartigen Frau.«

»War es gestern so schlimm?«, lachte John und hob entschuldigend die Hände. »Ich werde mich bemühen.«

Er versuchte, nicht auf Elisabeths eigenwillige Fahrweise zu achten.

»Was hast du vor?«

»Ich fahre mit dir zum Brandenburger Tor oder dem, was jetzt noch davon übrig ist. Hast du es schon mal mit der Mauer davor gesehen?«

»Nur auf Fotos. Aber muss das denn sein? Eigentlich wollte ich auf diese Art von Sightseeing verzichten«, gab er zu bedenken.

Elisabeth schien seinen Einwand nicht gehört zu haben. Sie schlängelte sich schwungvoll durch den Verkehr. Sie bemerkte nicht, dass sie einigen anderen Wagen bei ihren Manövern den Weg abschnitt oder die Vorfahrt nahm. John war sich sicher, dass sie, wenn sie beim Autofahren allein war und sich von anderen Fahrern ungerecht behandelt fühlte, unflätig fluchte.

Es war eng im Wageninnern. Sie berührte ihn beim Schalten. Ihr Fahrstil ist wirklich exzentrisch, dachte er. Gerade suchte Elisabeth auf der Mittelkonsole eine Kassette und sah nicht mehr auf die Straße.

»Ich hatte sie doch hier hingelegt«, sagte sie.

»Ich such sie«, sagte John, »guck du auf die Straße.«

»Es steht Santana drauf«, sagte Elisabeth. »Kennst du die?«

»Meine Kinder hören diese Musik, soweit ich weiß. Jedenfalls die Mädchen.«

»Und du?«

»Wir haben ein Abonnement für das Boston Symphony Orchestra.«

»Hörst du keinen Jazz mehr?«

»Wenig. Ich habe keine Zeit dazu.«

»Verstehe«, sagte Elisabeth säuerlich.

John wollte lieber nicht fragen, was dieses »Verstehe« bedeutete und angelte nach der Kassette, die unter seinen Sitz gefallen war. Elisabeth fuhr eine Kurve, der Wagen neigte sich ein wenig zur Seite. John wurde gegen die Tür gedrückt.

»Hast du sie gefunden?«, fragte Elisabeth. Er legte sie in den Recorder ein.

»Oye como va«, schepperte es aus den Lautsprechern, die vorne am Armaturenbrett angebracht waren. Elisabeth trommelte den Takt auf ihr Lenkrad und sang mit.

»Gut, was?«, sagte sie und drehte sich zu ihm um. »Pass

143

auf«, hätte er am liebsten gerufen, »guck auf die Straße«, aber er tat es nicht. Er lehnte sich zurück und nahm eine Zigarette aus der Packung von der Ablage. Wann war er das letzte Mal außer mit seinen Töchtern rauchend und mit dröhnender Musik aus scheppernden Lautsprechern in einem uralten Auto durch eine Großstadt gefahren? Er drehte gedankenverloren an seinem Ehering und hörte der Musik zu. Plötzlich scherte Elisabeth aus dem fahrenden Verkehr aus und bremste mit quietschenden Reifen.

John sah das Brandenburger Tor durch die Vorderscheibe. Auf seinem Giebel fehlte die Quadriga. Stattdessen wehte dort eine Schwarz-Rot-Goldene Flagge mit Hammer und Zirkel in der Mitte.

Elisabeth hatte die Musik abgedreht und sah stumm durch die Vorderscheibe. John wagte es nicht zu sprechen. Plötzlich stieg Elisabeth aus und steuerte auf die Holztreppe zu, die zur Aussichtsplattform führte.

»Du musst noch abschließen«, rief John ihr hinterher.

»Diese Karre wird nicht gestohlen«, antwortete sie. Da bin ich mir sicher, dachte er.

Ihm blieb nichts übrig, als ihr zu folgen, obwohl er wenig Lust auf diese Tour verspürte. Hinter der Mauer erhob sich das Brandenburger Tor. Ein verletztes Gebäude, dachte er. Vor dem Brandenburger Tor hatte er Elisabeth zum ersten Mal geküsst, und sie hatte seine Küsse leidenschaftlich erwidert. Erinnerte sie sich noch daran? War sie deshalb mit ihm ausgerechnet hierher gekommen?

»Hat sich ganz schön verändert«, stellte Elisabeth fest, als sie vor ihm die Treppen emporstieg. Ihm fiel auf, dass sie immer noch schöne Beine hatte.

Sie waren allein auf der Plattform.

John warf einen Blick durch das Brandenburger Tor auf den Pariser Platz. Aber da gab es nichts mehr außer Trostlosigkeit.

»Ich habe mich immer noch nicht an diesen Anblick gewöhnt, obwohl ich schon wieder so lange hier lebe«, sagte Elisabeth. »Als ich 1955 aus Schweden zurückkam, schien alles noch offen zu sein, ich war oft drüben in Ostberlin. Bin in den ersten einsamen Wochen in meiner wiedergewonnenen Heimatstadt kreuz und quer zu Fuß unterwegs gewesen. Ich hätte permanent jubeln können, weil ich wieder zu Hause sein konnte, obwohl sich viel verändert hatte.«

»Wo warst du, als die Mauer gebaut wurde?«, fragte John.

»Ich saß in meiner Wohnung, hörte Radio. Ich hatte mein Telefon ausgestöpselt, um Ruhe vor den Anrufen eines hartnäckigen Verehrers zu haben. Da kam plötzlich die Meldung, dass die Grenze dicht ist. Ich bin dann zum Brandenburger Tor gelaufen, weil ich es nicht glauben wollte. Dort hatten sich viele Menschen versammelt. Ich stand mitten

145

unter ihnen und hörte ihren Geschichten zu, von dem verlorenen Geliebten, den Eltern, die am Prenzlauer Berg wohnten, den Geschwistern, den Freunden, die jetzt unerreichbar schienen. Ich hatte niemanden verloren, und das erste Mal seit langer Zeit war ich froh, allein zu sein und keine Familie zu haben. Manchmal fühle ich mich wochenlang frei, aber dann überfällt mich plötzlich das Gefühl, eingesperrt zu sein. Dann setze ich mich ins Auto und fahre in den Westen«, sagte Elisabeth.

»Warum bist du nicht in Schweden geblieben?«

»Ich hatte Heimweh. Und ich wollte nicht mehr mit Sören zusammen sein.«

»Dein Mann?«

»Nein, ich war nie verheiratet. Aber ich habe ihn 1937 kennen gelernt, als es mir sehr schlecht ging. Und er baute mich auf. Gab mir Mut und vor allem die Möglichkeit, aus meinem winzigen Zimmer in Stockholm herauszukommen. Er war Maler, hatte es aber nicht nötig, Bilder zu verkaufen. Er hat mir ein Bild geschenkt, es hängt in meiner Küche: Ein grauer Himmel über einem grauen Meer und irgendwo im Hintergrund eine Ansammlung von weißen Holzhäusern unter einer blassgelben Sonne, die durch Wolken scheint. Weißt du, John, Sören malte grundsätzlich keine Menschen. Nur auf einem Bild hat er mich gezeichnet, aber nur von hinten und anstatt der weißen Häuser. Er

146

malte Landschaften immer noch so, als ob es den Expressionismus und den Surrealismus überhaupt nicht gegeben hätte.«

»Hast du ihn geliebt?«, fragte John.

»Frage ich dich, ob du Carolyn liebst?«, gab sie zurück. »Nein«, sagte sie dann schnell, »ich habe ihn wohl nicht geliebt. Aber er gab mir eine Heimat. Er schien sich für Menschen nicht zu interessieren, aber mich wählte er aus, überschüttete mich mit Zuneigung und Liebe. Noch nie zuvor und auch nicht danach wurde ich so auf Händen getragen. Er war zwanzig Jahre älter als ich.«

Eigentlich wollte John gar nicht mehr erfahren, aber Elisabeth ließ sich nicht bremsen.

»Er nahm mich mit nach Göteborg, wo seine Familie lebte, die sehr vermögend war. Wir lebten den Sommer über in seinem Haus auf den Göteborger Schären nahe Marstrand. Den Winter verbrachten wir in Stockholm. Dort trat ich in Clubs auf, weil Sören fand, dass ich Talent habe. Er besorgte mir einen Gesanglehrer, der mich auch während des Krieges unterrichtete, wenn wir in Stockholm waren. Aber die letzten beiden Kriegsjahre waren wir überwiegend im Sommerhaus.«

»Und wie haben dich die Schweden behandelt?«

»Ich galt für sie als politischer Flüchtling. Jedenfalls für die, die mich kannten. Den anderen haben wir erzählt, dass ich Schwedin bin. Ich lernte die Sprache ziemlich schnell. Und mit meinen blonden Haaren war es auch kein Problem. Er hat mir sehr geholfen, und dafür war ich wohl mit ihm zusammen«, sagte Elisabeth. »Findest du es schlimm?«, fragte sie dann.

John schüttelte den Kopf. Er hätte es schlimm gefunden, wenn sie ihm erzählt hätte, wie sehr sie Sören geliebt hatte.

»Es war ein gutes Leben in Schweden. Aber ich habe mich in den kalten Sommern so sehr nach der Havel, dem Wannsee, den Biergärten und der samtweichen Luft in Berlin gesehnt, dass ich fast wahnsinnig geworden bin.«

»Warum bist du nicht mal hingefahren? Nach dem Krieg?«

»Ich hatte Angst, das zerstörte Berlin würde mich zu sehr deprimieren. Deshalb wartete ich bis 1955. Zurückzukehren war eine gute Entscheidung.«

Elisabeth lehnte dicht neben John an der Brüstung.

»Ich bin glücklich so. Ich verdiene mein Geld nach wie vor mit Musik, zwar nicht viel, aber es reicht. Ich lebe allein. Ich wollte nie eine Familie.«

»Ich auch nicht«, sagte John und erschrak über diese Worte. Wie kam er dazu, so etwas zu sagen? Er liebte seine Familie doch, hatte sich über die Geburt der Kinder gefreut, alles für sie getan.

Aber dennoch erkannte er, dass auch Wahrheit in dem steckte, was er eben gesagt hatte. Damals, als er nach Boston zurückkehren musste, hatte er sich jeden Tag nach Elisabeth gesehnt, auch wenn er sich darüber im Klaren war, dass es keinen Sinn hatte. Er wusste nicht, wo er sie hätte suchen sollen. Aber er dachte an sie.

Carolyn war die Tochter einer befreundeten Familie gewesen. Zuerst hatte sie ihm geholfen, in der Bostoner Gesellschaft wieder Fuß zu fassen und nach dem Tod seines Vaters Kontakte zu knüpfen. Bald waren sie regelmäßig miteinander ausgegangen. Und irgendwie stand es außer Frage, dass sie heiraten würden, bevor er Carolyn überhaupt einen Antrag gemacht hatte. Es war alles gleichzeitig geschehen. Er hatte genug damit zu tun gehabt, die Firma zu leiten. Er arbeitete unendlich viel und war von der Idee einer Heirat überrumpelt worden. Aber er hatte auch gehofft, auf diese Weise könne er Elisabeth vergessen, die für ihn verloren zu sein schien.

»Kannst du noch mehr Scheußlichkeit verkraften?«, fragte Elisabeth unvermittelt.

Eigentlich wollte er nichts mehr besichtigen, aber auf diese Weise konnte er jedenfalls mit ihr zusammen sein. Sie war zwar überspannt und chaotisch, aber je mehr Zeit er mit ihr verbrachte, desto mehr genoss er es, einmal nicht darauf achten zu müssen, korrekt und überlegen zu sein. Sie war unabhängig und kam ziemlich gut allein zurecht.

Sie fuhren an der Mauer entlang, Joni Mitchell sang.

Elisabeth drehte die Kassette immer wieder um. Sie fuhren in jede Sackgasse hinein, die an der Mauer endete, und erklommen dann den Aussichtsturm. Sie sprachen nicht, berührten sich nicht, standen dicht nebeneinander und sahen hinüber auf die andere Seite. Sie rauchten schweigend. Auf der vierten Aussichtsplattform bemerkte John, dass sie von den DDR-Grenzsoldaten durch ein Fernglas beobachtet wurden. Auf der zehnten Plattform nahm ein Grenzpolizist sie mit seinem Fotoapparat ins Visier und schoss ein Bild.

John konnte Elisabeths Traurigkeit spüren, auch wenn er sie nicht ansah und nicht mit ihr sprach. Er spähte über die Mauer in den trostlosen Osten und freute sich heimlich darüber, Amerikaner zu sein und nicht Deutscher.

»Weißt du noch, wie du am Tag vor der Olympiade am Lustgarten gewesen bist, um über die Parade zu schreiben?«, fragte Elisabeth in die Stille hinein. »Es war am Tag nach unserer ersten Begegnung.«

»Ja, es war eine schreckliche Veranstaltung, unglaublich langweilig. Was mich am meisten schockierte, waren die Hitlerjungen, die dort stundenlang strammstanden. Grauenhaft.«

»Ich war auch dort, habe dich auf der Tribüne gesehen. Ich wusste, dass du dort sein würdest.«

»Warum hast du mich nicht begrüßt?«

»Ich habe mich nicht getraut. Aber ich habe dich aus der Entfernung beobachtet und war glücklich, dich überhaupt zu sehen.« Sie lächelte verlegen.

Elisabeth hatte nach dem Aufwachen beschlossen, einen Spaziergang durch die Stadt zu unternehmen. Und wie zufällig hatte sie ihr Weg zum Hotel Adlon geführt. Das wunderte sie nicht, denn während ihres Spazierganges dachte sie die ganze Zeit an John. Sie spielte mit dem Gedanken, in die Hotelhalle zu gehen und nach ihm zu fragen, aber ihr fehlte der Mut. Stattdessen folgte sie den Menschen, die zum Lustgarten strömten. An den Straßenrändern hatten sich Hitlerjungen und Parteimitglieder postiert. Elisabeth fühlte sich unwohl, weil sie wegen ihrer Freundschaft mit Chaim in der ständigen Angst lebte, verhaftet zu werden. Es regnete leicht. Auf der einen Seite des Lustgartens waren eine Tribüne und ein Podium aufgebaut. Sie ließ ihren Blick über die Tribüne schweifen und entdeckte John, der in ein Gespräch mit einem Kollegen vertieft war. Sie beschloss, zu bleiben und ihn in Ruhe zu betrachten, auch wenn ihr die Veranstaltung Unbehagen bereitete.

Unzählige Jungen marschierten über den Platz und stellten sich auf. Ihre Anführer brüllten Befehle. Elisabeth fröstelte, als sie bemerkte, wie willig und fröhlich sich die Jungen dem harschen Ton beugten.

Wenn Chaim erfährt, dass ich hier bin, wird er mich für verrückt erklären, dachte sie.

Es regnete immer noch. Jemand blaffte Kommandos, die Jungen parierten sofort. Sie bewegten sich simultan wie kleine Teile einer gewaltigen Maschinerie. Die Menge applaudierte. Die Hitlerjungen grüßten mit emporgereckten Händen. Eine Militärkapelle ließ scheppernde Märsche ertönen. Elisabeth sah, wie John etwas in seinem Notizbuch notierte. Einen Moment lang mochte sie ihn nicht, weil er so unbekümmert wirkte.

Jetzt sprach Reichssportführer von Tschammer und Osten. Bald würde ein Fackelträger das olympische Feuer bringen. Fassungslos beobachtete Elisabeth die Hitlerjungen. Dort standen sie, Schulter an Schulter, in kurzen Hosen, mit geglätteten Haaren, Halstuch, die Augen geradeaus, wie Holzpuppen sahen sie aus. Wie ernst sie die Sache nahmen, wie angespannt ihre Gesichter wirkten. Obwohl sie schon lange regungslos in ein und derselben Position verharrten, sah sie bei keinem Anzeichen der Erschöpfung.

Sie ließ ihren Blick weiter über die Reihen gleiten. Plötzlich stockte sie, ging zurück, betrachtete die Gesichter der Jungen genauer. Nein, sie hatte sich nicht geirrt. Ganz vorne entdeckte sie ihren Bruder Helmut, den sie seit drei Jahren nicht gesehen hatte. Seine blonden Haare waren sehr kurz geschnitten, dadurch sah man seine Segelohren noch besser. Elisabeths Herz zog sich zusammen. Sie hatte sich in den vergangenen Jahren so oft vorgestellt, ihn wiederzusehen, aber niemals in der Uniform eines Hitlerjungen.

Jemand gab Kommandos. Helmut riss den rechten Arm hoch und brüllte Heil. Er wirkte ernst, entschlossen, stolz und zufrieden. Er fühlte sich augenscheinlich in dieser Menge Gleichgesinnter wohl. Er spielt nicht mehr mit den Jungs auf der Straße Fußball, dachte Elisabeth. In der Nähe der Straße, in der sie wohnte, gab es einen Sportplatz. Regelmäßig ließ dort ein Anführer seine Hitlerjungen aufmarschieren, brüllte Kommandos und übte strammstehen. Nie war ihr der Gedanke gekommen, dass ihr Bruder einer dieser Kolonnen angehören könnte. Aber jetzt war ihr klar, dass auch Helmut beim Nachhausegehen Lieder sang, in denen Judenblut gefordert wurde, und sie war sich nicht mehr sicher, ob sie die Hand dafür ins Feuer legen konnte, dass ihr Bruder noch keine jüdischen Jungs gejagt hatte. Sie stellte sich vor, wie er mit seiner Horde durch die Straßen zog, eine Fahne schwenkte, im Gleichschritt marschierte und diese furchtbaren Lieder brüllte, in denen Blut vorkam und Tod und Ehre und Vaterland.

Elisabeth wurde schlecht, wenn sie daran dachte, dass er jede Woche in seiner Kameradschaft gefragt wurde, ob er in seiner Familie etwas Auffälliges beobachtet habe, das er melden wollte. Sie ahnte, dass er sich bei solchen Gelegenheiten nicht zurückhalten würde. Sie durfte ihn nicht Wiedersehen. Er hätte sie wohl sofort verpfiffen.

Jetzt entdeckte sie ihre Mutter in der Menge der Zuschauer und spürte das alte kalte Unbehagen in sich aufsteigen. Auch aus der Entfernung konnte Elisabeth erkennen, wie stolz ihre Mutter auf ihren Bruder war. Neben ihr stand ihr Vater. Elisabeths Kehle schnürte sich zu. Er trug keine Uniform. War er zur Vernunft gekommen? Wie gerne wollte sie das glauben. Als kleines Mädchen war er ihr Held gewesen, der sie zum Lachen brachte, wenn sie sich wehgetan hatte. Er hatte sie auf den Armen ins Bett getragen. Er hatte ihr Geschichten vorgelesen und ihr dabei liebevoll durchs Haar gestrichen. Er hatte sie auf seinen Schoß gesetzt und ihren Rücken gekrault. »Mein Engelchen«, hatte er sie genannt, und Elisabeth war sich damals sicher gewesen, dass er sie lieber mochte als Mutter. Sie hatte ihn angehimmelt. Doch dann hatte er sie verraten. Sie durfte ihm nicht mehr trauen.

Gerade hob Vater ein kleines Mädchen in einem Matrosenkleid auf seine Schultern. Das ist meine Schwester, durchfuhr es Elisabeth. Sie haben mich durch eine neue Tochter ersetzt. Das Mädchen zupfte an den Haaren ihres Vaters, und er lachte. Sie ähnelt mir, als ich so alt war wie sie, dachte Elisabeth. Und sie erkannte, dass ihre Eltern und Helmut sie aus der Familie gestrichen hatten und damit glücklich zu sein schienen. Wenn sie wüssten, wie sehr sie mich damals verletzt haben, wäre es ihnen egal. Ihr Vater würde sogar sicher behaupten, dass alles ihre Schuld sei. Für ihn war sie eine Sünderin, denn sie war mit Charlotte, einer Jüdin, befreundet gewesen. Mit ihr hatte sie musiziert, diskutiert, gelesen. Bald verbrachte sie jeden Nachmittag nach der Schule bei ihr in der Jugendstilvilla. Ihren Eltern erzählte sie, sie würde Nachhilfeunterricht geben.

Aber eine Woche vor den Abiturprüfungen erwischte ihr Vater sie und erfuhr von Charlotte.

Ihre Mutter kam ihr nicht zu Hilfe, als er sie so lange mit dem Gürtel schlug, bis ihr das Blut den Rücken hinunterrann. Ihre Mutter kam auch nicht, als ihr Vater schon längst zur Arbeit gegangen war. Ihre Mutter brachte ihr kein Essen und tröstete sie nicht, sie ließ sie einfach wimmernd in ihrem Zimmer liegen. Elisabeth hörte, wie sie mit Helmut sprach, ihm Abendbrot zubereitete, ihn badete, ihn dann ins Bett brachte und ihm noch etwas vorsang.

Lange kauerte Elisabeth mit geschlossenen Augen auf ihrem Bett und versuchte, nichts zu fühlen. Als es dunkel war, hatte sie ihren Entschluss gefasst. Sie packte einen Rucksack mit ein paar Kleidern, nahm ihre Spardose und stieg aus dem Fenster.

Zuerst wohnte sie bei Charlotte, aber sie konnte die Harmonie in der Familie, die trotz der Verfolgung bestand, nicht lange ertragen, suchte sich eine Arbeit als Zigaretten-mädchen und Bedienung in einer Bar und nahm sich ein winziges Zimmer am Tiergarten.

John und Elisabeth saßen auf den Stufen des Reichstages, aßen Wassermelonen, Bananen und Kekse und tranken Wasser. Hinter ihnen erhob sich die Mauer. Vor ihnen erstreckte sich ein großer gepflasterter, von dünnen Rasen-streifen durchzogener Platz, der jetzt menschenleer war. Obwohl sie sich inmitten der Stadt befanden, war es hier merkwürdig still. »Dem Deutschen Volke« stand über ihnen auf einer Inschrift am Gebäude. Was für ein Hohn!, dachte John. Haben sie es wirklich verdient, in einem geteilten Land zu leben?

John hätte gerne woanders Pause gemacht als direkt an der Mauer, aber für Elisabeth schien es wichtig zu sein, genau hier zu sitzen. Sie sah blass aus. Sie hatte die vergangene halbe Stunde geschwiegen.

»Was ist aus Helmut geworden?«, fragte John leise, darauf gefasst, keine Antwort zu bekommen.

»Ich habe meinen nie wiedergesehen«, sagte Elisabeth. »Ich weiß nicht, ob er noch lebt.«

»Hast du nicht versucht, mit ihm Kontakt aufzunehmen?«

»Ja, als ich wieder in Berlin war, habe ich Nachforschun-gen angestellt und nur herausgefunden, dass er mit unserer

Schwester und meinen Eltern nach Chile gegangen ist. Als ehemaliger Gestapomann schien das meinem Vater sicherer«, fügte sie hinzu.

»Lass uns irgendwo auf dem Kurfürstendamm einen Drink nehmen. Für heute habe ich genug von deprimierenden Gegenden und Gesprächen«, sagte John und legte seine Hand auf Elisabeths Schulter. Sie lehnte sich an ihn.

»Du hast Recht, es hat keinen Sinn, in der Vergangenheit zu stochern«, antwortete sie und stand abrupt auf. »Aber vorher muss ich noch etwas erledigen, komm.«

Die Häuser links und rechts der Straßen, durch die sie fuhren, wurden schäbiger.

Viele der kleinen Läden hatten noch geöffnet. Vor jeder Kneipe standen ein paar Tische und Stühle auf dem Bürgersteig.

»Wir sind jetzt wieder in Kreuzberg wie vorhin auf unserer Tour schon mal.«

»Keine besonders schöne Gegend«, rutschte es John heraus.

»Das stimmt, aber wahnsinnig spannend. Ich gehe hier oft abends essen.«

John konnte sich lebhaft vorstellen, wie sie an einem Holztisch billiges Bier trank und mit fremden Menschen ins Gespräch kam. Er fand dieses schäbige Ambiente nicht sehr einladend.

Elisabeth parkte ihr Auto halb auf dem Fußweg, halb auf der Fahrbahn.

»Das kann so stehen bleiben, wir sind nicht lange weg«, sagte sie.

In schnellen Schritten ging sie eine Straße mit schmutzig grauen Häusern entlang. Die grauen Gehwegplatten waren teilweise zersprungen und notdürftig mit Teer geflickt. Aus den geöffneten Fenstern hörte John Lachen, Schreien, türkische Musik.

Die Straße machte am Ende einen Knick und lief jetzt parallel zur Mauer entlang. Sie kamen an einer Gruppe Jungen vorbei, die Fußball spielten. Einer von ihnen stand im Tor, das auf die Mauer gemalt war. Warum tut sie mir das an?, dachte John. Langsam wurde er ein wenig sauer auf Elisabeth. Sie schien besessen von der Mauer zu sein, oder wollte sie ihm als Amerikaner ein schlechtes Gewissen einreden, weil sie fand, dass seine Nation nicht unbeteiligt an diesem Dilemma war?

Die Russen haben die Mauer bauen lassen, wollte er ihr am liebsten sagen, aber er hielt sich zurück. Er wollte nicht mit ihr streiten.

Er versuchte zu ignorieren, dass er direkt neben der Mauer auf einer engen Straße an trostlosen Häusern vorbeiging. Die Straße mündete in eine Wiese, die auf der einen Seite durch die Mauer begrenzt wurde. Auf Klappstühlen saß eine türkische Großfamilie um einen Grill. Jemand hatte »Nieder mit dem Sozialismus« mit weißer Farbe an die Mauer geschrieben, in einer anderen Schrift standen Wörter, deren Sinn John nicht verstand.

Elisabeth ging zu der Gruppe und sprach mit einem Mann, der das Oberhaupt der Familie zu sein schien.

John blieb unschlüssig in einigem Abstand stehen. Er hatte keine Ahnung, was sie hier wollte, und wünschte sich inbrünstig an die Bar seines Hotels.

Jetzt kramte Elisabeth in ihrer riesigen roten Tasche und holte etwas heraus. Ungeduldig winkte sie ihn zu sich.

Als er näher kam, sah er, dass sie eine Spraydose in der Hand hielt.

»Ich will noch etwas an die Mauer schreiben«, sagte sie, »das mache ich in regelmäßigen Abständen. Irgendjemand hat das vom letzten Mal übergemalt.«

»Darf man das denn?«

»Weiß ich nicht. Ich habe mit der Familie dort gesprochen. Sie finden es gut.«

Elisabeth blieb vor der Mauer stehen und fing an, in großen, blauen Lettern »Seelische Grausamkeit« auf die Wand zu sprühen. Dann hielt sie ihm die Spraydose hin.

Zuerst wollte er sie ihr zurückgeben, ohne etwas zu schreiben – er fand die Aktion albern, aber auch ein wenig aufregend. Elisabeth sah ihn herausfordernd an.

»Jetzt du«, sagte sie zu ihm. »Es bringt Spaß.« Und er ging dicht an die Mauer und fing an zu sprühen.

Remember Chaim, summer 1936, schrieb er direkt neben Elisabeths Worten an die Mauer, aber in viel kleinerer Schrift.

Er gab ihr die Dose zurück.

»Hast du jemals aufgehört, an ihn zu denken?«, fragte John sie.

»Nein«, antwortete Elisabeth.

»Genauso wenig wie an dich«, sagte sie noch, aber so leise, dass er sich nicht sicher sein konnte, ob er sie richtig verstanden hatte.

Nachdem sie ihn im Hotel abgesetzt hatte, fuhr Elisabeth ziellos in der Innenstadt herum, weil sie noch nicht nach Hause wollte. Und auf einmal war sie in der Straße, in der ihre Bar gewesen war.

Als John damals am Tag der Eröffnungsfeier in die Bar gekommen war und sie ihn ganz vorn an der Bühne an einem der Tische entdeckte, wäre sie am liebsten wieder in der Garderobe verschwunden. Aber sie konnte ihren Auftritt nicht absagen. Der Club war voll, was sicher auch an dem Schild vor der Tür lag, auf dem Original American Swing stand.

John zündete sich eine Zigarette an und musterte sie. Sie stand jetzt vor dem Mikrofon neben dem Klavier. Der würzige Duft seiner filterlosen Zigarette stieg ihr in die Nase, sie stellte sich vor, wie er auf seiner Haut riechen musste, und verpasste fast den Einsatz ihres ersten Liedes.

Sie spürte seine Blicke und war sich noch mehr bewusst, dass John ihre Beine durch die beiden Seitenschlitze in ihrem hautengen Kleid aus blauen Pailletten sehen konnte. Sie wiegte sich in den Hüften. Sie bemerkte, wie er ihre Brüste betrachtete. Sie wusste, dass er sich vorstellte, sie dort zu küssen, und das erregte sie.

Er wartete, bis sie freihatte, dann schlenderten sie Hand in Hand durch die stillen Straßen, und ihr war klar, dass der Abend in seinem Bett enden würde.

Das Fenster von Johns Hotelzimmer stand offen, es war vier Uhr morgens. Es wurde langsam hell, und sie lagen auf seinem Bett einander zugewandt und sahen sich an, ohne sich zu berühren. Das erste Mal an diesem Abend, der damit begonnen hatte, dass John in die Bar gekommen war und ihr beim Singen zugesehen hatte, sprachen sie nicht. Aber dieses Schweigen war nicht beklemmend. Sie sahen sich in die Augen, und in diesem Moment fühlte sich Elisabeth John gleichzeitig nah und weit entfernt. Sie hätte ihm gerne gesagt, dass sie ihn liebte und mit ihm zusammenbleiben wollte. Aber sie wusste, dass es gegen die Spielregeln wäre, so etwas zu sagen. Sie hatten nur diesen gemeinsamen Morgen, danach würde sie zu Chaim zurückkehren. Seine Augen hatten ihren spöttischen Ausdruck verloren.

Sie streichelte seine Wangen, fuhr ihm über die Augenlider, liebkoste seine Lippen. Er streichelte ihre Finger, und sie spürte diese Berührung im ganzen Körper. Sie strich ihm durch die Haare, die weich und drahtig zugleich waren.

Sie legte ihren Kopf an seine Schulter und schloss die Augen. Er spielte mit den Fingern in ihrem Haar, so wie niemand sonst es bisher getan hatte. »Du hast wunderschöne Haare«, flüsterte er ihr ins Ohr.

Dann beugte er sich über sie, teilte ihre Lippen mit seiner Zunge, küsste ihre Ohrläppchen, schob seine Hände unter ihr Kleid, strich über ihre Oberschenkel bis zum Ansatz des Höschens, knöpfte ihr Kleid auf, drängte sich an sie. Sie leckte mit der Zunge über seinen Hals, er seufzte laut.

Es geschah alles gleichzeitig. Sie seufzte, stöhnte, umfasste seine Hüften, damit er noch tiefer in sie eindringen konnte, sah in den immer heller werdenden Himmel vor dem Hotelfenster und wusste, dass sie nur noch von diesem Mann geliebt werden wollte.

Später erzählte sie ihm von Chaim.

»Du bist mit ihm zusammen?«, fragte John ungläubig und rückte von ihr ab. Eben hatten sie sich noch in den Armen gelegen. »Warum hast du mir das nicht gesagt?«

»Ich wollte unbedingt mit dir schlafen«, sagte sie.

»Aber wir hätten es nicht tun sollen«, entgegnete John.

Noch nackt suchte Elisabeth ihre Sachen zusammen.

»Obwohl, wenn ich dich so sehe«, sagte John, »komm wieder ins Bett.«

Aber sie konnte nicht zurück. Sie zog sich an. John sah ihr schweigend zu.

Zum Abschied gab er ihr einen Kuss auf die Wange, ohne zu fragen, ob er sie Wiedersehen würde.

15. Kapitel

Es klingelte. John, dachte Elisabeth, endlich. Sie warf einen Blick in den Spiegel neben der Tür und machte auf. Es war Katja mit verheultem Gesicht. Bevor Elisabeth noch etwas sagen konnte, sank ihr Katja in die Arme und schluchzte an ihrem Busen. Unbeholfen tätschelte Elisabeth ihr die Haare. Sie war nicht gerade darin geübt, jemanden zu trösten, der so viel jünger war als sie selbst. Sie konnte sich auch nicht erinnern, wann sie zuletzt überhaupt jemanden getröstet hatte. Seit sie sich von ihrem letzten Liebhaber getrennt hatte, war niemand mehr so nahe an sie herangekommen außer vielleicht ihre besten Freundinnen. Aber davon hatte sie nur zwei, und denen ging es schon seit vielen Monaten ausgesprochen gut.

Carolyn wüsste jetzt genau, was zu tun ist, dachte sie mürrisch.

Nur langsam beruhigte sich Katja in ihren Armen. Elisabeth führte sie ins Wohnzimmer und setzte sie auf das Sofa mit dem blau-grün-gelb geblümtem Bezug, den sie aus England mitgebracht hatte. Wein, dachte sie, das entspannt

Katja, die zusammengesunken auf dem Sofa saß und so aussah, als würde sie gleich am Daumen lutschen. Nein, Wein würde hier wohl nicht helfen. Wodka? Morgen war Katjas Konzert. Da durfte sie keinen Kater haben. Aber ein wenig wäre bestimmt gut für sie, dachte Elisabeth, holte eine Flasche aus dem Eisfach und goss Katja einen doppelten ein. Sie selbst blieb bei Wein. Zumindest eine musste jetzt den Überblick behalten.

»Trink das«, sagte Elisabeth, als ob sie mit einer Kranken spräche. Gehorsam setzte Katja das Glas an die Lippen. Zu Elisabeths Erstaunen leerte sie es in einem Zug.

»Wir haben das Zeug nach dem Surfen in St. Peter am Strand getrunken«, sagte Katja und wies entschuldigend auf ihr Glas.

»Du bist gesurft? Ich dachte, du hättest deine Zeit im Kirchenchor und bei deiner Klavierlehrerin verbracht.«

»Nein, ich war sogar ziemlich gut im Surfen. Ich habe mich in St. Peter mit der Clique immer nach der Schule am Strand getroffen.«

Elisabeth saß in ihrem mit kobaltblauem Stoff bespannten Lieblingssessel und hörte Katja zu, die von St. Peter-Ording sprach. Irgendwie klang alles nach einer glücklichen, undramatischen Kindheit. Woher nimmt sie dann die Fähigkeit, Chaims Lieder so empfindsam singen zu können?, fragte sie sich. Und warum war sie eigentlich hier? Katja schien den Grund ihres Hierseins über ihren Erzählungen aus den Augen verloren zu haben. Jedenfalls weinte sie nicht mehr.

»Ich habe mich gerade von Rainer getrennt«, sagte Katja schließlich. »Er wird morgen zu einem Freund ziehen, obwohl ich ihm angeboten habe zu bleiben, bis er etwas anderes gefunden hat. Er muss ausziehen, weißt du, er ist später eingezogen als ich.«

»Hat er dich betrogen?«, rutschte es Elisabeth heraus.

»Nein, es ist niemand anderes im Spiel. Es ist nur so, dass ich gemerkt habe, wie langweilig ich ihn im Grunde finde. Seit du mir von Chaim und dir erzählt hast…«

»Um Gottes willen, Katja, nimm meine Beziehung zu Chaim nicht als Maßstab. Es war unglaublich schwierig und nervenaufreibend.«

»Aber du hast auch erlebt, dass du genau wusstest, dass du ihn liebst, wenn du mit ihm zusammen warst.«

»Ja, das stimmt. Ich finde dennoch, dass der Preis, den ich dafür gezahlt habe, zu hoch war.«

»Aber das Gefühl, das du ihm gegenüber empfandest, hast du bis heute nicht vergessen. Und ihn auch nicht.«

»Das stimmt. Aber ich musste mich zu ihm bekennen, als unsere Beziehung verboten wurde. Da rückt man innerlich zwangsläufig näher zusammen, wenn man nicht sofort auseinander läuft. Ich bin einfach über Chaims Fehler hinweggegangen. Und bei der ersten Gelegenheit habe ich ihn betrogen, wie ich dir erzählt habe. Nennst du das tiefe Verbundenheit?«

»Du hast keinen Ausweg mehr für euch beide gesehen. Deshalb hast du dich auf John eingelassen.«

»Mag sein, aber ich habe Chaim verraten. Leidenschaft bringt einen selten dazu, sich nobel zu verhalten.«

»Genau darum geht es mir aber, Elisabeth. Ich will mich nicht nobel verhalten. Ich will jemanden so leidenschaftlich begehren, dass es mir vollkommen egal ist, was später geschieht. Ich kenne so etwas noch nicht.«

»Und ich dachte, nachdem ich dich singen gehört habe, dass du mindestens eine stürmische Liebesaffäre gehabt hättest.«

»Frag mich bitte nicht, woran ich denke, es ist ziemlich banal. Nur so viel: Wenn ich Trauer empfinden muss, denke ich an meinen verstorbenen Hund«, sagte Katja. »Ich habe bisher wenige Dramen erlebt. Und du hast Recht. Die meiste Zeit habe ich schon damit verbracht zu musizieren.«

»Wie gut für mich«, sagte Elisabeth. »So habe ich die perfekte Stimme für Chaims Lieder gefunden. Neben meiner natürlich. Aber ich hätte sie vor fünfzehn Jahren singen sollen.«

»Schade, dass du es nicht getan hast. Ich bin mir sicher, du wärst fantastisch gewesen«, begeisterte sich Katja.

»Glaube ich auch, wenn ich ehrlich bin. Aber ich wäre sehr wahrscheinlich während des Konzertes heulend auf der Bühne zusammengebrochen. Wenn du jetzt ein Glas Cola trinkst, bekommst du morgen keinen Kater«, sagte Elisabeth.

»Danke, dass du meine Lehrerin bist«, erwiderte Katja mit hörbar schwerer Zunge. »Ich glaube, ich bin ziemlich betrunken. Kann ich heute Nacht hier bleiben?«

»Ja, natürlich. Ich hole dir eine Decke und ein Kissen.«

Elisabeth musste auf einen Stuhl steigen, um die zweite Decke und das Kissen aus dem Schrank zu holen. Es hatte schon lange niemand mehr bei ihr übernachtet.

Katja war eingeschlafen, als sie ins Wohnzimmer zurückkehrte. Elisabeth zog ihr vorsichtig die Hosen aus, legte die Decke über sie und schob ihr das Kissen unter den Kopf.

»Schlaf gut, meine Süße«, flüsterte sie und strich ihr über die Haare.

Sie sah aus dem Fenster. Im Osten dämmerte es bereits. In dieser Nacht würde sie wohl keinen Schlaf mehr finden. Sie kochte sich einen schwarzen Tee und setzte sich auf ihren kleinen Balkon.

Sie konzentrierte sich auf das Konzert. Die Generalprobe war ziemlich schlecht gelaufen. Katja hatte dreimal gepatzt, der Pianist war aus dem Takt gekommen. Aber das machte Elisabeth keine Angst, weil sie davon überzeugt war, dass ein Konzert nach so einer Generalprobe hervorragend werden würde. Nein, sie hatte keine Angst vor einer schlechten Aufführung, sondern dass niemand kommen würde. Sie machte sich nichts vor: Chaim war ein unbekannter Komponist. Niemand hatte vorher je etwas von ihm gehört. Sie hatte im Stadtteil Plakate aufgehängt und all ihre Bekannten eingeladen. Auf dem Plakat war ein Foto von Chaim am Flügel, das jemand im Adlon aufgenommen und das sie all die Jahre in einer Schatulle aufbewahrt hatte. Auf dem Foto lächelte er, aber seine Augen hatten wie immer einen melancholischen Ausdruck. Unter dem Foto stand »Chaims Lieder 1935«.

Katjas Name darunter war wieder größer geschrieben, genauso groß wie Chaims Name, obwohl niemand etwas mit seinem Namen anfangen konnte. Aber Katja kannte jedenfalls viele aus dem Viertel und der Musikhochschule, die kommen würden, das hoffte Elisabeth zumindest.

Sie hatte auch die Presse informiert, aber außer einer Ankündigung auf der Lokalseite hatten die Journalisten in der Redaktion ihr nichts versprochen.

Unter anderen Umständen wäre Chaim berühmt geworden, davon war Elisabeth überzeugt, und dieser Tatsache wollte sie mit dem Konzert Rechnung tragen. Deshalb musste es ein Erfolg werden. Sie hatte ihren Namen als Veranstalterin ganz oben in großen Lettern auf das Plakat drucken lassen, weil sie wusste, dass er in der Szene immer noch Gewicht besaß.

Normalerweise betete sie nicht, weil sie nicht an Gott glaubte. Aber an diesem Morgen zog sie sich eine schwarze Hose und ein schwarzes T-Shirt an, setzte sich ihre Sonnenbrille auf, um die Müdigkeit hinter den Gläsern zu verstecken, und ging in die Gedächtniskirche. Dort saß sie lange in einer Bankreihe und versuchte, Gott darum zu bitten, ihnen zu helfen. Danach spendete sie fünf Kerzen, kehrte zurück in die Wohnung und wartete darauf, dass Katja wach wurde.

Nachdem Katja mittags gegangen war, um sich vor dem Konzert noch auszuruhen, überfiel Elisabeth unbezähmbare Unruhe. Sie wusste nicht mehr, ob es richtig war, nach all den Jahren Chaims Musik zu Gehör zu bringen, weil sie sich plötzlich sicher war, dass dieses Konzert noch einmal die alten Wunden aufreißen würde. Bisher hatten John und sie es vermieden, viel über Chaim zu sprechen, und sie wusste, auch John hatte absichtlich die Frage nach ihrer Schuld nicht ausgesprochen. Sie wusste nicht, ob sie während des Konzertes die Fassung behalten würde, und das machte ihr Angst.

Sie musste mit jemandem sprechen, sie durfte jetzt nicht allein bleiben, sonst würde sie den Nachmittag nur mühsam überstehen und abends als nervliches Wrack im Konzertsaal auftauchen.

Eigentlich hätte sie schlafen sollen, aber an Schlaf war nicht zu denken. Es hatte überhaupt keinen Sinn, sich ins Bett zu legen. Sie würde sich nur von einer Seite auf die andere wälzen.

Sie musste jemanden anrufen, um sich abzulenken. John, dachte sie sofort, der würde verstehen, was mit ihr los war, aber dann verwarf sie den Gedanken wieder.

Gestern hatte sie bemerkt, wie sehr er sich bemühte, die erotische Spannung zu ignorieren, die sich zwischen ihnen wie von selbst wieder aufgebaut hatte, als ob sie nicht in der Zwischenzeit beide alt geworden wären. Sie wollte ihn nicht bedrängen. Er würde wieder nach Boston reisen und sein normales Leben aufnehmen. Und wenn sie es genau betrachtete, war die Geschichte mit Chaim immer eine sehr deutsche Geschichte gewesen.

Als das Telefon klingelte, wusste sie vorher schon, dass es John war.

»Ich dachte, du könntest ein wenig Ablenkung vertragen«, sagte er. »Ich hole dich ab, und dann machen wir genau das, was dich am meisten entspannt. Was ist das? Shoppen gehen? Durch den Wald laufen? Eis essen? Golf spielen? Hoffentlich nicht. Aber wenn es sein muss, gehe ich auch mit dir auf einen Golfplatz und trage deine Schläger.«

Elisabeth musste lachen.

»Das hört sich schon gut an«, sagte John. »Als du dich ge-meldet hast, dachte ich, du würdest dir gerade überlegen, dich in die Spree zu stürzen.«

»Klang ich wirklich so schrecklich?«

»Ja, außerdem kann ich mich sehr gut daran erinnern, wie sich deine Stimme anhört, wenn du Angst hast.«

»Wäre schöner, wenn du nur wüsstest, wie ich klinge, wenn ich glücklich bin.«

»Das habe ich auch nicht vergessen«, gab John zurück.

Elisabeth lächelte.

»Ich würde am liebsten irgendwohin, wo nicht allzu viele Menschen sind, aber doch genug, dass sie mich von mir selbst ablenken«, wünschte sie sich.

»Was hältst du von ein paar Runden in diesem fantasti-schen Hotelpool hier und dann von einem Essen? Wir be-stellen Horsd'oeuvres und danach Kuchen, Eis oder Käse, oder was auch immer du brauchst, um wieder ins Gleich-gewicht zu kommen. Und dann trinken wir Whiskey und rauchen die besten Zigarillos des Hotelsortiments. Ich weiß nicht, ob dir mein Vorschlag gefällt. Wenn ich einen schwie-rigen Termin vor mir habe, der mir Angst macht, kann ich mich durch ein gutes Essen bestens ablenken.«

»Bei mir ist es genauso. Es klingt fantastisch. Ich bin in einer halben Stunde im Hotel. Allerdings würde ich gerne gleich essen.«

Sie wusste nicht, wo sie ihren Badeanzug gelassen hatte oder ob sie überhaupt noch hineinpasste.

Als sie das Restaurant betrat, kam ihr John entgegen und küsste sie auf den Mund.

»Ich habe erst einmal Gin Tonics bestellt, ich denke, das hilft, die Nervosität etwas in den Griff zu bekommen. Ich hoffe, es war die richtige Wahl. Carolyn trinkt immer Kir Royal oder einen Port, wenn sie sich beruhigen möchte, aber bei dir dachte ich, dass du lieber etwas Anständiges mögen würdest.«

»Stimmt, ich habe es nicht so mit diesen süßen Sachen für Frauen.«

Sie zündete sich eine Zigarette mit ihrem Zippo-Feuerzeug an.

John nahm es in die Hand.

»Ich finde es toll, dass du so etwas benutzt. Eigentlich gefallen mir diese zierlichen Feuerzeuge nicht, die meine Töchter und Carolyn besitzen und die so konstruiert sind, dass man sich auf keinen Fall die sorgfältig manikürten Fingernägel abbrechen kann.«

»Deine Töchter passen in die Bostoner Gesellschaft?«

»Absolut. Carolyn hat sehr großen Wert darauf gelegt, dass sie sich auf jedem Parkett zu Hause fühlen.«

»Das scheint dir nicht sehr zu gefallen«, sagte Elisabeth.

»Doch, eigentlich schon, aber wenn ich ganz ehrlich bin,

langweilt es mich auch. Ich glaube, ich habe weder Carolyn noch meine Töchter jemals so laut lachen oder so ungehemmt beim Reden mit den Händen fuchteln sehen wie dich.«

»Das klingt nicht unbedingt nach einem Kompliment.«

»Soll es aber. Alle Menschen, mit denen ich sonst zu tun habe, kontrollieren sich fortwährend beim Reden und Denken.«

»Aber das tue ich doch auch.«

»Nicht immer. Und deine Mimik verrät meistens, was wirklich in dir vorgeht. Du bist einzigartig. Du trägst, was dir gefällt, und nicht, was irgendwelche Konventionen dir vorschreiben. Du lebst in einer Wahrhaftigkeit, die ich sonst selten erlebt habe. Du wärst bestimmt nicht in einer Situation verharrt, die dir nicht gefallen hätte, nur weil es so von dir verlangt wird.«

»Das habe ich tatsächlich nicht getan. Auch wenn es wesentlich einfacher gewesen wäre.«

»Seitdem ich dich wiedergetroffen habe, stelle ich fest, wie wenig mich diese Konventionen interessieren. Jemals interessiert haben.«

John seufzte. Er ist doch nicht so vorbehaltlos von seiner Familie und seinem Erfolg begeistert, dachte Elisabeth fröhlich. Sie fühlte sich leicht und ein wenig beschwipst.

»Hast du es jemals bereut zu heiraten?«, fragte sie. Die

Frage schoss schneller aus ihrem Mund, als sie darüber nachdenken konnte.

»Ja«, kam es genauso schnell zurück.

John sah sie forschend an.

»Warum hast du nie versucht, mich zu finden?«, fragte sie.

»Habe ich doch. Kurz nach dem Krieg. Ich habe über dich Erkundigungen in Berlin eingezogen, jedenfalls habe ich es versucht. Ich war absolut sicher, dass du nach dem Krieg nach Berlin zurückgekehrt warst.«

»Und, hast du irgendetwas über mich herausgefunden?«

»Nein, niemand wusste etwas über dich.«

»Damals wollte ich noch nicht gefunden werden. Ich dachte, ich könnte etwas ganz anderes in Schweden leben, noch einmal neu beginnen. Aber dann stellte ich fest, dass ich zurückkehren musste, dass mich Berlin nicht losließ.«

John betrachtete sie und schwieg. Er weiß, dass ich noch mehr sagen möchte, dachte sie.

»Ich habe deshalb mit Ruth Kontakt aufgenommen, als ich wieder zurück war, weil ich wissen wollte, wo du steckst. Denn hier in Berlin bist du mir immer wieder in Gedanken begegnet. Besonders im Sommer. Irgendwie hatte ich mir die ganze Zeit vorgestellt, dass du so wie ich allein geblieben bist. Ich war natürlich nicht allein, hatte einige Liebhaber, mit denen ich über Jahre zusammen war, aber niemals habe ich es darauf angelegt, mit jemandem zusammenzuwohnen.

Ich träumte davon, dich irgendwann wiederzutreffen. Als ich erfuhr, du seiest verheiratet und hättest eine Familie, dachte ich zuerst: Er hat mich verraten«, sagte Elisabeth leise.

»Ich weiß, dass es nicht gut ist, das jetzt zu sagen. Aber in Gedanken habe ich mehrmals meine Tasche gepackt, um zu dir zu fahren, nachdem ich von Ruth gehört hatte, dass du wieder in Berlin lebst«, gestand John.

»Warum hast du es nicht getan?«

»Weiß nicht. Wegen meiner Familie, nehme ich an. Ich hatte Angst, dass, wenn ich dich wiederträfe, ich nicht zurückwollen würde.«

Elisabeth entgegnete nichts. Sie wusste, dass er die Wahrheit sagte. Sie brauchten über diese Dinge nicht weiter zu sprechen.

Sie saßen sich gegenüber, wiesen sich darauf hin, welche Horsd'œuvres am besten schmeckten, tranken, lachten, ließen die Zeit verstreichen, sprachen nicht mehr vom Konzert oder über Chaim, sondern erzählten sich gegenseitig Anekdoten. Elisabeth wusste, dass sie so wirkten, als ob sie schon immer miteinander gereist wären. Und sie vergaß, dass er ihr gesagt hatte, er würde morgen zurück nach Boston fliegen.

16. Kapitel

Elisabeth hatte die Stühle im Kammersaal der Musikhochschule in den vergangenen Tagen mehrmals gezählt. Es
waren sechzig. Sie hatte sich den Raum vom Hausmeister
aufschließen lassen, sich in die erste Reihe gesetzt und sich
mit geschlossenen Augen vorgestellt, dass am Abend des
Konzertes die 59 anderen Plätze alle besetzt sein würden.

Eine halbe Stunde vor dem Konzert war John noch nicht
da und auch sonst fast niemand. Unter Elisabeths Achseln
bildeten sich Schweißflecken. Sie war froh, ein schwarzes
Kleid angezogen zu haben. Es pochte in ihrem Kopf, und sie
zwang sich, keine Zigarette zu rauchen, weil sie nicht noch
aufgeregter werden wollte.

Sie versuchte, Katja und Christoph aufzumuntern, die
angstvoll auf die leeren Stuhlreihen starrten, dachte aber
gleichzeitig darüber nach, ob fünfzehn Mark Eintritt zu viel
verlangt war. Nein, wenn man sich zu günstig verkauft, wird
man nicht ernst genommen, beschloss sie, außerdem zahl-
ten Studenten und Rentner nur die Hälfte.

Jetzt hätte sie gerne Ruth neben sich gehabt. Chaims Schwester war, solange sie gesund gewesen war, energisch und manchmal sogar etwas laut, aber immer optimistisch. Genau das, was ich jetzt gebrauchen könnte, dachte Elisabeth. Endlich entdeckte sie John hinten im Saal. Er nickte ihr lächelnd zu, während er zahlte, und schien gar nicht wahrzunehmen, dass der Saal um Viertel vor acht nur zur Hälfte gefüllt war.

Er küsste sie auf die Wange und ergriff ihre Hand. Dann sah er sich um.

»Ruth hat noch Werbung in der Jüdischen Gemeinde gemacht, wie sie mir heute am Telefon erzählte, und einige haben versprochen, auf jeden Fall zu kommen«, sagte John.

»Und wenn sie schon alle da sind?«, fragte Elisabeth.

»Das glaube ich nicht. Fangt etwas nach acht an. In der Uni ist man doch selten pünktlich«, beruhigte er sie. »Und jetzt komm noch einmal mit raus. Deine Sängerin und der Pianist können dich bestimmt einen Augenblick entbehren.«

Er ergriff wieder ihre Hand und zog sie mit sich. Er lotste sie aus dem Konzertsaal heraus, durch die Gänge, trat mit ihr vor die Tür ins Freie. Draußen war es noch immer warm. Ein leichter Wind bewegte die Blätter der alten Linden, die die Straße säumten.

»Schließ die Augen und versuch dich zu entspannen«, sagte er in einem Ton, der keinen Widerspruch gelten ließ. Sie schloss die Augen und war dankbar dafür, dass er die Führung übernahm. »Und jetzt streck deine Hand aus«, befahl er.

180

Er übergab ihr ein kleines Päckchen. »Jetzt öffne die Schachtel. Es ist ein Glücksbringer«, sagte er.

An einer silbernen Kette baumelte ein in Silber gefasster großer Bernstein. Es war lange her, dass ihr ein Mann Schmuck geschenkt hatte.

»Der Stein passt zu deiner Haut«, sagte John. »Viel Glück. Ich bewundere deinen Mut. Ich bin so froh, dich wiedergetroffen zu haben.«

Er legte ihr die Kette um den Hals, küsste sie auf den Mund und fuhr ihr mit den Fingern durchs Haar. Jetzt weiß ich, was mir die vergangenen Jahre gefehlt hat, wollte sie sagen, aber sie hielt sich zurück. Er war verheiratet, das durfte sie nicht vergessen.

»Chaim ist es nicht wichtig, dass der Saal bis auf den letzten Platz besetzt ist. Er kennt diese Situation von seinen Konzerten, aber er freut sich, dass du seine Lieder endlich aufführen lässt«, sagte John.

»Ich habe sie manchmal gesungen, wenn ich allein war«, gestand Elisabeth.

»Ich weiß«, erwiderte John.

Als sie in den Konzertsaal zurückkehrten, waren nur noch wenige Plätze leer.

»Bitte setz dich in die erste Reihe neben mich«, bat Elisabeth.

Jetzt war sie viel ruhiger. Während sie das Publikum begrüßte, nickte ihr eine Frau mit weißen Haaren und tiefen Falten auf Wangen und Stirn zu. Vielleicht ist sie eine von Chaims Verehrerinnen gewesen, dachte Elisabeth. Vielleicht kannte sie mich früher? Ihre Knie zitterten. Sie griff nach dem Anhänger ihrer Kette.

Christoph beugte sich mit theatralischer Geste tief über die Tasten, bevor er den ersten Ton spielte. Chaim hat so etwas niemals nötig gehabt, um die Aufmerksamkeit auf sich zu lenken, dachte Elisabeth. Katja bekam ihren Einsatz, die Töne waren hundertprozentig sauber. Elisabeth lehnte sich zurück und schloss die Augen. Sie dachte an ihr letztes Treffen mit Chaim.

Als Chaim mit dem verabredeten Zeichen an ihre Tür klopfte, hörte Elisabeth ihn zuerst nicht, weil sie im Unterrock auf dem Bett lag und an John dachte. Auf dem Fußboden kringelten sich Seidenstrümpfe, Mieder und ihr Kleid. Ihr Mantel hing noch über der Stuhllehne. Die Zeit verging draußen in der lärmenden Stadt, aber es interessierte sie nicht. Sie leckte sich über ihre noch von den Küssen der letzten Nacht geschwollenen Lippen. Ihr Körper fühlte sich weich und satt an. Sie dachte an Johns Berührungen und wünschte sich, er würde wieder mit ihr schlafen. Ihre Hand lag auf ihrem Bauch.

»Elisabeth, bist du da?«, hörte sie Chaim raunen.

Schuldbewusst sprang sie auf. Was sollte sie jetzt tun? Sie

wollte ihm nicht öffnen. Vielleicht würde er glauben, sie wäre nicht zu Hause? Nein, er wusste, dass sie um diese Zeit oft schlief. Er würde bestimmt noch einmal klopfen. Und was würde geschehen, wenn ihn die Nachbarin hörte, die nur zu gerne jede Gelegenheit wahrnahm, jemanden zu denunzieren?

Sie zog sich ihr Kleid über, lief zum Waschbecken und benetzte ihr Gesicht mit Wasser. Beim Blick in den Spiegel erschrak sie, denn ihr Gesicht leuchtete. Chaim wird sofort bemerken, dass ich mit jemand anderem geschlafen habe, dachte sie. Aber sie musste ihm jetzt die Tür öffnen, sonst würde die Nachbarin auf ihn aufmerksam werden.

Chaim sah sie gar nicht an, sondern ging an ihr vorbei in ihr kleines Wohnzimmer. Er wirkte aufgekratzt und übernächtigt. Er öffnete das kleine Fenster, das auf den Hof ging, lehnte sich hinaus und drehte sich so, dass er in den Himmel blicken konnte. Dann setzte er sich auf das Fensterbrett und lehnte sich noch weiter hinaus. Elisabeth wollte ihm zurufen: »Chaim, pass auf!«, aber sie tat es nicht, weil sie befürchtete, dass im selben Moment unten jemand Vorbeigehen und sie einen jüdischen Namen rufen hören könnte. Sie nahm seine Hand und zog ihn sanft ins Zimmer zurück.

»Ich komponiere wieder«, sagte er. Er nahm sie in die Arme, hob sie vom Boden hoch und drehte sich mit ihr durchs ganze Zimmer. In seinen Augen erkannte sie das alte

Feuer, das im September 1935 verschwunden war, als sie ihre Sachen packen und ausziehen musste.

Sie durfte sich nichts anmerken lassen, sie wollte ihm auf keinen Fall beichten. Sie küsste ihn und dachte dabei an Johns Lippen.

»Wie mich das freut, Liebling«, sagte sie. Das Kosewort klang falsch in ihren Ohren.

»So hast du mich schon lange nicht mehr genannt«, murmelte Chaim an ihrer Wange. Elisabeth hoffte, dass ihm der fremde Duft auf ihrer Haut nicht auffallen würde. Sie hatte sich noch nicht gewaschen, seit sie bei John gewesen war.

Sie machte sich vorsichtig los, aber Chaim umarmte sie wieder. Er bedeckte ihren Hals mit Küssen, zog sie noch fester an sich. »Ich will mit dir schlafen«, murmelte er.

Warum habe ich nicht schauspielern und mit ihm schlafen können?, dachte sie. Es wäre doch so einfach gewesen. Wie oft hatte sie sich das schon gefragt und sich ausgemalt, wie ihr letztes Treffen mit Chaim verlaufen wäre, wenn sie es geschafft hätte, sich zu verstellen. Er wäre nach Hause gegangen und hätte komponiert, sie hätte weiter an John gedacht und sich vielleicht noch einmal mit ihm getroffen, dann wäre er nach Amerika zurückgekehrt.

Aber meine verdammte Ehrlichkeit hat alles kaputtgemacht, dachte sie, obwohl sie wusste, dass sie auch mit

Lügen nichts an dem, was danach geschah, hätte ändern können.

Damals hatte sie zuerst mit geschlossenen Augen mitgemacht und bei Chaims Berührungen an John gedacht, aber als er ihr mit der Hand unter den Rock fuhr, hielt sie seine Hand fest.

»Ich kann nicht«, sagte sie und wusste, dass Chaim sofort misstrauisch werden würde, weil sie ihn sonst nicht so zurückwies.

»Was ist los?«, fragte er, aber als sie seinen Gesichtsausdruck sah, merkte sie, wie überflüssig seine Frage im Grunde war. Er weiß Bescheid, dachte sie.

»John«, sagte er. Es war keine Frage. Sie nickte. Eine Sekunde war sie sich sicher, dass er sie schlagen würde. Seine Lippen bebten, seine Gesichtsfarbe wechselte zu Weiß. Sie wünschte sich, dass er sie schlagen, dass er irgendetwas tun würde. Aber er sah sie nur schweigend an, dann drehte er sich um und verließ sie.

John ergriff ihre Hand und drückte sie sanft, er spürte, dass sie genau das jetzt brauchte, um ihre Fassung wieder zu erlangen. Sie sah ihn an. Er weinte.

Nach dem Konzert kamen viele auf sie zu, um sich für die fantastische Musik zu bedanken. Jemand versprach, seine Kontakte zur Deutschen Grammophon zu aktivieren, weil eine so tiefsinnige und feinfühlige Musik nicht der Nachwelt verloren gehen dürfe. Ein Professor der Musikhochschule wollte wissen, ob Elisabeth noch andere Kompositionen von Chaim Steinberg hätte. Sie schüttelte den Kopf. Zu mehr war sie nicht fähig. Katja stürmte auf sie zu, fiel ihr um den Hals und bedankte sich für die Chance. Ein Musikjournalist hatte sie um ein Interview gebeten.

»Vielleicht bekomme ich durch dieses Konzert weitere Engagements. Könnte ich das Repertoire noch einmal singen, wenn ich zu einem Konzert eingeladen werde?«, fragte sie.

»Ja«, stimmte Elisabeth zu, ohne nachzudenken.

»Wir müssen Ruth Steinberg anrufen. Ich weiß, dass sie darauf wartet«, sagte John und nahm ihren Arm.

Er führte sie aus dem Konzertsaal, aber anstatt den Weg zu dem öffentlichen Telefon einzuschlagen, verließen sie das Gebäude.

»Wir können doch nicht so einfach verschwinden«, sagte Elisabeth. »Katja will bestimmt noch mit uns was trinken gehen.«

John sah sie fragend an.

»Möchtest du wirklich jetzt mit vielen Menschen zusammen sein?«

Sie schüttelte den Kopf.

»Also, ich schlage vor, wir fahren irgendwo ins Grüne, du kennst doch bestimmt ein Lokal. Dort bestellen wir uns das

Beste auf der Karte und trinken so viel Wein, bis wir nicht mehr klar denken können. Ich würde dich ja gerne fahren, aber ich traue mich nicht an diese Gangschaltung heran. Wo steht deine Ente?«

Elisabeth ließ sich von ihm zum Wagen führen. Sie wusste, wo sie ihn hinfahren würde, zum Blockhaus Nikolskoe. Dort konnten sie unter Ulmen und Kastanien oberhalb der Havel auf einer Terrasse sitzen und zu Abend essen. Und sie war mit Chaim nie dort gewesen.

Langsam fuhren sie los. Elisabeth tat es gut, sich auf den Verkehr konzentrieren zu müssen. John schwieg. Im Grunewald bogen sie von der Straße ab und fuhren auf einem schmalen Weg unter Buchen und Kiefern dahin.

»Es ist schwer, sich an all das zu erinnern«, sagte John mit einem Seufzer.

»Ja, aber vielleicht müssen wir es tun, um danach wirklich frei sein zu können«, antwortete Elisabeth.

»Ich wünschte, es wäre nicht so«, sagte John.

Sie hielt auf einem Waldparkplatz an.

»Ich habe Chaim nicht mehr geliebt, als ich damals mit dir zusammen war«, sagte Elisabeth nach einer Weile.

Eigentlich wollte John nicht mehr über die Vergangenheit reden. Das, was gerade geschah, war viel entscheidender.

»Es ist mir wichtig, dass du es weißt. Ich liebte ihn nicht mehr, aber ich wagte nicht, es mir einzugestehen, weil ich

Angst hatte, er würde sich etwas antun, wenn ich mich von ihm trennte. Aber als ich dann mit dir geschlafen hatte, konnte ich die Vorstellung, mit ihm zusammen zu sein, nicht mehr ertragen.«

»Du trägst nicht die Schuld an allem, versuch zu vergessen. Es ist so lange her. Wir sind jetzt hier zusammen – das ist doch das Wichtigste«, sagte John.

»Ja, schon, aber ich kann es nicht einfach vergessen. Bitte erzähle mir genau, wie du ihn gefunden hast. Das hast du damals nicht getan.«

»Ich wollte es dir ersparen. Und ich würde es jetzt dir und mir auch gern ersparen.«

»Ich muss es wissen, versuch dich zu erinnern.«

Für John war es überhaupt nicht schwer, sich zu erinnern, weil er niemals aufgehört hatte, von dem zu träumen, was an jenem Tag in Berlin geschehen war.

»Warum willst du dich quälen, Elisabeth?«, versuchte er sie umzustimmen.

»Ich muss es wissen, vielleicht befreit es mich von dem Gedanken, an allem schuld zu sein.«

»Warum meinst du, dass du an Chaims Tod schuld bist?«

»Weil er einen Tag, bevor es geschehen ist, von uns erfahren hat.«

»Ich glaube nicht, dass du der Grund gewesen bist.«

»Warum nicht?«

John hatte niemals wieder vorgehabt, über den 6. August 1936 zu sprechen. Aber jetzt musste er es tun.

»Warum nicht?«, fragte Elisabeth noch einmal.

Er musste es ihr erzählen, auch wenn es ihm Qualen bereitete.

»Ich hatte dich gerade nach Hause gebracht. Wir hatten beschlossen, den Rest der Nacht nicht miteinander zu verbringen, um wenigstens ein wenig zu schlafen. Weißt du noch, dass wir an jenem Abend ziemlich viel tranken und uns dann auf dem Sofa in deiner Garderobe liebten?«, fragte John.

»So etwas erlebt man nicht so oft«, gab Elisabeth zu und warf ihm einen schnellen Seitenblick zu, der ihn kurzfristig den Faden verlieren ließ.

»Ich war schon ziemlich angetrunken, als du in die Bar kamst, mein Vater hatte mir nachmittags aufgelauert und mir gedroht, er würde Schritte gegen Chaim einleiten, wenn ich mich noch einmal mit ihm träfe. Ich sagte ihm, dass ich mich gerade von ihm getrennt hätte, aber er glaubte mir nicht«, erzählte sie.

»Warum hast du damals nichts davon erzählt?«, fragte John.

»Ich wollte nicht, ich wollte dich spüren und mit dir zusammen sein, mich wieder so leicht fühlen wie beim ersten Mal und nicht über Probleme reden. Ich wollte so tun, als ob es außer uns nichts gäbe, wenn es auch nur für eine Nacht war.«

»Und ich war eigentlich in die Bar gekommen, um dich nur noch einmal zu sehen. Ich wollte gar nicht mit dir sprechen. Ich hatte beschlossen, mich zurückzuziehen, um weitere Komplikationen zu vermeiden. Aber als du mir ausrichten ließest, ich sollte in deine Garderobe kommen, konnte ich nicht widerstehen.«

»Du hättest mich nur nicht nach oben vor die Tür meiner Wohnung bringen und mich dort küssen sollen.«

»Warum nicht?«

»Das hat die Nachbarin gesehen, dich für Chaim gehalten und meinen Vater angerufen. Er hatte sie in der Woche vorher aufgesucht und sie gebeten, ihn jederzeit anzurufen, wenn sie etwas Verdächtiges sähe. Ich wusste das damals natürlich nicht, aber ich hätte ahnen müssen, dass sie in jedem Mann, den ich mitbrachte, Chaim vermuten würde. Damals habe ich dich mit Absicht vor meiner Haustür geküsst, weil ich annahm, Frau Schulze würde dich sehen und denken, ich hätte einen neuen Freund. Aber erzähl weiter. Du bist also zum Hotel zurückgegangen und hast geschlafen«, drängte Elisabeth.

»Ja, als ich aufwachte, war es Mittag, ich hatte Kopfschmerzen, jemand klopfte an meine Tür. Ich legte mir ein Kissen auf den Kopf, aber es half nichts.«

Das Klopfen hörte nicht auf. Fluchend wühlte John sich aus den Decken. Sein Kopf dröhnte. Er hatte einen fahlen Geschmack im Mund. Er suchte seinen Morgenmantel, konnte sich aber nicht mehr erinnern, wo er ihn fallen gelassen hatte. Stattdessen fand er seine Smokingjacke und zog sie über den Schlafanzug. Anstatt gleich aufs Hotelzimmer zu gehen, hatte er in der Hotelbar noch einige Drinks mit skandinavischen Kollegen zu sich genommen, die unglaublich viel vertrugen.

»Just a moment«, rief er. Mühsam tappte er zur Tür und öffnete sie.

»Oh, Mr Steinberg«, sagte er verlegen und machte Platz, damit Chaims Vater das Zimmer betreten konnte. John trottete hinter ihm her und versuchte vergebens, seine Jacke zuzuknöpfen. Was wollte Steinberg hier? Hatte Chaim erfahren, dass er mit seiner Freundin schlief? Aber warum schickte er dann seinen Vater? War Chaim etwas zugestoßen? Steinberg setzte sich auf das braune Ledersofa und sah ihn geringschätzig an, so dass er sich seines lächerlichen Aufzuges noch bewusster wurde.

»Wait a moment«, sagte er. Ich muss sofort nüchtern werden, dachte John. Im Badezimmer hielt er seinen Kopf unter kaltes Wasser. Schrecklich, aber es half.

Was wollte der Alte bloß von ihm? John fühlte sich ertappt. Er wusste, wie sehr Steinberg Ausschweifungen jeglicher Art missbilligte. Er kehrte ins Zimmer zurück.

»Wo ist mein Sohn?«, fragte Steinberg ohne Einleitung. »Ich habe die halbe Nacht vor seiner Tür gewartet, aber er ist nicht gekommen. Ich muss ihn unbedingt finden, denn demnächst geht unser Schiff nach Amerika.«

»Sie emigrieren? Warum haben Sie mir das nicht schon in Hamburg gesagt?«

»Ich war mir nicht sicher, ob ich Ihnen trauen kann, und meine Frau wusste zu diesem Zeitpunkt noch nichts von meinem Entschluss.«

»Warum?«

»Ich musste erst sicher sein, dass ich Chaim finden würde, denn meine Frau wird niemals ohne ihren Sohn das Land verlassen.«

»Ich habe Chaim in den vergangenen zwei Tagen auch nicht gesehen. Ich hatte so viel zu tun«, sagte John und sah an Steinberg vorbei.

»Wo kann er bloß sein? Hat er eine Freundin? Ich habe schon im Jüdischen Kulturbund nachgefragt, aber da weiß auch niemand Bescheid.«

»Ich weiß nicht, wo er sein kann«, sagte John. Bei Elisabeth war er nicht, denn sie war den ganzen Abend mit ihm zusammen gewesen.

»Vielleicht ist er verreist. Ach nein, das hätte er mir bestimmt mitgeteilt. Was sollen wir tun?«, fragte er den alten Herrn.

»Fahren Sie mit mir zu seiner Wohnung und bringen Sie den Hausmeister dazu, Chaims Wohnungstür zu öffnen. Mir wird der Hausmeister den Gefallen bestimmt nicht tun, weil ich Jude bin. Aber Ihnen als Amerikaner wird er den Wunsch nicht abschlagen. Sie können ja sagen, dass Sie irgendetwas Wichtiges bei Chaim vergessen haben und er jetzt verreist ist«, sagte Steinberg. »Sie müssen alles tun, um Chaim davon zu überzeugen mitzufahren«, sagte Steinberg. »Seine Mutter wird nicht ohne ihn gehen wollen. Sie hatten doch früher großen Einfluss auf ihn. Er ist so wankelmütig und labil. Er braucht jetzt einen starken Freund, der ihm den Weg weist. Sie können ihm ja erzählen, dass er in Ihrer Heimat als Musiker eine große Zukunft vor sich hat. Ihnen nimmt er das bestimmt ab.«

»Ich werde mich bemühen, Herr Steinberg«, versprach er. »Wo wollen Sie überhaupt hin in den Vereinigten Staaten?«

»Ich möchte zuerst nach New York, bis ich weiß, wie es weitergeht. Ich kann als Anwalt in Amerika nicht praktizieren.«

»Kommen Sie nach Boston. Mein Vater kann Ihnen bestimmt weiterhelfen. Die Bostoner sind sehr europäisch. Und Hamburg hat Ähnlichkeit mit meiner Heimatstadt.«

»Was werden Sie tun, wenn die Olympiade vorbei ist?«

»Ich gehe wieder nach New York und hoffe, von einer großen Zeitschrift ein Angebot zu bekommen. Wenn ich meinen Job in Berlin gut mache, sind die Chancen auf eine Karriere nicht schlecht. Auf jeden Fall will ich weiterhin viel unterwegs sein. Es gefällt mir zu reisen. Ich bin nicht gern sesshaft.«

»Dann werden wir Sie in Amerika bestimmt öfter sehen. Das wäre eine Hilfe für Chaim.«

»Gewiss«, erwiderte John nur.

»Ich möchte noch heute Abend den Zug nach Hamburg nehmen. In vier Tagen geht das Schiff, und ich habe noch viel zu regeln«, sagte Steinberg auf dem Weg zum Fahrstuhl.

»Sind Sie sicher, dass Chaim gleich mitkommen wird?«

»Ja, und wenn er nicht will, werde ich ihn zur Not in den Zug tragen. Er hat lange genug allein und egoistisch gelebt, jetzt muss er auch an seine Familie denken«, sagte Steinberg.

Der Hausmeister, ein mittelgroßer Mann mit schütterem Haar und großen derben Händen, öffnete ihnen im Arbeitskittel die Tür.

»Was wollen Sie?«, fragte er barsch und stellte sich in den Türrahmen, so dass sein massiger Körper den Blick in die Wohnung versperrte. Steinberg stieß John an.

»Entschuldigen Sie, Herr …«

»Brenner.«

»Herr Brenner, dass wir Ihre Mittagspause stören. Aber ich habe ein Problem.«

»Sind Sie Amerikaner?«

Der Hausmeister hatte John mit dieser Frage aus dem Konzept gebracht. Hilfe suchend sah er sich nach Steinberg um.

»Dieser Herr möchte gerne fragen, ob Sie ihm den Gefallen tun können, die Tür von Chaim Steinbergs Wohnung zu öffnen. Herr Steinberg wohnt doch im fünften Stock, oder?«

»Ja, leider, wenn Sie verstehen, was ich meine. Eigentlich hätte ich ihn längst vor die Tür setzen sollen, es haben sich auch schon einige Mieter beschwert. Was wollen Sie von dem, Mr ...?«, wandte Brenner sich wieder an John.

»Smithfield, entschuldigen Sie, ich vergaß, mich vorzustellen. John Smithfield, ich bin Journalist.«

»Oh, Journalist. Sie berichten wohl über die Olympiade, wie? Tolle Geschichte, dieses Jahr. Ich habe eben im Radio die Zusammenfassung von gestern gehört. Einfach fantastisch.«

Was mache ich hier?, dachte John. Eigentlich müsste ich längst im Stadion sein.

»Können Sie die Tür von Steinbergs Wohnung öffnen?«

»Warum denn das?«

John wusste nicht, was er antworten sollte.

»Ach, eigentlich ist es auch egal. Vor kurzem war schon einmal jemand hier, der in Steinbergs Wohnung wollte.

Wenn Sie mich fragen, war er von der Gestapo«, sagte der Hausmeister und sah Steinberg und John forschend an, aber sie reagierten nicht.

»Gut, ist mir auch wurscht. Ich will nur keinen Ärger. Warten Sie einen Moment. Ich hole den Schlüssel.«

Steinberg atmete auf. Der Hausmeister ging vor ihnen die Treppe hinauf. Die einzelnen Stufen knarrten.

»Danke für Ihre Bemühungen«, sagte Steinberg knapp, als Herr Brenner die Tür geöffnet hatte.

»Wenn Sie noch etwas brauchen, finden Sie mich im Hof«, sagte der Hausmeister im Weggehen.

»Ein scheußlicher Mensch«, murmelte Steinberg, als er die Tür aufstieß. Den beiden Männern schlug ein muffiger Geruch entgegen. John tastete nach dem Lichtschalter. Als das Licht anging, bemerkte er, dass sie in einem winzigen Flur standen, dessen Tapete einmal weiß gewesen war und von dem zwei dunkel gestrichene Türen abgingen. Eine war angelehnt.

»Was für ein Loch«, sagte Steinberg, »es wird höchste Zeit, ihn hier rauszuholen.«

Er stieß die Tür auf und sah in eine enge Küche oder was davon noch übrig war. Jedes Stückchen der beigen Fliesen war mit Porzellansplittern übersät. Die Türen des einzigen Schrankes standen offen, sein gesamter Inhalt lag zertrümmert auf dem Boden. Zwischen dem geborstenen Geschirr hatten sich Zucker, Salz und Mehl, Kartoffeln und Reis vermischt. Getrocknetes Eigelb klebte an der Wand.

»Was ist hier passiert?«, fragte Steinberg und drehte sich fragend zu ihm um.

Eine grausige Ahnung beschlich John. Er musste unbedingt vor Steinberg die Tür des nächsten Zimmers öffnen. Was, wenn Chaim zu Hause gewesen war? Steinberg neben ihm war blass geworden und schwankte. Entschieden schob John ihn beiseite, um an die Tür zu kommen, und öffnete sie. Er betrat als Erster das Wohnzimmer, Steinberg folgte dicht hinter ihm. Zerrissene handbeschriebene Noten bedeckten den Boden, dazwischen lagen Bücher mit zerfetzten Seiten. Der Deckel des Klaviers war zertrümmert, und geborstene Drähte hingen aus seinem Inneren heraus. In diesem Durcheinander entdeckte er Chaims zusammengesackten Körper in einem verschlissenen roten Sessel, neben sich auf dem Boden eine Flasche Cognac und eine kleine, braune Arzneiflasche. Er hatte den Mund geöffnet, und ein Arm hing über der Lehne. Die Finger berührten den Boden.

Abrupt drehte John sich um und breitete die Arme aus. »O God, don't look at him«, rief er.

»Was ist, was soll ich nicht sehen? Gehen Sie doch weg«, polterte Steinberg und schob ihn unsanft beiseite. »Nein«, stieß er heiser hervor, stürzte auf seinen Sohn zu und packte ihn an den Schultern.

»Chaim, aufwachen, aufwachen, Mensch, mach doch, Junge«, schrie er und schüttelte ihn. Chaims Kopf wippte hin und her.

Jetzt kniete Steinberg vor seinem Sohn.

»Warum?«, schluchzte er, umschlang den leblosen Körper und wiegte ihn, als ob er ein kleines Kind im Arm hätte.

»Was ist hier los, jemand hat geschrien«, hörte John die Stimme des Hausmeisters plötzlich hinter sich. Herr Brenner drängte sich an ihm vorbei. »Hat der sich umgebracht?«, fragte er und deutete auf Chaim. »Diese Schweinerei. Warum musste er das ausgerechnet hier machen? Jetzt habe ich die Scherereien. Wer sind Sie?«, wandte sich an Steinberg, der immer noch seinen Sohn wiegte.

»Sein Vater«, antwortete John.

»Dann wird der auch dafür sorgen, dass der Leichnam abtransportiert wird«, sagte er zu John.

»Und die Polizei? Müssen wir die nicht holen?«, fragte John.

»Können Sie versuchen, aber die kommt sowieso nicht bei so einer Lappalie. Ich will mal nicht so sein. Ich rufe gleich für Sie ein Beerdigungsunternehmen an. Die kennen mich schon. Ist ja nicht das erste Mal, dass so etwas im Haus geschieht. Immer hat man Scherereien mit den Juden.«

Der Hausmeister verließ schimpfend die Wohnung. Steinberg saß stumm auf dem Boden und hielt seinen toten

Sohn im Arm. John hörte das Ticken einer Standuhr. Aus dem Treppenhaus drang Kindergeschrei.

»Ich glaube, er hatte Angst, sie würden ihn das nächste Mal abholen und foltern, ihm die Finger brechen, so dass er nicht mehr spielen könnte. Du weißt ja, ohne die Möglichkeit zu musizieren, war für ihn das Leben sinnlos«, sagte John.

»Meinst du nicht, dass er deshalb Selbstmord begangen hat, weil wir ihn betrogen haben?«

»Nein, das glaube ich nicht. Wir waren ihm wichtig, ich 1932 in Hamburg und vor allem du 1936. Aber seine Musik war ihm immer wichtiger. Das musst du doch gewusst haben«, sagte John.

»Ja, aber ich wollte es nicht wahrhaben. Ich war sein Netz, hielt ihn in der Wirklichkeit, aber eigentlich war diese Wirklichkeit nur dann für ihn wertvoll, wenn er musizieren konnte.«

»Chaims Partitur des Klavierkonzertes war zerstört. Ich habe Teile unter den Papierschnitzeln auf dem Boden entdeckt, konnte sie aber nicht mehr zusammensetzen«, sagte John.

»Er hatte das Konzert gerade beendet und noch keine Zeit gehabt, Kopien anfertigen zu lassen. Er war so euphorisch, als ich ihn das letzte Mal sah. Ich mache mir solche Vorwürfe«, gestand Elisabeth.

»Weil du mit mir zusammen warst?«, fragte John sie verletzt.

»Nein, es ist noch etwas anderes. Mein Vater hat es getan, er hat die Wohnung verwüstet«, sagte Elisabeth leise.

»Das verstehe ich nicht«, meinte er.

»Seitdem ich 1933 meine Familie verließ, hat er mich bespitzelt.«

»Seine eigene Tochter?«

»Er kannte keine Skrupel, wenn es um seine Überzeugung ging«, sagte Elisabeth bitter. »Nachdem ich von Chaims Tod erfahren hatte, war ich noch einmal in seiner Wohnung. Erinnerst du dich an die Schrift an Chaims Schlafzimmerwand?«

»Ja, du dreckige Judensau stand dort«, erinnerte sich John.

»Ich habe die Schrift meines Vaters sofort erkannt. Er hat auch auf das Bett gepisst, dieser Widerling.«

Sie fing an zu weinen.

»Meinetwegen musste er sterben. Vielleicht hat mein Vater ihn auch gezwungen, die Tabletten zu nehmen.«

Elisabeths Körper bebte, während sie herzzerreißend schluchzte.

John nahm Elisabeth in die Arme und wiegte sie hin und her und strich ihr beruhigend übers Haar.

»Ich glaube nicht, dass dein Vater Chaim gezwungen hat, das Zeug zu nehmen.«

»Es ist alles meine Schuld«, sagte Elisabeth mit bebender Stimme.

»Nein, du hast keine Schuld und ich auch nicht. Chaim wollte einfach nicht mehr. Die Schlaftabletten muss er über lange Zeit gesammelt haben. Als er erfuhr, dass er nicht im Stadttheater anfangen konnte, hat er schon einmal versucht, sich umzubringen. Das weiß ich von Ruth«, sagte er.

Elisabeth weinte noch immer, aber sie wurde allmählich ruhiger.

»Musstest du deshalb fort? Weil du vor deinem Vater Angst hattest?«

»Ja, und weil ich hoffte, so der Schuld entgehen zu können.«

»Ich hätte dich fragen sollen, ob du mit mir nach Amerika gehst. Vielleicht wäre dann alles anders gekommen.«

»Wie anders? Dein Vater wäre auch dann gestorben, und du hättest dich verpflichtet gefühlt, seine Geschäfte weiterzuführen. Und die Bostoner Gesellschaft hätte von dir erwartet, dass du heiratest. Aber eine Deutsche?«

»In den ersten Jahren meiner Ehe, als Carolyn nur mit den Kindern beschäftigt war, habe ich mir oft vorgestellt, ich würde dich abends am Klavier vorfinden, wenn ich nach Hause komme, und du würdest für dein nächstes Konzert üben. Oder du hättest Besuch von mit dir befreundeten Künstlern, anderen Emigranten. Ihr würdet musizieren, und wir würden reden, trinken und essen, und am Ende des Abends würdet ihr sentimentale Lieder singen, die euch an eure Heimat erinnern. Ich habe nie wieder so einen Einblick in diese so andere Lebensart bekommen. Carolyn und ich waren immer umgeben von Kaufleuten, Juristen oder Ärzten. Keiner unserer Freunde und Bekannten wollte in seinem Leben etwas anderes als Geld verdienen und sich eine sichere Existenz aufbauen«, sagte John.

»Vielleicht hätten wir es tatsächlich gemeinsam anders gestalten können. Dann hätten wir nicht in einem repräsentativen Haus, sondern irgendwo in einer Stadtwohnung im Zentrum von Boston gewohnt. Ich hätte mich dort sicher gefühlt. Vielleicht hätte ich in dieser Umgebung angefangen, selbst zu komponieren. Vielleicht hätte ich Musik studiert. Aber bestimmt keine Kinder bekommen«, antwortete Elisabeth.

»Das wäre nicht schlimm gewesen. Mir wäre es wichtiger gewesen, dass du musizieren kannst. Und bei deinen Konzerten hätte ich in der ersten Reihe gesessen und dich bewundert.«

»Ich hatte Chaims Tiefgründigkeit satt. Aber ich konnte ihn nicht verlassen. Und dann kamst du mit deiner lockeren Fröhlichkeit, deiner Begeisterung für Swing, und ich verliebte mich sofort in dich.«

»Genauso wie ich. Und es war das einzige Mal, dass ich so etwas erlebt habe«, gab John zu.

»Ich auch«, stimmte Elisabeth zu. »Aber was hat es uns gebracht? Sind wir zusammengeblieben? Nein, jeder hat sich ein eigenes Leben aufgebaut. Und jetzt sind wir alt«, fuhr Elisabeth fort. »Und wir können nicht mehr alles umwerfen. Du wirst spätestens übermorgen wieder nach Boston fliegen. Und ich werde hier auch mein gewohntes Leben aufnehmen.«

»Ich wünschte, ich müsste nicht zurück. Mit dir fühle ich mich so, wie ich eigentlich hätte sein wollen«, sagte John.

Er nahm ihre Hände und küsste sie. Sind seine Lippen immer noch so weich wie früher?, fragte sich Elisabeth. Ihren ersten Kuss damals um drei Uhr morgens auf dem Weg zum Adlon hatte sie nicht vergessen, denn sie hatte gespürt, dass sein Mund genau zu ihrem gepasst hatte.

Kann es jetzt wieder so sein?, fragte sie sich, während sie John in die Augen sah und sein Gesicht mit ihren Fingern liebkoste. Sie strich die Falten um seine Augen glatt, streichelte langsam über Wangen und Kinn, berührte sanft seine Lippen.

Er küsste sie, und plötzlich zählte nichts mehr, was zwischen ihrem ersten Kuss und jetzt geschehen war. Und sie wusste wieder, warum sie sich damals nach einer Nacht mit John sofort von Chaim getrennt hatte.

Jetzt lag John halb auf ihr, halb saß er, sie küssten sich sehr lange, aber irgendwann ächzte er und ließ sich wieder auf den Beifahrersitz gleiten.

»Diese verfluchte Gangschaltung«, stöhnte er und rieb sich den Rücken.

»Komm, ich weiß einen schönen Platz«, sagte Elisabeth, stieg aus, ging um das Auto herum, öffnete ihm die Tür und gab ihm die Hand. Er ließ sich dankbar aus dem Auto helfen.

»Diese Ente ist ja ganz witzig, aber für solche Zwecke wäre mir mein Wagen jetzt lieber«, murmelte er.

Mittlerweile war es dunkel, aber Elisabeth fand sich auch so zurecht, sie kannte den Weg. Sie kamen zum Restaurant Blockhaus Nikolskoe, ein dunkelbraunes Holzhaus mit filigranen Schnitzereien an der Fassade, auf der Terrasse unter altmodischen Gaslaternen war fast jeder Tisch besetzt. Ihre Schritte knirschten auf dem Kies.

»Willst du was essen?«, fragte Elisabeth und wies auf einen gerade frei gewordenen Tisch.

»Nein, du?«, antwortete er.

»Auch nicht. Lass uns nach unten an das Wasser gehen. Pass aber gleich auf. Die Treppen sind an einigen Stellen unregelmäßig. Ich möchte nicht, dass du fällst«, warnte sie ihn.

»Danke für den Hinweis, Lady, aber noch bin ich nicht siebzig«, sagte John beleidigt.

Sie stiegen einen schmalen Weg hinunter. Niemand kam ihnen entgegen.

»Das war wirklich ziemlich steil«, sagte John, als sie unten ankamen. Sie gingen am Havelufer entlang, aber Büsche und Bäume versperrten den Blick auf das Wasser.

Es war still. Sie hörten das Plätschern des Wassers ganz in ihrer Nähe und das Knirschen ihrer Schritte im Sand.

»Wir müssen uns gleich ein wenig durch die Büsche schlagen«, sagte Elisabeth. »Ich hoffe, dir macht es nichts aus.«

»Sie vergessen anscheinend, dass ich Sportreporter war. Da bin ich ganz anderes gewöhnt gewesen«, sagte John und küsste sie auf den Nacken.

»Okay, dann komm«, meinte Elisabeth und nahm ihn bei der Hand.

Sie streiften durch mannshohes Schilf, der direkt am Wasser stand. Wasser lief John in die Schuhe. Ausgerechnet in die Lloyds, dachte er, das ruiniert sie, aber dann fiel sein Blick auf Elisabeth, die vor ihm her schritt und dabei ihr Kleid bis zu den Knien schürzte, und er bemerkte, dass sie sich fast so wie mit Anfang zwanzig bewegte. Schlammige Hosen und ruinierte Schuhe war dieser Anblick wert.

Sie kamen in eine kleine Sandbucht, die durch Weiden, Ahorn, Holunderbüsche und Schilf von neugierigen Blicken abgeschirmt war. In einiger Entfernung erkannte John ein blinkendes rotes Licht auf dem Wasser und die Konturen eines Schildes.

Er setzte sich neben Elisabeth in den Sand, zog seine Jacke aus und breitete sie hinter ihnen aus. Dann beugte er sich über Elisabeth und küsste ihren Mund, ihren Hals, genauso, wie er es früher getan hatte.

Schauer liefen ihr den Rücken hinunter, sie merkte, wie sie die Kontrolle verlor, sie wollte nicht mehr bestimmen, was als Nächstes geschah. Jede Zelle ihres Körpers schien in Aufruhr zu sein, es brannte, pochte, zog überall, sie bemerkte fast gar nicht, wie er ihr das Kleid auszog und ihren Oberkörper dazu ein wenig anhob. Seine Hände fuhren über ihren schwarzen Unterrock, es war ihr vollkommen egal, dass er spätestens jetzt feststellen musste, dass sie um einiges fülliger geworden war. Sie wusste auch, dass es ihn überhaupt nicht interessierte, sondern dass er sie so begehrte, wie sie jetzt war, mit all ihren Falten und ihrem gelebten Leben. Doch dieses Begehren schloss auch noch ihren jungen Körper ein, den er früher geliebt hatte.

Sie fuhren schweigend in die Stadt zurück. Elisabeth hatte sich eine Zigarette angezündet und das Fenster heruntergekurbelt. Ab und zu sah sie zu John hinüber, es herrschte wenig Verkehr, und sie brauchte sich beim Autofahren nicht besonders zu konzentrieren. Um die Stille mit etwas auszufüllen, drehte sie das Radio an. »How they danced in the courtyard, sweet summer sweat, some dance to remember, some dance to forget«, hörte sie. Wie passend, dachte sie, Hotel California, und wunderte sich einmal mehr darüber, wie oft es ihr geschah, dass genau die Titel gespielt wurden, die ihrer momentanen Stimmung entsprachen.

Sie steckte sich an der alten Zigarette eine neue an. Sie wollte ihre Nervosität verbergen, aber es gelang ihr nicht, und ihre Hände zitterten beim Anzünden der Zigarette. Sie fühlte, dass sie den Boden unter den Füßen verloren hatte. Johns Berührungen, seine Zärtlichkeit, seine Leidenschaft hatten etwas in ihr zum Vorschein gebracht, von dem sie schon lange geglaubt hatte, es existiere nicht mehr. Ihr Körper prickelte immer noch, sämtliche Nervenzellen waren in Aufruhr, es fühlte sich fast so an wie bei ihrem ersten Mal mit John. Aber sie war nicht mehr 21, sondern 66. Und sie hatte sich schon vor geraumer Zeit davon verabschiedet, mehr als lauwarme Erotik in den immer seltener werdenden Umarmungen von Männern zu erfahren. Seit zwei Jahren traf sie sich ab und zu mit einem ehemaligen Liebhaber und schlief mit ihm, weil sie die Nähe brauchte und den Körperkontakt, aber sie wusste auch, dass sie mit diesem Mann nie etwas anderes erleben würde als sanfte Erotik. Dazu kannten sie sich zu gut und hatten sich schon vor Jahren durchschaut.

John war ihr unten am See so vertraut gewesen.

»Du hast wunderbare Haare«, hatte er wie damals gemurmelt und dann ihren Hals geküsst, genau dort, wo es ihr am besten gefiel, und sie hatte erkennen müssen, dass auch diese Stelle schon lange kein Liebhaber mehr gefunden hatte.

Doch jetzt saß John schweigend neben ihr, hielt sich mit der rechten Hand an der Schlaufe über seiner Beifahrertür fest und hatte die Beine übereinander geschlagen, so dass sie ihn auch nicht zufällig beim Schalten berühren konnte. Er sah aus dem Fenster, als ob es dort etwas außergewöhnlich Interessantes zu sehen gäbe und nicht nur Bäume, Häuser und Nacht. Er sitzt zum ersten Mal mit von mir abgewandtem Gesicht in diesem Auto, registrierte sie traurig. Sie wusste nicht, was in ihm vorging. Sollte sie ihn ins Hotel zurückbringen? Ich fahre ihn jetzt am besten möglichst schnell zum Kempinski, beschloss sie, verabschiede mich von ihm und verschwinde dann. So schaffe ich es vielleicht, nicht in seiner Gegenwart zu weinen. Denn weinen würde sie demnächst, das bemerkte sie an dem rauen Kratzen in ihrem Hals.

Wie konnte es noch einmal geschehen, dass jemand ihre Fassade durchbrach und sie daran erinnerte, dass sie sich doch nicht so sehnlichst wünschte, allein zu bleiben, wie sie es sich seit einiger Zeit einredete? Seitdem sie nämlich festgestellt hatte, dass sich die meisten Männer in ihrem Alter, die frei waren, für eine Jüngere interessierten oder eine Frau suchten, die für sie kochte und den Haushalt führte, wie das ihre gerade verstorbene oder geschiedene Frau getan hatte.

An den über Siebzigjährigen hatte sie kein Interesse, nicht nur wegen ihrer oft schon ausgeprägten Gebrechen, sondern auch deshalb nicht, weil sie sich nie sicher sein konnte, ob sie während des Dritten Reiches auf ihrer Seite gestanden hatten.

Bei John wusste sie es. Als Amerikaner war er damals nur am Rande betroffen gewesen, und er hatte ihr geholfen, als niemand mehr dazu in der Lage gewesen war.

Jetzt fuhren sie den Kurfürstendamm hinunter. Nur noch fünf Minuten, dachte Elisabeth, dann wird er fort sein.

»Wo fahren wir hin?«, fragte John unvermittelt.

»Willst du nicht ins Hotel? Morgen geht deine Maschine doch sehr früh?«

»Ach so«, erwiderte John.

»Was meinst du damit?«

»Ist schon gut.«

»Habe ich etwas Falsches gesagt?«

»Nein, du hast ja Recht. Morgen fliege ich wieder nach Amerika – zu meiner Frau«, sagte er so leise, dass sie es kaum verstehen konnte.

»Oder nicht?«

»Doch, mein Flug geht um acht.«

»Also ist es wohl besser, ich bringe dich zum Hotel.«

»Elisabeth?«

»Ja?«

»Was war das vorhin am See?«

»Erotik? Eine schwache Stunde?«

»Nichts mehr für dich?«

»Warum fragst du mich das ausgerechnet? Du musst doch morgen abfliegen.«

»Ich könnte hier bleiben.«

»Das geht doch nicht.«

»Willst du, dass ich morgen nicht fliege?«

Sie hielten vor dem Kempinski. Aber keiner von beiden machte Anstalten auszusteigen.

»Ich kann dich nicht bitten zu bleiben. Dazu habe ich kein Recht«, sagte Elisabeth, aber sie hätte sich gleichzeitig am liebsten in seine Arme gestürzt und ihn angefleht, den Rest ihres Lebens mit ihr zu verbringen.

»Ich bleibe noch«, sagte er leise.

Hinter ihnen hupte ein Taxifahrer und fuchtelte mit den Händen.

»Wir müssen woanders hin«, sagte Elisabeth. Sie ließ den Wagen an und fuhr in Richtung Savignyplatz zu ihrer Wohnung. John schwieg wieder, aber hatte seine Hand auf ihr Knie gelegt. Augenblicklich empfand sie erneut dieses Prickeln.

Als sie die Wohnungstür aufschloss, fiel ihr ein, dass diese Wohnung von ihrer Größe her bestimmt in das Wohnzimmer von Johns Haus gepasst hätte.

Der Raum hatte gerade mal 25 Quadratmeter, und das fand John für ein Wohnzimmer ausgesprochen klein, aber er fühlte sich sofort wohl. Die beiden rechteckigen Fenster mit den altmodischen hölzernen Fensterrahmen gingen zur Straße hinaus. Er hörte von unten Lachen und Reden, obwohl es mitten in der Nacht war. Bei den Fenstern tippte er auf Jugendstil, denn sie hatten mit Blätterornamenten verzierte Messinggriffe. Er sah zur Decke und fand auch dort Blätterornamente im Stuck wieder. Er setzte sich auf einen blauen Sessel, der vor einem niedrigen Glastisch stand, auf der anderen Seite des Tisches erhob sich ein wild geblümtes Sofa, auf dem mindestens zwei Leute ausgestreckt liegen konnten. Die scharlachroten Seidenkissen, die auf dem Boden lagen, erinnerten ihn an die Partys seiner damals halbwüchsigen Kinder. Sie hatten sich in ihre Zimmer zurückgezogen und mit ihren Freunden auf den Kissen liegend geknutscht und mit Sicherheit im ganzen Haus gefeiert, wenn Carolyn und er übers Wochenende aufs Land gefahren waren. Jedes Mal hatte er bei der Rückkehr einen leichten Duft nach Hasch wahrgenommen, aber Carolyn lieber nichts gesagt, weil es sie schockiert hätte. Ihn selbst hatte es nur an seine wilden Zeiten als Sportreporter erinnert, als es leicht gewesen war, Marihuana und anderes Rauschgift zu bekommen.

Der Teppich in Elisabeths Wohnzimmer war weiß und weich, ein Flokati, wie er feststellte, so etwas hätte Carolyn niemals in ihrem Haus geduldet. Wie muss es sein, Elisabeth auf diesem Teppich zu lieben?, fragte er sich. John streifte seine verdreckten Schuhe von den Füßen und legte sich auf den Teppich. Hatten seine Frau und er es jemals auf dem beigefarbenen Teppich in ihrem living room getrieben?

Elisabeth kam mit einem Tablett zurück und stellte es vor ihm auf den Boden ab. Es gab Schafskäse, Oliven, Fladenbrot, kandierte Ananas und Datteln, Käse und Rotwein aus schweren Kristallgläsern.

»Mehr hat mein Kühlschrank nicht hergegeben«, sagte Elisabeth. »Ich habe in den vergangenen Tagen vollkommen vergessen einzukaufen.«

»Lass uns hier unten auf dem Teppich essen. Das habe ich seit Ewigkeiten nicht mehr getan«, schlug John vor.

Elisabeth holte einige der bestickten Kissen und baute für sie beide ein Lager. Dann zündete sie alle Kerzen an, die sie im Wohnzimmer finden konnte, und stellte sie auf den niedrigen Glastisch, der vor dem monströsen Sofa stand.

Sie legte eine Platte auf. John erkannte My funny Valentine, gesungen von Frank Sinatra. Sie lauschten der Musik und aßen schweigend.

17. Kapitel

Auf der Bühne des kleinen Konzertsaales hatte Katja zum ersten Mal gespürt, dass sie am Ziel angekommen war. Sie fühlte sich nicht mehr gehetzt und unzufrieden, wie sonst fast immer, wenn sie etwas erreicht hatte und dann ganz schnell wieder der Meinung war, dass es nicht ausreichte. Aber vor den knapp sechzig Leuten in ihrer Musikhochschule wusste sie, dass sie nirgendwo anders sein wollte. Es störte sie nicht, dass die Hälfte der Zuschauer aus der Musikhochschule selbst kam und dass Elisabeth für die andere Hälfte des Publikums gesorgt hatte. Es störte sie nicht mehr, dass sie außerhalb dieser Wände noch niemand kannte, und sie machte sich auch keine Sorgen mehr darüber, dass es womöglich wie bei den meisten der ehemaligen Musikhochschulstudenten so bleiben würde.

Als sie sich neben dem Flügel aufstellte, wollte sie genau dort sein, und sie träumte sich nicht wie sonst fast immer an einen anderen Ort.

Sie suchte Elisabeths Gesicht: ein Gesicht voller Falten, voll Lebenserfahrung. Sie schaute ihrer Lehrerin in die Augen und begriff auf einmal, warum Elisabeth so viel daran lag, dieses Konzert zu veranstalten. Es ging ihr nicht um sich selbst als Organisatorin oder um Katja als Sängerin, es ging ihr allein darum, Chaim Steinbergs Lieder zu Gehör zu bringen.

»Du musst dich gegenüber den Tönen klein machen«, hatte Elisabeth einmal während einer Probe zu ihr gesagt. Damals hatte Katja sie nicht verstanden. Aber jetzt, im Angesicht der vielen Menschen und vor allem von Elisabeths lächelndem Gesicht, wusste sie, wie sie es anstellen musste, um in der Musik aufzugehen. Sie öffnete die Schranken ihres Bewusstseins. Vor ihrem inneren Auge erschien Chaim Steinberg, dieser geheimnisvolle Mann mit den dunklen Haaren, der alabasterfarbenen Haut und den unendlich traurigen Augen. Er war genauso alt gewesen wie sie jetzt, als er die Lieder für Elisabeth komponierte. Und sie spürte seine überwältigende Freude, als er damals in seiner winzigen Wohnung mit gebeugtem Rücken am Klavier saß, die Noten für die Töne, die er gerade gefunden hatte, aufschrieb und dabei vor sich hin summte.

Katja schloss die Augen und dachte nicht mehr daran, welchen Ton sie gleich anstimmen musste, dass es das tiefe C war und sie Mühe hatte, diesen Ton am Anfang eines Stückes sauber zu treffen. Sie atmete, weitete ihre Lungen und ließ die Luft in ihren Bauch strömen, hörte Christoph zu, der die einleitende Melodie spielte, und öffnete dann den Mund. Der Ton kam wie von selbst, schwebte zwischen ihren Lippen hervor und erfüllte den Raum.

Als Katja nach dem Konzert morgens um drei mit Annette nach Hause zurückkehrte, lehnte neben Rainers Fahrrad noch ein anderes an der Hauswand. Aber durch den Alkoholnebel, der aufgrund der zwei Reisschnäpse während des chinesischen Essens und der Gin Tonics in der Bar in ihrem Kopf waberte, registrierte sie es kaum. Rainer war nicht zum Konzert erschienen.

»Lass uns noch was trinken«, sagte Annette kichernd, als sie die Tür der Wohnung aufschloss. »Ich habe vorhin Sekt kaltgestellt. Soll ich Rainer wecken?«

»Auf keinen Fall, Annette, den möchte ich nicht sehen«, wehrte Katja ab. »Er hat sich sowieso noch nie für meine Singerei interessiert.«

»Stimmt«, sagte Annette. »Gut, dass du ihn los bist. Er war viel zu nüchtern für dich.«

Sie ließen sich auf die Stühle in der Diele fallen. Aus Rainers Zimmer kam gedämpfte Musik, durch die Glastür seines Zimmers fiel Kerzenlicht.

»Er ist noch wach, dann können wir ihn doch zum Sekt einladen«, meinte Annette. »Er hat bestimmt auf uns gewartet. Sei nicht so kleinlich, er grämt sich dort in seinem kleinen Zimmer, hört sentimentale Musik, und wir freuen uns hier draußen? Das geht doch nicht.«

Annette stand auf und ging zur Tür, öffnete sie ohne anzuklopfen und schloss sie gleich wieder.

»Lass uns besser in dein Zimmer gehen, Katja«, schlug sie vor. »Ich hol die Gläser und den Sekt.«

Jetzt hörte Katja es auch. Aus Rainers Zimmer klang unterdrücktes Kichern und dann das Geräusch, das Rainer beim Küssen machte. Annette kam mit den Gläsern zurück. Die Geräusche aus Rainers Zimmer wurden lauter, jetzt quietschte das Bett.

Katja versuchte so zu tun, als ob sie nichts bemerkt hätte, und hoffte, dass Annette sie nicht darauf ansprechen würde.

Aber sobald sie die Tür hinter sich geschlossen hatten, ging es los. »Dieser Schuft«, wetterte Annette. »Gestern heult er mir stundenlang etwas vor, dass er dich liebt und dich nicht verlieren möchte, und heute schläft er mit irgendeiner Schnepfe. Soll ich rübergehen und sie rausschmeißen? Er weiß doch, dass du heute das Konzert hattest. Denkt er wirklich, es ist dir vollkommen egal, was er macht, oder will er dich dadurch verletzen?«

»Annette, hör auf. Es wird auch nicht besser, wenn du noch darüber sprichst. Er versucht, mich zu ärgern, mir meine Freude kaputtzumachen, aber ich lasse mich nicht ärgern. Wir trinken jetzt noch einen Sekt, und dann gehe ich ins Bett.«

»Gut, aber morgen darf ich ihn auf die Straße setzen, ja? Ich bin hier immer noch Hauptmieterin.«

»Mach das, wenn du willst, aber lass mich bitte damit in Ruhe. Ich bin jetzt müde. Wir reden morgen«, sagte Katja mit zitternder Stimme.

Als sie allein war, versuchte Katja, nicht auf jedes leise Geräusch aus dem Zimmer gegenüber zu horchen, aber es gelang ihr nicht. Sie lag wach, war wütend, verletzt und traurig zugleich und hatte vollkommen vergessen, dass sie vor ein paar Stunden in der Musikhochschule auf der Bühne gesungen und sich dabei so gut gefühlt hatte wie noch nie zuvor.

Sie nahm Rainer übel, dass er ihr durch seine Aktion die Freude am Erfolg hatte nehmen wollen. Um vier Uhr hörte sie die Wohnungstür aufgehen und sich wieder schließen. Sie widerstand dem Drang, in Rainers Zimmer zu gehen und ihn anzuschreien, wie er nur so schäbig hatte sein können. Es war ruhig gegenüber, aber nach einer Zeit öffnete Rainer geräuschvoll die Toilettentür und klappte den Toilettendeckel hoch. Gleich danach stöhnte er, als ob er sich erbrechen würde.

Sie öffnete die Tür ihres Zimmers und sah Rainer auf den Knien vor der Toilette. Sie holte ein Handtuch, befeuchtete es, legte es ihm in den Nacken und streichelte seinen Arm.

Als der Übelkeitsanfall vorbei war, stützte sie Rainer und führte ihn zurück in sein Zimmer. Sie holte einen Schlafanzug aus der Kommode und half Rainer beim Umziehen. Dann strich sie das zerwühlte Bett glatt und legte ihn hinein.

Rainer war immer noch blass.

»Es tut mir Leid«, murmelte er, »ich wollte es nicht. Aber es tat so weh heute Abend, nicht als dein Freund bei deinem Konzert dabei sein zu können, da habe ich mit einer Kollegin nach der Arbeit ein paar Cocktails getrunken und bin tanzen gegangen. Und dann hat sie mich angemacht.«

»Ist schon gut«, besänftigte ihn Katja und strich ihm über die Stirn. »Versuche jetzt zu schlafen. Morgen sieht es schon anders aus. Dann können wir reden.«

In ihrem Zimmer saß sie noch lange rauchend am Fenster und war traurig darüber, dass sie selbst daran schuld war, dass sich jetzt kein Mann mit ihr über das gelungene Konzert freute und sie in die Arme nahm.

18. Kapitel

Elisabeth spürte beim Erwachen Johns Bauch an ihrem Rücken. Er hielt sie immer noch auf dieselbe Weise in seinen Armen wie beim Einschlafen. Seit Ewigkeiten war sie nicht mehr morgens neben einem Mann aufgewacht. Sie hatte es in den vergangenen Jahren immer vorgezogen, den Morgen allein zu beginnen, weil sie meinte, sich morgens niemandem zumuten zu können. Denn direkt nach dem Aufwachen machten sich die Spuren ihres Alters zu deutlich bemerkbar. Manchmal konnte sie sich wegen Rückenschmerzen zuerst gar nicht bewegen. Sie musste sich langsam strecken und vorsichtig drehen, um in die richtige Position für das Aufstehen zu gelangen. Außerdem fand sie ihr Gesicht vor der Massage durch einen warmen Wasserstrahl nicht besonders anziehend. Es sah zerknittert aus, auch ein wenig verlebt.

Deshalb erschrak sie, als sie Johns ruhigen Atem an ihrem Nacken spürte. Sie wollte aufstehen, um zumindest ein wenig Make-up aufzulegen und sich die Haare zu bürsten, aber sie konnte sich nicht aus seiner Umarmung befreien, ohne ihn dabei zu wecken. Also blieb sie liegen und versuchte sich zu entspannen. Er ist ja auch nicht mehr der Jüngste, dachte sie, da wird er vielleicht gnädig mit mir sein, wenn er aufwacht. Sie schloss die Augen.

Sie blendete ihre Gedanken aus und konzentrierte sich auf ihren Körper. Es war angenehm, in Johns Armen zu liegen. Seine Beine berührten ihre. Sie konnte sich an seinen Körper schmiegen wie eine Katze in ihren Korb. Es ist richtig, mit ihm hier zu liegen, dachte sie, auch wenn ich wohl nur kurze Zeit mit ihm verbringen werde. Auch wenn er spätestens in ein paar Tagen nach Boston in sein Leben zurückkehren wird. Sie atmete ruhig ein und aus, um den Schmerz einzudämmen, der augenblicklich ihr Herz überflutete. Sie wollte jetzt nicht an Abschied oder Verlust denken, sondern nur an die Möglichkeit, mit diesem Mann zusammen zu sein, den sie auch noch nach über vierzig Jahren unendlich begehrte. Sie hatten sich gestern Nacht noch einmal geliebt, langsam und zärtlich, und sich, während sie sich sanft streichelten, immer wieder in die Augen gesehen.

»Hallo«, murmelte John dicht an ihrem Ohr. Er küsste ihren Nacken und fuhr mit den Fingern durch ihr Haar. Sie drehte sich zu ihm um. Sie sahen sich lange schweigend an.

»Ich bin froh, hier zu sein«, sagte John und küsste sie sanft auf den Mund. Die Berührung seiner Lippen pflanzte sich wie ein Schaudern in ihren Kopf fort. Sie hätte sofort wieder mit ihm schlafen wollen, doch sie hielt sich zurück. Sie wollte nichts von John verlangen, was er vielleicht nicht wollte oder konnte.

Jetzt drehte er sich um und angelte nach seinen Shorts, die vor dem Bett auf dem Boden lagen. Er zog sie an und stand auf. Sie hörte das Wasser im Badezimmer rauschen.

»Hast du vielleicht noch eine Ersatzzahnbürste?«, rief er.

»Ja, im rechten Schrank, hinter den Cremes«, rief sie zurück. Sie hörte Klappern und unterdrücktes Fluchen. Ihm sind bestimmt gerade meine Cremetuben entgegengefallen, dachte sie. Sie hatte es längst aufgegeben, in ihren Badezimmerschränken und Schubladen Ordnung zu halten. Jetzt kam John zurück. Im Sonnenlicht, das durch das Fenster fiel, bemerkte sie, dass er einen kleinen Bauch hatte, nur ein wenig Fettansatz um den Nabel herum, und dass die Haut dort nicht mehr fest war. Diese Weichheit unter der Haut hatte sie gestern Nacht schon bemerkt und gedacht: Wie gut, dass auch an ihm das Alter nicht spurlos vorbeigegangen ist. Doch seine Beine waren wie früher schlank, sie sahen fast noch so aus wie die Beine eines jungen Mannes.

John zögerte, als er bemerkte, dass sie ihn beobachtete. »Auch nicht mehr ganz taufrisch«, sagte er.

»Da bist du in guter Gesellschaft«, gab sie lachend zurück.

Er setzte sich zu ihr auf den Bettrand.

»Ich werde heute nicht fliegen«, verkündete er – nur das. Und sie fragte nicht weiter.

»Lass uns irgendwo frühstücken gehen«, schlug sie vor. »Unten am Savignyplatz gibt es fantastische Brötchen. Ich habe großen Hunger.«

»Gut«, sagte er, »kann ich duschen?«

»Ja, natürlich. In dem anderen Schrank findest du Handtücher.«

Sie war froh, dass er wieder im Bad verschwand und sie so allein aus dem Bett steigen konnte. Sie setzte ihre Beine vorsichtig nebeneinander auf den Boden und stützte sich mit den Händen ab, wie sie es jeden Morgen tat, weil das die beste Methode war aufzustehen.

Ihr Blick fiel auf ihr Spiegelbild, und sie musste lächeln. Dort in dem Spiegel sah sie eine ältere Frau, die ihre müden Knochen erst in Schwung bringen musste, aber sie selbst fühlte sich so jung wie seit einer Ewigkeit nicht mehr.

Als John aus dem Bad kam, hatte sie ihm schon einen Kaffee zubereitet, den er im Stehen trank, während er aus dem Fenster auf den Platz hinaussah.

Dann stieg sie in die Badewanne, lauschte auf die Geräusche aus dem Nebenzimmer und gestattete sich für einen kurzen Moment, sich vorzustellen, dass John jetzt jeden Morgen neben ihr aufwachen würde.

Es war schon fast Mittag, als sie in das Café am Savignyplatz kamen. Sie setzten sich an einen Tisch auf dem Bürgersteig. Vorher hatten sie sich Zeitungen gekauft. Sie lasen beide, tranken zwischendurch Kaffee. Elisabeth dachte überhaupt nicht darüber nach, was sie tun könnte, um John zu gefallen. Alles stimmte einfach so, wie es war. Sie brauchte nicht besonders amüsant oder geistreich zu sein. Ab und zu sah sie John über ihre Zeitung hinweg an. Er hatte zum Lesen eine randlose, eckige Brille aufgesetzt, die fast genauso aussah wie ihre, die allerdings auch jetzt wie meistens auf ihrem Nachttisch lag, so dass Elisabeth die Zeitung etwas weiter weg halten musste, um etwas entziffern zu können.

John bemerkte nicht, dass sie ihn beobachtete. Er hatte sich in den Wirtschaftsteil der New York Times vertieft. Wie sicher jeden Morgen in den vergangenen Jahrzehnten, dachte Elisabeth. Sie empfand keinen Groll gegenüber Carolyn. Es war richtig so gewesen, sie hätten diese Zeit nicht miteinander verbringen können, nein, sie hätte diese Zeit nicht mit ihm verbringen wollen. Der Bostoner Geschäftsmann und Familienvater gehörte Carolyn, den brauchte sie überhaupt nicht. Sie liebte den John, in den sie sich 1936 verliebt hatte und der langsam wieder zum Vorschein gekommen war. Sie fühlte sich in seiner Gegenwart so leicht und begehrenswert wie sonst nie, und nur das spielte für sie eine Rolle.

Als sie ihre Zeitung weglegte, faltete auch er seine zusammen. Er ergriff ihre Hand und küsste sie.

»Weißt du eigentlich, wie glücklich ich gerade bin?«, fragte er.

»Genauso wie ich«, erwiderte Elisabeth. Sie bemerkte, wie eine junge Frau am Nebentisch sie neidisch beobachtete, während sie stumm neben ihrem Freund saß.

Nach dem Frühstück gingen sie spazieren. Sie sprachen nicht über ihre gemeinsame Vergangenheit in Berlin, nicht über Johns Leben in Boston oder ihr eigenes, sondern über Dinge, die sie beide liebten und schätzten: Bilder, die sie ohne einander gesehen hatten, Bücher, die ihnen gefallen hatten, ohne dass sie dem anderen davon hatten erzählen können, über Konzerte und Schallplatten, die sie bewegt hatten. Über Landschaften, die sie ohne den anderen gesehen hatten. Sie sprachen englisch, das war schon beim ersten Treffen ihre gemeinsame Sprache geworden. Nur gestern Nacht hatte Elisabeth deutsch gesprochen.

Sie gingen durch die Straßen des Viertels, ruhten sich in einem kleinen Park auf einer Bank aus und redeten weiter. Elisabeth sah John an, während er ihr von einem Konzert erzählte, nahm seine grau gewordenen Haare wahr, die Falten auf seiner Stirn und die Altersflecken auf seinen Händen. Sie lauschte seiner Stimme, und ihr wurde klar, dass sie diesen Mann liebte und lieben würde, einerlei, was weiter geschah. Sie wusste, dass sie ihn nicht bitten durfte, seine Frau zu verlassen und bei ihr zu bleiben, aber ihre Gedanken sagten diesen Satz immer wieder, ohne dass sie sie kontrollieren konnte. Und deshalb fragte sie ihn, ob er sich mit seiner Frau auseinander gelebt hätte. Er antwortete: »Nein, habe ich nicht«, erzählte ihr irgendetwas von Gewohnheit und Toleranz. Es hörte sich alles ganz plausibel an, nur dass seine Worte klangen wie ein eingeübter Text.

»Wir sind schon seit über vierzig Jahren verheiratet. Ich kenne all ihre Stärken und Schwächen. Sie hat mir immer zur Seite gestanden und die Kinder großartig erzogen«, sagte John. Er lobte Carolyns Verlässlichkeit und Treue, aber in seinen Augen sah Elisabeth keinerlei Begeisterung, obwohl sie davon überzeugt war, dass er das, was er sagte, wirklich glaubte. Er ahnt bestimmt nicht, wie traurig er gerade aussieht, dachte Elisabeth. Er tat ihr leid, obwohl es sie auch freute, dass er offensichtlich nicht so sehr an seiner Frau hing, wie er gerade behauptet hatte. Er sagt nicht, dass er sie liebt, dachte sie, aber dann fiel ihr ein, dass er das auch noch nie zu ihr gesagt hatte.

Sie saßen schweigend auf der Bank, ohne sich zu berühren oder anzusehen. Elisabeth bereute, dass sie John nach seiner Frau gefragt hatte. Eigentlich interessierte es sie gar nicht. Sie wollte die Zeit, die ihr mit ihm blieb, genießen. Sie wusste, sie würde sich grenzenlos nach ihm sehnen, wenn er fort war. Aber sie wollte nicht jetzt schon damit beginnen. Sie rückte wieder näher an ihn heran und lehnte sich an seine Schulter. Er legte den Arm um sie, zog sie an sich und küsste sie.

»Es ist eigenartig«, sagte er. »Ich wusste gar nicht, dass ich so etwas noch erleben kann. Ich dachte, in meinem Alter verliebt man sich nicht mehr Hals über Kopf. Wenn ich dich küsse, fühle ich mich, als wäre ich besoffen.«

Er küsste sie wieder. Dieses Mal wurde es nach kurzer Zeit ein atemloser Kuss.

Sie standen eng umschlungen auf und ließen sich auf dem Weg zu Elisabeths Wohnung nicht los.

Am Abend fuhren sie ins Kempinski am Kurfürstendamm, weil John sich umziehen und Elisabeth dann zum Essen ins Hotelrestaurant einladen wollte. Während er duschte, wartete sie in seinem Zimmer und stellte sich vor, wie es wäre, mit ihm zu reisen. Sie würde ihm ihre Lieblingsstädte zeigen, Paris, Venedig, Siena, aber auch Göteborg, Oslo und London. Sie würden mit der Bahn fahren oder fliegen, keinen Zeitplan haben, sondern von Tag zu Tag entscheiden, wie lange sie noch in einer Stadt bleiben wollten. Sie würde mit John auf dem Montmartre wohnen und in ihrem Lieblingscafé Marin frühstücken, das abseits der Touristenwege in einer Seitenstraße lag. In Oslo würden sie sich einen Wagen mieten und an der norwegischen Südküste Richtung Farsund fahren, sich nach einigen Stunden Fahrt ein Hotelzimmer in einem dieser kleinen, weißen Holzhäuser am Wasser mieten, an den Hafen gehen, sich auf die Poller setzen und die Segel- und Fischerboote beim Einlaufen beobachten. Sie würden auf den Felsen in den Schären umherwandern, und Elisabeth würde geduldig darauf warten, bis John in der Farbe der Felsen neben dem Grau die verschiedenen Brauntöne und das Grün der Flechten entdeckt hatte. Sie war sich sicher, er würde die Schärenlandschaft mögen und verstehen, mit ihren grauen, verwitterten Steinen im Wasser und den kleinen Ansammlungen von Häusern darauf, die sich in ihrer Buntheit gegen das Grau behaupteten und gegen den Wind duckten. Sören hatte ihr beigebracht, wie man seine Gedanken in dieser Natur zum Stillstand bringt, um wirklich sehen zu können, und dieses Wissen würde sie an John weitergeben. Und an jedem Ort, den sie gemeinsam bereisten, würden sie sich mit dieser Intensität lieben, die sie bei niemand anderem erlebt hatte.

Elisabeth hatte zwar schon immer geahnt, dass es nicht am Alter lag, wenn Leidenschaft und Erotik aus einer Beziehung verschwanden, obwohl sie damals in Schweden mit Sören versucht hatte, sich genau das einzureden. Aber es hatte auch damals nicht funktioniert, und nachdem sie zwei Jahre lang wie ein guter Freund an Sörens Seite gelebt hatte, war sie gegangen, weil sie die Vorstellung, so bis ans Ende ihrer Tage auszuharren, nicht aushalten konnte. Sie war mit der Überzeugung nach Berlin zurückgekehrt, sich bald wieder zu verlieben, und zwar so intensiv, wie sie es in Chaim und John gewesen war. Aber jetzt, wo sie wusste, wie es sich anfühlen konnte, wenn man liebte, war ihr klar, dass ihre Liebschaften in den vergangenen Jahren nichts bedeutet hatten. Die Liebe zu John war ein Gefühl ohne Ausweg, das direkt in den Schmerz führte und sie einsamer als je zuvor zurücklassen würde. Doch davor hatte sie keine Angst.

John kam mit nassen Haaren und in einen weißen Bademantel gehüllt aus dem Badezimmer. Als er sie sah, zögerte er. Anscheinend war er es nicht gewohnt, sich in Gegenwart einer Frau in einem Hotelzimmer anzukleiden. Aber dann beugte er sich zu ihr hinunter und küsste sie still. Sein Gesicht und seine Haare waren noch nass. Sie schloss die Augen, spürte seine kühlen Lippen auf ihrer Wange und sog den süßlich-würzigen Duft seines Aftershaves ein. Nein, er konnte ihr nichts versprechen, er hatte ihr nicht gesagt, dass er sie liebte, er würde sie bald wieder verlassen, aber das war ihr einerlei.

Das Telefon klingelte. John befreite sich aus ihrer Umarmung. Bevor er den Hörer abnahm, zog er den Bademantelgürtel enger um seine Hüften. Am Klang seiner Stimme erkannte Elisabeth, dass er mit jemandem aus seiner Familie sprach. Er verfiel in einen anderen Sprachrhythmus, seine Stimme klang tiefer. Es ging ums Geschäft, so viel verstand Elisabeth, und mehr wollte sie auch nicht wissen. John schien vergessen zu haben, dass sie sich im selben Zimmer befand. Jetzt lachte er über etwas, das sein Gesprächspartner am anderen Ende der Leitung gesagt hatte. War es Carolyn? Sprach er mit seiner Frau denn über Geschäfte? In einem Familienunternehmen machte man das bestimmt so. Familie, was weiß ich schon davon?, dachte Elisabeth.

Nach dem Telefongespräch zog John sich schweigend an. Er stand mit dem Rücken zu ihr und band sich seinen Schlips. Ihre Blicke trafen sich im Spiegel.

»Du musst zurück?«, fragte sie.

»Ja, morgen«, sagte er. »Es gibt Komplikationen bei der Übergabe der Geschäfte an meinen Sohn. Sie brauchen mich.«

19. Kapitel

Beim Abendessen hatten sie nicht mehr über das Telefongespräch gesprochen. Elisabeth hatte nicht gefragt, und John war ihr dafür dankbar gewesen. Was hätte er ihr auch sagen sollen? Dass er sich bei dem Gedanken, sie zu verlassen, elend fühlte? Dass er aber, als er mit seinem Sohn sprach, begriffen hatte, wie sehr er an seiner Familie hing, auch wenn er wusste, dass er seine Frau nicht mehr liebte? Während des Telefongespräches hatte er sich Michael in seinem Büro vorgestellt. Sehr wahrscheinlich stand sein Sohn am Fenster und schaute über das Wasser, während er mit ihm telefonierte. John sah die Fotos, die bei Michael auf dem Schreibtisch standen, auf einem war Sybil mit den Kindern zu sehen, auf dem anderen Michael und er selbst, er hatte den Arm um seinen Sohn gelegt, und sie lachten beide glücklich in die Kamera. Und in diesem Moment hatte John gewusst, dass er nach Boston zurückkehren musste, denn er wollte seinem Sohn ersparen, sich so allein gelassen zu fühlen wie er, als er nach dem plötzlichen Tod seines Vaters vor der schier unlösbaren Aufgabe gestanden hatte, ein angeschlagenes Unternehmen wieder auf Kurs zu bringen. Er hatte niemanden gehabt, mit dem er darüber reden konnte, bis er Carolyn kennen lernte. Seine Mutter verbrachte in den Monaten nach dem Tod ihres Mannes ihre Zeit damit, auf der Couch zu liegen oder mit einer unerträglichen Langsamkeit im Garten zu arbeiten. Auf ihren Rat hatte er nicht zählen können. Nein, er wollte nicht, dass Michael dieses Gefühl der Verzweiflung kennen lernte, das er bis heute nicht hatte vergessen können.

Aber wie nie zuvor fiel es John am nächsten Morgen schwerer, sich zu rasieren, sich anzukleiden, seine Koffer zu packen, jemandem Bescheid zu sagen, dass er sie abholen konnte, und in die Lobby herunterzufahren. Während des Rasierens schnitt er sich zweimal in die Wange, er verbrühte sich am zu heiß aufgedrehten Wasser. Er konnte den Schlips nicht binden, irgendwie wollte der Knoten nicht sitzen. Er sah seine verzweifelten Versuche im Spiegel und mochte sich plötzlich nicht mehr in seinem steingrauen Anzug, den er seit Jahren immer auf Reisen trug. Er holte seine beige Bundfaltenhose aus dem Schrank, die er auch gestern getragen hatte, sie war etwas zerknittert. Er glättete den Stoff mit der Hand, dann zog er die Hose an, hatte Mühe, den Knopf zu schließen, weil seine Hände zitterten. Er streifte ein blaues Polohemd über, das ganz unten im Stapel mit seinen Sachen lag und das er eigentlich zum Golfspielen hätte tragen sollen.

Er riss die Anzüge und Hosen von den Bügeln und stopfte sie in seinen Koffer. Sonst legte er immer alles so zusammen, dass es nicht knitterte. Heute war ihm das vollkommen egal. Am liebsten hätte er all seine Sachen, seinen Koffer, seine Aktentasche, das Foto in der Brieftasche von Carolyn und den Kindern im Zimmer gelassen, hätte nur eine Tasche gepackt und wäre zu Elisabeth geflohen. Aber er konnte nicht. Er hatte eine Pflicht zu erfüllen, er musste zu seiner Familie zurückkehren, auch wenn er dafür das Gefühl ertragen musste, sein gerade wiedergefundenes Selbst erneut aufzugeben. Er wusste, dass er kein Einzelfall war, dass die meisten Männer, mit denen er einmal etwas privater gesprochen hatte, irgendwo in ihrem Herzen diese Träume hegten, wegzugehen, alles hinter sich zu lassen, aber er hatte diejenigen, die wirklich konkret geworden waren und ihre Ehepartner verließen – und da hatte es in den vergangenen Jahren auch in ihrem Bostoner Mikrokosmos einige gegeben – nie ganz verstanden und ihre Vorgehensweise verdammt. Denn sie bedeutete immer Unruhe und Unfrieden, schlimmstenfalls die Zerrüttung der Familie, Trauer oder sogar Hass und auch meistens den Zerfall eines Vermögens. Nein, er hatte bis zu diesem Zeitpunkt niemals ernsthaft daran gedacht, Carolyn und die Kinder zu verlassen. Doch während seiner Ehe waren seine Gedanken kurz vor dem Einschlafen oft zu dem Augenblick gewandert, als er Elisabeth 1936 das letzte Mal gesehen hatte, damals in den ersten Augusttagen in Berlin, auf dem Pariser Platz vor dem Hotel Adlon im Schatten des Brandenburger Tores.

Dort wartete sie auf ihn, ihr grauer Regenmantel, den sie merkwürdigerweise trüg, obwohl es gar nicht nach Regen aussah, stand offen, so dass er ein blaues Kleid mit weißen kleinen Blumen darauf sah. Auf ihrem Kopf saß ein achtlos aufgesetztes Schiffchen. Ihre Haare waren nun nicht straff zurückgekämmt wie bei ihrem ersten Treffen im Delphi-Tanzpalast, sondern fielen wirr fast bis auf ihre Schultern herab. Sie trug keine Kämme oder anderen Haarschmuck.

Er stellte den braunen Lederkoffer mit den angestoßenen Ecken und den metallenen Schnappverschlüssen neben sie auf das Pflaster und auch ihre schwarze Ledertasche.

»Hier ist dein Pass«, sagte er und gab ihn ihr. Er hatte ihn aus ihrer Wohnung geholt und auch ihren Koffer und ihre Tasche gepackt. Darum hatte sie ihn vor zwei Stunden am Telefon atemlos gebeten:

»Frag mich nicht, warum, John«, hatte sie gesagt.

»Ich muss Berlin so schnell wie möglich verlassen, aber ich kann nicht mehr in meine Wohnung. Ich habe meinen Schlüssel an der Rezeption deines Hotels hinterlegt. In zwei Stunden treffen wir uns auf dem Pariser Platz vor dem Adlon.« Dann hörte er ein Klicken in der Leitung, und sie hatte aufgelegt.

Und er ließ sich mit einer Taxe zu ihrer Wohnung bringen, stieg die Treppen hinauf und nahm wahr, dass Elisabeths Nachbarin durch den Spion sah, als er an ihrer Wohnungstür vorbeiging. Im Schlafzimmer, in dem sie sich noch vor drei Tagen geliebt hatten, zog er die Schubladen einer weißen Kommode auf, deren Schäbigkeit er bisher noch nicht bemerkt hatte. Er holte ihre Unterwäsche und Hemden, Blusen, Röcke und Hosen hervor. Es waren nicht viele, und sie waren allesamt ziemlich zerschlissen. Dann packte er ihren Wintermantel, den sie in einem Schrank im Flur aufbewahrte, Stiefel und andere Schuhe in die schwarze Tasche.

Er ging in ihr winziges Badezimmer, in dem noch ihre Strümpfe auf einer Leine hingen, und räumte ihre Kosmetika in einen Beutel. Zuletzt nahm er den Inhalt eines niedrigen Regals mit, das unter dem Fenster im winzigen Wohnzimmer stand. Es waren Noten und Bücher. »Vergiss bitte nichts«, hatte Elisabeth ihn gebeten, »und vor allem nicht meinen Pass.«

Er hatte sie während des Telefongespräches nicht gefragt, wohin sie gehen wollte, aber er hatte verstanden, dass es auf unbestimmte Zeit sein würde. Er hatte sie auch nicht gefragt, warum sie die Stadt so schnell verlassen wollte, denn er hatte geahnt, dass sie es ihm nicht gesagt hätte.

Um sie herum waren viele Menschen auf dem Weg von der Arbeit nach Hause. John und Elisabeth mussten etwas an den Rand des Gehsteiges treten, um niemanden zu behindern.

»Wohin willst du?«, fragte John.

»Nach Stockholm«, sagte sie so leise, dass er es kaum verstehen konnte. »Dorthin ist Chaims Freundin Hannah damals ausgewandert. Ich denke, dass ich sie finden werde und sie mir helfen wird, wenn sie erfährt, was geschehen ist.«

»Wovor hast du denn so schreckliche Angst? Chaim ist doch derjenige, den sie treffen wollten, nicht dich«, sagte John. Aber sie antwortete ihm nicht.

»Stell bitte keine Fragen, ich kann es dir nicht erklären«, sagte sie. Und dann noch: »Ich muss jetzt gehen. Mein Zug fährt in einer Stunde.«

»Kann ich dich zum Bahnhof bringen?«, fragte John.

»Nein, bitte nicht, das würde ich nicht ertragen. Lass mich gehen.«

John wusste, dass es keinen Sinn hatte, sie weiter zu bedrängen. Er winkte ein Taxi heran, das viel zu schnell kam, und öffnete ihr die Tür. Sie stieg ein, ohne ihn noch einmal anzusehen oder zu umarmen. Und verschwand so unvermittelt aus seinem Leben, wie sie es vor wenigen Tagen betreten hatte.

Er hatte diese Abschiedsszene, die keine war, weil nichts ausgesprochen worden war, weil er Elisabeth nicht hatte sagen können, dass er sie liebte, weil sie ihm nicht sagen konnte, ob sie sich jemals Wiedersehen würden, unzählige Male in allen Variationen geträumt. Damals, als er Elisabeth hatte wegfahren sehen, war ihm elend zumute gewesen, er hatte den ganzen Abend in der Bar getrunken, und am nächsten Tag war er immer noch betrunken gewesen, als er mit Herrn Steinberg auf dem Friedhof Chaim begrub. Nur Steinberg, er und ein Rabbi waren anwesend gewesen, der das Kaddisch sprach. John war die ganze Zeit schwindelig, und er war unendlich müde. Dann hatte er Steinberg in den Zug nach Hamburg gesetzt, war ins Hotel gefahren und hatte den Nachmittag verschlafen, obwohl im Olympiastadion die Spiele weiterliefen und er wusste, dass sein Chefredakteur in New York dringend auf seine nächsten Berichte wartete.

Er war nicht wieder ins Stadion zurückgekehrt. Denn am nächsten Tag kam ein Telegramm seiner Mutter, dass sein Vater einen Herzanfall erlitten habe, und er hatte ohne zu überlegen seine viel versprechende Karriere als Sportreporter aufgegeben, denn er wusste, dass er sich durch die Entscheidung, früher nach Amerika zurückzukehren, selbst aus dem Rennen warf. Es war unprofessionell, so zu handeln, aber er wollte nicht schon wieder jemanden gehen lassen, mit dem er nichts geklärt hatte. Er wollte sich unbedingt mit seinem Vater versöhnen, und er schaffte es auch noch, mit ihm zu sprechen.

Und jetzt ging er selbst weg. Fuhr allein zum Flughafen, durch von Sonne durchflutete Straßen. Der Taxifahrer hatte das Radio angestellt und das Fenster hinuntergekurbelt. »Fantastisches Wetter, nicht?«, sagte er. Aber John war nicht danach zumute zu reden. Er hatte sich nach hinten in den Fond gesetzt.

Er sah aus dem Fenster und konnte plötzlich seine Tränen nicht mehr zurückhalten. Elisabeth hatte ihn nicht zum Flughafen begleiten wollen. Er hatte sie nach dem Abendessen nach Hause gebracht, ohne dass sie ihn hineingebeten hatte, und er war so verletzt gewesen, dass er sich nur mit einem flüchtigen Kuss auf die Wange verabschiedet hatte. In der Nacht hatte er nicht schlafen können und sich wie gerädert gefühlt. Zweimal war er zum Telefon gegangen, um Elisabeth anzurufen und ihr zu sagen, dass er sie liebte und nicht fahren wollte, aber er hatte es dann doch nicht getan, weil er befürchtete, dann nicht wegfahren zu können.

Und bald würde er Carolyn Wiedersehen. Er glaubte nicht, dass sie eine Veränderung an ihm feststellen würde, außer vielleicht, dass er im Flugzeug nicht wie sonst einen Anzug, sondern Bundfaltenhose und ein Polohemd getragen hatte. Sie würde ihn mit einem Kuss in Empfang nehmen und ihn schon auf dem Weg vom Flughafen nach Hause über die Familienneuigkeiten informieren, ohne ihn zu fragen, was er erlebt hatte. Zu Hause würde Michael auf ihn warten, und sie würden nach einem leichten Essen zusammen in die Firma fahren. Abends kämen vielleicht seine Töchter mit ihren Ehemännern zum Essen, sie würden zusammensitzen und Wein trinken und lachen. Niemand würde ihn nach Berlin fragen, weil Carolyn die Familie vorher instruiert hatte, ihn damit in Ruhe zu lassen, denn sie war sicher der Meinung, dass er nicht noch einmal über seine Vergangenheit sprechen wolle. Es würde so sein wie immer, nur mit dem Unterschied, dass er dieses »wie immer« nicht mehr wollte.

Es war damals bestimmt nicht nur Liebe gewesen, die ihn mit Carolyn zusammengebracht hatte, sondern auch die Notwendigkeit, einen zuverlässigen, vernünftigen Menschen an seiner Seite zu haben. Und sie war ihm all die Jahre und Jahrzehnte eine aufrechte und treue Gefährtin gewesen. Dafür war er ihr dankbar. Aber er wusste jetzt auch, was in dieser Zeit auf der Strecke geblieben war: Leidenschaft, Erotik, Leichtigkeit und das Gefühl tiefer Verbundenheit, das nicht daraus entsteht, dass man gemeinsam ein Haus besitzt und Kinder hat. Nein, Elisabeth hatte ihn wieder daran erinnert, dass es noch etwas anderes gab als das, nämlich dieses Gefühl, bei aller Verschiedenheit von derselben Art zu sein. Dieses mit nichts zu vergleichende Gefühl sollte er für die Schalheit einer abgestandenen Ehe aufgeben? Ja, antwortete er sich selbst, denn es ging hier nicht um sein eigenes Glück, sondern um Verantwortung und Pflichtgefühl und den Bestand einer Familie. Auch wenn seine Kinder mittlerweile erwachsen waren. Er konnte sich nicht so einfach aus dem Staub machen und bei Elisabeth bleiben. Nicht jetzt, wo Michael die Geschäfte übernehmen sollte, ihn aber dennoch als Berater an seiner Seite brauchte.

Und er war es Carolyn schuldig, sie nicht allein zu lassen, jetzt, wo er endlich mehr Zeit für sie haben würde. Nach alldem, was sie für ihn getan hatte.

Aber eigentlich wusste er, dass diese Gründe vorgeschoben waren und er einfach nur Angst hatte, in seinem Alter noch etwas ganz Neues zu beginnen.

20. Kapitel

John war jetzt schon 24 Stunden fort, und Elisabeth spürte immer noch seine Wange an ihrer, seinen flüchtigen, kühlen Kuss, der einen Punkt setzte unter all das, was vorher zwischen ihnen gewesen war. Sie hatte ihn zum Abschied in die Arme nehmen, ihn an sich drücken wollen, um ihn noch einmal zu spüren, um ihm zu zeigen, dass sie ihn liebte, aber er ließ es nicht zu.

Während des Abendessens erzählte John ihr von irgendwelchen Projekten, die er nun, da er nicht mehr so viel arbeiten musste, in Angriff nehmen wollte. Er entfernte sich mit jedem Wort mehr von ihr, aber gleichzeitig erkannte sie in seinen Augen, dass er das eigentlich nicht wollte. Er sah sie an wie einen Tag zuvor, als er sie in den Armen gehalten hatte und ihr klar geworden war, dass auch er sie liebte. Aber das war vor dem Anruf gewesen und seiner Entscheidung, sich nicht weiter auf sie einlassen zu dürfen.

Sie fühlte sich hilflos verlassen, wusste nicht, wohin mit sich. Es half nichts, dass sie an seinen Blick dachte, an die Berührung seiner Schulter, als er neben ihr herging, bevor sie ihm vor ihrer Tür Lebewohl sagte, an den hilflosen Ausdruck in seinen Augen, als er bemerkte, wie traurig sie war. Er schien sagen zu wollen: »Hol mich aus dieser Ecke heraus und zu dir herüber. Ich möchte doch nichts anderes, als mit dir etwas Neues zu beginnen, bitte, tu irgendetwas, damit sich diese Distanz zwischen uns wieder auflöst.« Aber als sie dann Anstalten machte, ihn zu berühren, reagierte er nicht.

Vielleicht ist er der Meinung, er könne die Gefühle, die zwischen uns wieder aufgebrochen sind, eindämmen, indem er einen großen Wall von Vernunft um sie errichtet, der aus der Überzeugung entstanden ist, nicht mehr in der Lage zu sein, einen vor langer Zeit eingeschlagenen Weg zu verlassen, dachte sie. Sicher spürt er Verantwortung gegenüber seinen Kindern und seiner Frau. Das ist nobel, wollte sie denken, aber es gelang ihr nicht, denn sie wusste, dass ihm das Leben in Boston gar nicht mehr gefiel. Er hatte ihr während ihrer gemeinsamen Nacht gestanden, wie sehr ihn seine Frau langweilte, wie wenig er sie eigentlich noch liebte, geschweige denn begehrte. Und seine Kinder waren erwachsen. Sein Sohn Michael war ein fähiger Geschäftsführer, er würde das Unternehmen ohne Schwierigkeiten leiten. Es lief gut, wie er ihr erklärt hatte. Seine Pflichten war er im Begriff abzugeben. Also, was hielt ihn eigentlich wirklich dort? Eine falsch verstandene Loyalität gegenüber seiner Familie? Was band ihn noch an Carolyn, wenn nicht die Gewohnheit?

Elisabeth war sich sicher, dass diese Vorzeigeehefrau ihn strukturiert und ihm Halt gegeben hatte, als er nicht gewusst hatte, wie er den Anforderungen seiner Umwelt begegnen sollte. Dass er sich jetzt so elegant kleidete, war bestimmt auch ihr Werk. Damals während der Olympiade in Berlin hatte er in Kleiderfragen keinen besonderen Geschmack bewiesen mit seinen zerbeulten Hosen und den unmöglich gemusterten Jacketts.

Bei ihrem letzten Abendessen trug er einen anthrazitfarbenen Anzug. Er war aufmerksam. Niemals versäumte er es, ihr Feuer zu geben. Wie selbstverständlich bezahlte er, hielt ihr die Tür auf, ließ ihr den Vortritt, redete leise, fuchtelte nie mit den Händen, um etwas zu erklären. All das hatte sie selbst in ihrem Alter nicht erreicht. Sie war keine Dame, sie fühlte sich unwohl in teuren Kostümen. Sie hätte es auch nicht eingesehen, so viel Geld für ihre Kleidung auszugeben, selbst wenn sie es gekonnt hätte. Sie war es nicht gewohnt, dass man sie so zuvorkommend behandelte. Sören hatte zwar all dieses auch beherrscht, aber er war zu verschroben und unaufmerksam gewesen, um darauf zu achten. Sie hatte sich nicht im Griff, nicht ihre Stimme, wenn sie etwas erklärte – sie war laut -, nicht ihr Lachen, das zu sehr verriet, was gerade in ihr vorging, nicht ihre Hände, die beim Reden eigentlich niemals stillhielten. Sie hatte sich damit abgefunden, nein, sie hatte diese Eigenschaften lieb gewonnen.

Sie sehnte sich danach, mit John zusammen zu sein, weil er äußerlich so anders war als sie, sie sich ihm aber dennoch verbunden fühlte. Sie wollte mit ihm reisen, Ausstellungen besuchen, Konzerte, mit ihm über Kunst sprechen, gemeinsam Bücher lesen, mit ihm ein Leben jenseits des Alltags verbringen. Eigentlich hatte sie das ja schon immer geführt, aber jetzt wollte sie dabei nicht mehr allein sein. John hatte ihr vor Chaims Konzert gesagt, dass er sie bewundere, ihren Mut, einen Weg zu gehen, der nicht mit Sicherheit am Ende von Erfolg gekrönt sein würde. Aber sie hatte in ihrem Leben keine andere Wahl gehabt, als diesen Weg zu gehen, denn ohne die Möglichkeit zu singen wäre sie vor die Hunde gegangen. Mit Hilfe der Musik hatte sie alles aushalten können. Und jetzt stellte sie fest, dass sie die Liebe zu John in die Knie zwang.

In den ersten Tagen ohne ein Lebenszeichen von ihm weinte Elisabeth viel. Sie sagte ihren Schülerinnen ab. Sie saß in ihrem kobaltblauen Sessel wie John noch vor einigen Tagen und hörte sich immer wieder die Musik an, die sie während ihrer ersten gemeinsamen Nacht gehört hatten. Sie aß wenig und rauchte dafür umso mehr. Sie trank zu viel Rotwein, um zu vergessen, wie es sich anfühlte, wenn er sie berührte.

Sie versuchte sich einzureden, dass es für ihn einfach war, nach Boston zurückzukehren, weil er dort eine Familie hatte, die ihm Geborgenheit gab, ein Dach über dem Kopf, wie er es ausgedrückt hatte. Es gelang ihr nicht, sich vorzustellen, dass er freudestrahlend in sein altes Leben zurückkehrte. Sie spürte auch auf diese riesige Entfernung seinen Kampf, sie nicht anzurufen, nicht an sie zu denken, ihr nicht zu schreiben.

Sie würde sich nicht bei ihm melden, nicht nur, weil sie ihn nicht in Verlegenheit bringen wollte. Nein, weil er ihr nicht gesagt hatte, dass er sie liebte, obwohl sie es in seinen Augen gelesen hatte.

21. Kapitel

Wieder ein Konzert, aber dieses Mal werden nicht meine Kommilitonen und Freunde im Publikum sitzen, sondern Fremde, die nur gekommen sind, um Elisabeth und mich Chaims Lieder singen zu hören, dachte Katja, als sie sich hinter der Bühne in einer winzigen Garderobe ihr nachtblaues Satinkleid überzog, das sie sich für diesen Anlass gekauft hatte. Elisabeth war früher oft in diesem Club aufgetreten, und sie würde auch heute zwei von Chaims Liedern singen. Der Besitzer des Clubs hatte sie dazu überredet. Zuerst war Elisabeth von der Idee überhaupt nicht begeistert gewesen, hatte auf sich gezeigt und gelacht.

»Meinst du, die wollen mich alte Schachtel noch sehen, wenn du vorher auf der Bühne standest?«, hatte sie Katja gefragt.

»Natürlich, du siehst toll aus, und das weißt du auch«, hatte sie geantwortet und es auch so gemeint. Für ihr Alter sah Elisabeth wirklich noch großartig aus.

»Außerdem ist deine Stimme einmalig, und du hast viele Fans, die schon viel zu lange auf dich verzichten mussten.«

»In meinem Alter ein Comeback feiern? Ist das nicht etwas ungewöhnlich?«, hatte Elisabeth geantwortet, doch das klang schon nicht mehr ganz so zweifelnd. »Aber ich singe nur Nacht am Meer und Herbst zu Beginn des Abends, und wir engagieren einen anderen Pianisten als Christoph.«

Dieses Mal schaffe ich es wirklich nicht, dachte Katja und sah auf die Uhr. Ihr Herz klopfte wild, Kopfschmerzen plagten sie, und ihr war schwindelig. In fünf Minuten würde Elisabeths Auftritt beginnen. Am liebsten wäre sie aus dem Club gestürmt, vorbei an den Leuten, die schon erwartungsvoll ihre Plätze eingenommen hatten und an ihren Drinks nippten. Katja hatte angenommen, dass das Lampenfieber mit der Übung weniger werden würde, aber bei ihr schien es genau umgekehrt zu sein. Sie fragte sich, warum sie sich dieser Qual aussetzte. Ich bekomme für den Auftritt noch nicht einmal eine besonders hohe Gage, jedenfalls nicht gemessen an dem Aufwand, den ich vorher getrieben habe, dachte sie. Jeden Tag Probe in den vergangenen Wochen, immer und immer wieder dieselben Stücke singen, an den Nuancen feilen.

Elisabeth war erbarmungslos mit ihr umgesprungen, hatte sie ständig unterbrochen und immer wieder verlangt, von vorn zu beginnen. Und dann hatte ihre Lehrerin ihr die

Stücke vorgesungen – ohne sichtbare Anstrengung, entspannt und fast gelassen.

»Das schaffe ich nie«, hatte sie damals zu Elisabeth gesagt. Und die hatte nur geantwortet: »Das musst du auch nicht. Ich habe Jahrzehnte dafür gebraucht, bis ich so singen konnte. Und du singst nicht nur gut, sondern bist jung und siehst unglaublich sexy in deinem Kleid aus.«

Sie wusste, dass es ein Kompliment sein sollte, aber es wäre ihr lieber gewesen, Elisabeth hätte ausschließlich ihre Stimme gelobt.

Noch drei Minuten. Elisabeth kam an der Garderobe vorbei und winkte ihr zu.

»Es wird fantastisch«, sagte sie ohne jede Spur von Aufregung in der Stimme. Sie trug ein schwarzes Kleid mit großem, rundem Ausschnitt und langen, engen Ärmeln. Um ihre Taille hatte sie ein rotes Seidentuch geschlungen. Sie sieht perfekt aus, dachte Katja und fand sich in ihrem Satinkleid mit dem Schlitz vorne plötzlich wenig erotisch. Aber sie wollte nicht eifersüchtig sein. Warum auch? Elisabeth war schließlich mehr als vierzig Jahre älter als sie, das vermutete sie zumindest, denn über ihr Alter hatte Elisabeth mit ihr noch nie gesprochen.

Katja platzierte sich so hinter der Bühne, dass sie Elisabeth von der Seite aus beobachten konnte. Sie verbeugte sich und wartete, bis niemand im Publikum mehr sprach. Dann nickte sie dem Pianisten zu. Das Vorspiel von Nacht am Meer erklang, und Elisabeth wiegte sich leicht im Takt.

Katja bemerkte, dass sie die Augen geschlossen hielt und unmerklich zitterte. Sie verliert die Nerven, dachte sie und faltete unwillkürlich die Hände. Aber Elisabeth fasste sich wieder. Als sie den ersten Ton sang, wusste Katja, dass ihr alle dort unten im Publikum zu Füßen lagen. Elisabeths Stimme war immer noch voll und zugleich rauchig, sexy und abgrundtief melancholisch. Wie macht sie das?, fragte sich Katja, aber sie wusste, dass ihre Lehrerin ihr das noch nicht einmal selbst hätte erklären können. Sie war stolz auf Elisabeth, und sie wusste, dass sie auch einen Teil dazu beigetragen hatte, dass sie heute sang.

Wie viele Abende hatte sie in den vergangenen Wochen mit Elisabeth verbracht, bei ihr zu Hause oder in kleinen Restaurants? Dort hatten sie gegessen und fast immer viel getrunken, und nach dem Essen hatte Elisabeth angefangen zu erzählen. Von John, Chaim und den Tagen, die sie damals in Berlin zusammen verbracht hatten. Oder von Sören, ihrem Gefährten in Schweden, der gerade gestorben war. Sie sprach über ihre Vergangenheit, sie musste sich jemandem öffnen, und Katja genoss es, diejenige zu sein, der Elisabeth alles erzählte.

Manchmal sprach sie auch über ihre Sehnsucht nach John, der sich nicht gemeldet hatte, seit er vor fast sieben Monaten aus Berlin verschwunden war. Dann versuchte sie, sich nicht anmerken zu lassen, wie verzweifelt sie darüber war. Und sie nahm ihn immer in Schutz, sagte, dass sie seine Entscheidung verstehe, dass er nicht anders konnte und sie spüre, dass er sie liebte und nicht Carolyn. Katja fragte sich, wie Elisabeth diese Enttäuschung überhaupt aushalten konnte. Sie selbst würde sich niemals mit einer solchen Tatsache abfinden wollen, da war sie sich sicher. Seit ihrer Trennung von Rainer hatte sie mit einigen Männern geschlafen, es war aufregend gewesen und erotisch, weil sie die Männer vorher nur wenig kennen gelernt hatte, aber sie hatte keinen dieser Liebhaber Wiedersehen wollen. Sie wollte sich nicht verlieben. Und schon gar nicht, wenn sie sah, wie Elisabeth litt. Einmal hatte sie ihr geraten, John zu vergessen, aber da war Elisabeth wortlos aufgestanden und zwei Tage lang nicht ans Telefon gegangen, egal, wie oft es Katja klingeln ließ.

Als Elisabeth wieder mit ihr sprach, hatte Katja ihr geraten, doch einfach nach Boston zu fahren und John zur Rede zu stellen. Aber sie war mit diesem Vorschlag auch nicht weitergekommen.

»Er hat sich entschieden, und ich muss es akzeptieren«, hatte ihre Freundin nur geantwortet.

Elisabeth stellte sie jetzt vor. Sie musste auf die Bühne. Als ihre ältere Freundin ihr die Hand auf die Schulter legte und ihr »Viel Glück« zuraunte, fiel alle Aufregung von ihr ab.

22. Kapitel

John wollte dieses Jahr seinen Geburtstag nicht feiern, aber als er das Carolyn gegenüber erwähnte, zeigte sie nur Unverständnis. Sie wollte ein Abendessen im Kreise ihrer Familie, mit ihren drei Kindern und deren Ehepartnern und mit ihren besten Freunden Anny und Robert. Seit Jahren feierten sie so, und bisher habe es ihm doch gefallen, sagte Carolyn und sah ihn dabei forschend an, fragte aber nicht nach den Gründen für seine Sinneswandlung. Seit er aus Berlin wiedergekommen war, musterte sie ihn oft. Sie war verunsichert, weil er nicht mehr wie sonst um acht Uhr das Haus verließ, um in die Firma zu fahren, sondern manchmal erst gegen neun frühstückte. Sie frühstückte seit Jahrzehnten um halb acht, blieb auch bei dieser Gewohnheit, als die Kinder schon längst aus dem Haus waren, denn es war ja immer noch John da gewesen, dem sie Gesellschaft leisten konnte. Anfangs hatte er Carolyn gebeten, doch auch erst um neun Uhr zu frühstücken, dann müsste die Haushälterin nicht zweimal Rühreier und Kaffee zubereiten, aber Carolyn hatte ihn verständnislos gefragt, warum sie ihr Leben umstellen

253

sollte, bloß weil er nicht mehr seinem normalen Tagesablauf nachging und offensichtlich eine Krise hatte. So frühstückte er morgens allein, trank zwei Tassen Kaffee, aß Rührei und Joghurt, las die Zeitung und hörte dabei Musik.

Eigentlich hatte er diese halbe Stunde am Morgen, wenn sein Denken noch frisch war und die Gedanken Wege gingen, die nicht durch die Zwänge des Alltags festgelegt waren, immer geschätzt. Aber seit er aus Berlin zurückgekommen war, bedeutete die Zeit der Stille am Morgen, dass er Elisabeth qualvoll vermisste. Jedes Rascheln der Zeitung erinnerte ihn an ihr gemeinsames Frühstück im Café am Savignyplatz. Er sehnte sich nach ihrem Gesicht, danach, unter dem Tisch mit seinen Knien ihre Knie zu berühren, sie ab und zu auflachen oder skeptisch mit der Zunge schnalzen zu hören, wie sie es an jenem Morgen in Berlin getan hatte.

Und wenn er sich an sie erinnerte, tat ihm alles weh, und seine Wahrnehmung veränderte sich. Er fand das weiß-gelbe Frühstücksservice, das er mit Carolyn vor fünfzehn Jahren ausgesucht hatte, als es wieder möglich war, teurere Dinge zu kaufen, weil sie die Kinder nicht gleich herunterwarfen, plötzlich schrecklich fad. Er konnte das von der Haushälterin nach seinem Lieblingsrezept zubereitete Rührei mit Paprika und Tomate plötzlich nicht mehr ertragen, der Kaffee kam ihm wie eine viel zu dünne Brühe vor.

Und wenn Carolyn doch einmal um diese Zeit den Weg ins Frühstückszimmer fand, um ihm zu sagen, was sie an diesem Tag vorhatte, musste er sich zusammenreißen, um nicht zurückzuzucken, wenn sie ihn küsste – nie auf den Mund. Das taten sie morgens schon lange nicht mehr, eigentlich überhaupt nicht mehr, seitdem sie beschlossen hatten, getrennte Schlafzimmer zu nehmen, weil Carolyn behauptete, nur so entspannt schlafen zu können, und ihm die Vorstellung, allein zu schlafen, auch sehr gelegen gekommen war, da er so abends lange hatte arbeiten können, ohne dass Carolyn ihm deshalb Vorwürfe machte.

Jetzt arbeitete er nicht mehr abends, und auch ansonsten hatte er viel Zeit. Er hatte sich angewöhnt, am Vormittag für zwei Stunden in die Firma zu fahren und dann in der Stadt zu Mittag zu essen – mal mit einem Mitarbeiter oder seinem Sohn, mal mit seinen beiden Töchtern oder einem Freund in ähnlicher Lage, selten mit Carolyn, denn ihre Tage waren wie erwartet ausgebucht. Er fand in ihnen eigentlich erst nach acht Uhr abends Platz.

Das Schlimmste an der neuen Situation war nicht, dass seine Frau für ihn keine Zeit hatte, sondern dass er eigentlich erleichtert darüber war. Er wollte die Tage nicht mit ihr verbringen, obwohl sich die Nachmittage jetzt manchmal endlos lange hinzogen.

Er hatte ein paar Mal versucht, Golf zu spielen. Er kannte

mittlerweile einige Menschen in seinem Alter, die sich als Berufsersatz diesem Hobby verschrieben hatten, inklusive seiner Frau, die fast jeden Nachmittag im Golfclub zu finden war. Es wäre für ihn leicht gewesen, sich auf die Aufgabe zu stürzen, sein katastrophales Handicap radikal zu verbessern. Und er hatte auch eine Zeit lang ernsthaft mit diesem Gedanken gespielt, aber dann schnell einsehen müssen, dass er einfach keinen Gefallen daran fand. Er wollte keine Bälle über einen Rasen dreschen und dann hinterherlaufen. Und vor allem wollte er nicht schon wieder zu jemandem in Konkurrenz stehen.

Stattdessen besuchte er die Museen von Boston, flog oft nach New York, um dort in die Metropolitan Opera zu gehen, übernachtete in einem kleinen Hotel in Greenwich Village und kam erst am nächsten Tag wieder zurück. Ein, zwei Mal hatte er seine Frau zu diesen Aktionen überreden können, aber dann hatte sie ihm gesagt, ihr würden die Abonnementkonzerte in Boston reichen und er solle allein fahren.

Und so saß er oben im Rang der Metropolitan Opera, hörte Wagner, Mozart, Vivaldi, Grieg, Puccini. Und immer wanderten seine Gedanken dann zu Elisabeth. Seit er aus Berlin zurückgekehrt war, fühlte er sich eigentlich nie allein. Ständig dachte er an sie. Zuerst hatte er dabei ein schlechtes Gewissen gehabt, weil er ja seine Frau betrogen hatte, aber im Grunde wusste er immer, dass er keine Sekunde mit Elisabeth bereute. Die meiste Zeit gab ihm die Vorstellung, dass Tausende von Meilen entfernt Elisabeth an ihn dachte, Auftrieb, und er bildete sich ein, so leben zu können: mit der Gewissheit, Liebe und Leidenschaft erlebt zu haben, den Alltag in Boston ertragen zu können, für den er sich nun einmal vor Jahrzehnten entschieden hatte.

Er dachte nicht an eine Trennung von Carolyn, sondern hoffte darauf, dass die Sehnsucht nach Elisabeth irgendwann nachlassen würde, und manchmal, wenn er mit seiner ganzen Familie vor dem Kamin saß oder mit seinem Sohn essen ging und er merkte, dass Michael seinen Rat brauchte, vermisste er Elisabeth auch nicht. Er tat es jedoch immer, wenn er mit Carolyn allein war. Er liebte seine Frau nicht mehr. Er wollte gar nicht wissen, wie lange schon nicht mehr.

Am Morgen seines Geburtstages hatte Carolyn sich entschieden, mit ihm gemeinsam zu frühstücken. Sie sprach über das Menü am Abend. John musste sich beherrschen, um nicht laut zu gähnen, und er fragte sich im Stillen, ob seine Frau schon immer so langweilig gewesen war. Jetzt berührte sie wie zufällig seinen Arm und beugte sich zu ihm herüber. Er fegte Carolyns Hand mit einer schnellen Bewegung wie ein lästiges Insekt von seinem Arm. Seine Frau erstarrte.

»Ich kann nicht mehr«, sagte sie schließlich. »Bitte gesteh mir jetzt, dass du in Berlin eine Affäre hattest, an die du immer noch denkst. Und dann werden wir es wieder vergessen.«

John legte seine Zeitung zusammen und fühlte sich merkwürdig erleichtert. Schon lange war es an der Zeit, mit der Wahrheit herauszurücken, auch wenn es seine Ehe kosten könnte.

»Ich habe jemanden kennen gelernt, nein, eigentlich wieder getroffen. Elisabeth Brandt, ich war mit ihr damals 1936 in Berlin zusammen. Da war sie knapp über zwanzig.«

Carolyn sog hörbar die Luft ein. Er bemerkte, wie sie nachrechnete und zu dem Schluss kam, dass Elisabeth so alt sein musste wie sie selbst. Damit kommst du nicht zurecht, dachte John fast hämisch. Das ist in deinem Männerbild nicht vorgesehen. Alle Männer ihrer Freundinnen waren fremdgegangen, hatte sie ihm einmal anvertraut, aber immer mit jüngeren Frauen. Es waren kurze, heftige Affären gewesen, Bettgeschichten, wie sie es nannte, und Carolyn hatte ihm früh erklärt, dass sie selbst diese Affären billigen würde, solange sie ihr Eheleben nicht beeinträchtigten.

»Ich will nichts wissen – außer dass es jetzt wieder vorbei ist«, sagte sie.

»Seit ich zurück bin, habe ich mit ihr keinen Kontakt mehr«, sagte er.

»Dann reden wir nicht mehr darüber, einverstanden?«, erwiderte sie und erhob sich. »Ich werde dich nicht drängen. Nimm dir die Zeit, die du brauchst, um diese Elisabeth zu vergessen. Wir sind ja schließlich nicht mehr zwanzig, wo so ein Ereignis das Ende bedeutet hätte. Ich muss jetzt zum Friseur«, sagte sie und streichelte ihm wie einem Jungen über die Wange. Und sie verschwand ohne einen Gefühlsausbruch, ohne den Tränen nahe zu sein. Zuerst nahm er an, sie hätte nicht verstanden, was er gesagt hatte. »Aber ich habe dich doch betrogen«, wollte er ihr hinterherrufen, aber sie war schon aus dem Haus gegangen, und wenig später hörte er ihren Wagen langsam wegfahren.

Während er auf den Tisch starrte und sich fragte, warum sie nicht reagierte, wurde ihm langsam klar, dass sie ihn sehr wohl verstanden hatte. Sie wusste um seinen Betrug, aber was ihn am schlimmsten traf: Es schien ihr einerlei zu sein.

Sie hätte zumindest weinen können, dachte er, schämte sich aber gleichzeitig dafür, denn er nahm an, dass nur seine Eitelkeit verletzt sein konnte, wenn er sich so etwas wünschte.

Er beschloss, einen Spaziergang zu machen, aber nicht in ihrer feinen Wohngegend zwischen den wohl renovierten Einfamilienhäusern, sondern direkt am Meer. Er wollte an seinem 68. Geburtstag weit sehen. Er hatte noch einige Stunden Zeit, um die Dinge in seinem Kopf wieder zu ordnen, die momentan wild durcheinander rasten.

Er fuhr an den Strand. Es war stürmisch. Der Wind peitschte ihm unbarmherzig ins Gesicht. Er schien seine Wut an ihm auslassen zu wollen. Aber John genoss diesen scharfen Schmerz auf der Haut. Die Kälte trieb ihm Tränen in die Augen. Auch das war ihm recht. Er wollte büßen für das, was er in Berlin getan hatte, er wollte sich schlecht fühlen. Er wollte zu der Ansicht kommen, dass Carolyn eine Lady war und sie sich in der Situation vorbildlich verhalten hatte.

Aber wenn er ehrlich zu sich war, hatte ihn ihr überlegenes Tätscheln seines Kopfes wütend gemacht. Er hätte sie lieber schreien sehen wollen, weinen und toben. Alles wäre ihm lieber gewesen als ihre kühle Überlegenheit.

Sie hatte sich nicht für seine Zweifel interessiert, und er hatte doch so sehr jemanden gebraucht, dem er hätte erzählen können, in welch großem Konflikt er sich befand. Natürlich wusste er selbst, dass er nicht ausgerechnet seine Frau zu seiner Vertrauten machen konnte. Nicht, wenn es darum ging, darüber zu sprechen, dass er Elisabeth liebte. Aber immer wenn er nach einer Person gesucht hatte, der er vertrauen konnte, war er unweigerlich auf Carolyn gekommen, die ja schon über vierzig Jahre sein Leben mit ihm teilte.

Mein Leben, dachte John plötzlich und blieb stehen. War es wirklich sein eigenes Leben, das er lebte? Hatte er überhaupt jemals eine Chance gehabt, sich darüber Gedanken zu machen, wie er selbst leben wollte? Nach Chaims Selbst-

mord und dem Tod seines Vaters hatte John dessen Arbeits-
einstellung angezogen wie einen zu großen Anzug. Und
Carolyn hatte neben ihm gestanden und hier und dort ge-
zupft, Abnäher und Umsäumungen vorgenommen, bis er
ihm auf einmal perfekt gepasst hatte und er sich nicht mehr
vorstellen konnte, etwas anderes zu tragen.

Er hatte viel Geld verdient, und ab und zu hatte es ihm
auch Freude bereitet. Aber meistens war es ihm egal gewesen. Geld zu haben bedeutete für ihn die Freiheit, alles tun
zu können, was er wollte, die absolute Mobilität. Genau das
Gegenteil schien es für Carolyn zu bedeuten, nämlich Sicherheit und die Möglichkeit, sich zu etablieren und Besitz
anzuhäufen. Er hatte mitgemacht, all die Jahre mitgemacht
und sich kein einziges Mal gefragt, was er wirklich wollte. Er
hatte angenommen, dass es auch genau das war, worauf es
ihm im Leben ankam.

Und nun, hier allein am Meer, hätte er alles einfach weg-
geben können, das Haus, die Autos, seine Golfausrüstung,
vor allem die. Er hätte sie nicht vermisst. Er bemühte sich,
an seine Kinder zu denken, die heute Abend zu Besuch kamen. Er schloss die Augen. Was war mit ihm los? Er liebte
doch Michael, Tessa und Barbara. Er hatte sie zwar nicht viel
erlebt, während sie langsam erwachsen wurden, aber immer
Interesse an ihrer Entwicklung gezeigt. Dennoch dachte er
mit Grauen daran, heute Abend mit allen um einen Tisch zu

sitzen und gemeinsam zu essen. Und er fragte sich, was eigentlich fehlen würde, wenn er nicht dabei wäre. Sein Platz zur rechten Carolyns bliebe leer, aber das hatte sie schon oft erlebt, besonders vor Weihnachten, wenn es viel zu tun gab. Irgendwann würde sie das Gedeck abräumen, den Stuhl an die Wand rücken und kein Wort darüber verlieren, dass er nicht anwesend war. Natürlich würde sie sich grämen, dachte John. Aber mehr auch nicht.

War er wirklich so wichtig für seine Familie? Kam sie nicht seit Jahren, wenn nicht schon immer, bestens ohne ihn aus? Seine Töchter bestimmt. Sie besprachen alle wichtigen Dinge mit Carolyn. Er selbst diente nur ab und zu als der großzügige Papa, der hier und da Extras spendierte, die sich die Ehemänner seiner Töchter nicht leisten konnten. Nur Michael schien wirklich an seiner Meinung interessiert zu sein. Mit ihm war er früher segeln gegangen, wenn seine Zeit es erlaubte, für diese Gelegenheiten hatte er sich von einem Freund ein Boot ausgeliehen. Mit ihm hatte er in seiner ersten gemeinsamen Zeit in der Firma zusammengearbeitet und fast täglich zu Mittag gegessen. Aber seit einigen Wochen war es weniger geworden, und John hatte gespürt, dass Michael nicht immer erfreut gewesen war, ihn in der Firma anzutreffen. Zuerst war er traurig darüber, aber dann hatte er verstanden. Michael hatte den Eindruck, dass er ihm nicht zutraute, die Geschäfte allein zu führen. Er wollte die Rückendeckung seines Vaters nicht mehr. Er wollte ihn natürlich weiter über den Geschäftsverlauf informieren, aber wie einen Außenstehenden, der mit dem Alltag nichts mehr zu tun hat.

John wanderte am Meer entlang und ließ sich den Wind ins Gesicht blasen. Ja, so war es wohl, Michael fühlte sich durch ihn in der Firma behindert. Wenn ich mich wirklich ganz aus allem rauszöge, würde er sich nicht verlassen fühlen wie ich damals von meinem Vater, dachte er. Denn der Unterschied war, dass er seinem Sohn langsam die Möglichkeit gegeben hatte, sich in die Geschäfte einzuarbeiten. Er hatte die ganzen letzten Jahre seinen Verantwortungsbereich behutsam vergrößert, war aber immer in Reichweite geblieben, um katastrophale Fehlentscheidungen abzubiegen. Ein-, zweimal war es notwendig gewesen einzuschreiten, aber in diesen Situationen hatte es John geschafft, seinen Sohn nicht als Dummkopf dastehen zu lassen, sondern hatte im Hintergrund die Fäden gezogen und alles wieder gerade gerückt.

Michael brauchte niemanden mehr im Hintergrund, er war behutsam auf die Front vorbereitet worden und wollte sich jetzt ganz vorne beweisen. Das wurde John plötzlich klar. Und er beschloss, sein Büro am nächsten Tag zu räumen.

Aber wenn Michael ihn auch nicht mehr brauchte, jedenfalls nicht täglich, was hielt ihn dann noch in Boston?, fragte er sich. Augenblicklich nahm die Sehnsucht nach Elisabeth wieder von ihm Besitz. Am liebsten wäre er sofort zum Flughafen gefahren und ins nächste Flugzeug gestiegen.

Seine Familie würde es ihm sicher nicht verzeihen, zumindest seine Töchter nicht, weil es zu sehr dem Klischee entsprach, das sie verinnerlicht hatten: Mann will sich noch einmal jung fühlen und verlässt deshalb seine Familie. Bei Michael war er sich allerdings sicher, dass er verstehen würde, wenn er irgendwann die Chance wahrnähme, ihn und Elisabeth in Berlin zu besuchen. Aber was konnte ihn eigentlich sicher machen, dass sie ihn noch wollte? Er hatte sich monatelang nicht gemeldet, nicht angerufen, nicht geschrieben und sie dadurch verletzt, das war ihm klar. Vielleicht hatte sie mit ihm abgeschlossen?

Könnte er eine Enttäuschung verkraften, wenn sie ihn zurückstieße? Er wusste es nicht und hätte auch jetzt wieder gerne mit Carolyn über dieses Thema gesprochen, denn sie war lebensklug.

Langsam wurde es dunkel. Er musste zurück, er wollte nicht zu spät kommen.

Eine Entscheidung konnte er sowieso jetzt nicht treffen. Alle Überlegungen musste er vertagen.

Carolyn war noch nicht zurückgekommen. Er vermutete,

dass sie auf dem Rückweg vom Friseur noch in einem Café Station gemacht hatte, um mit einer Freundin über die vermeintliche Affäre ihres Mannes zu sprechen. Ihm war es egal, auch wenn sie ihn als schlechten Menschen darstellen würde.

In einer Schale gegenüber vom Hauseingang hatte die Haushälterin die Post abgelegt. John kümmerte sich sonst gar nicht um die private Post, weil sowieso meistens nichts für ihn dabei war, aber seit er aus Berlin wiedergekommen war, verging kein Morgen, an dem er nicht hoffnungsvoll die Briefe in die Hand genommen hatte, um dann auf jedem Einzelnen den Absender zu suchen. Aber nie war einer aus Berlin dabei gewesen.

Auch heute würde es sicher so sein. Aber aus Gewohnheit nahm er die Post mit nach oben, knöpfte sich auf der Treppe sein Hemd auf und warf die Briefe achtlos auf das Bett. Er zog sich aus und ging ins Bad, das zwischen seinem und Carolyns Schlafzimmer lag. Jetzt bemerkte er, wie kalt ihm war. Unter der Dusche stellte er den Strahl scharf, ließ heißes Wasser auf seinen Körper prasseln, bis er es nicht mehr aushalten konnte. Dann drosselte er die Temperatur. Er musste japsen, als ihn der kalte Wasserstrahl traf. Er lehnte sich an die Wand, um wieder zu Atem zu kommen. Plötzlich hasste er seinen Körper, der ihm auf diese Weise mitteilte, dass er nicht mehr vierzig war. Nein, er würde bald siebzig sein. Und genau aus diesem Grund würde er kein neues Leben beginnen und nach Berlin zurückkehren. Er würde in Boston bei der Frau bleiben, die er nicht mehr liebte, die er seit langem nicht mehr begehrte – aber was machte das schon aus? Bald würde er wohl niemanden mehr begehren, einfach aus dem Grund, weil er sich zu alt dazu fühlen würde.

Und er beschloss, sich im nächsten Frühjahr ein Boot zu kaufen und den Winter dazu zu nutzen, all die Bücher zu lesen, die noch ungelesen in seiner Bibliothek standen. Auf jeden Fall werde ich mich in Zukunft nicht so treiben lassen, nahm er sich vor, sondern meine Tage wieder mehr strukturieren: Und fast hatte er Verständnis dafür, dass Carolyn ihm mit Befremden begegnet war, weil er seine Zeit in den vergangenen Wochen so vertrödelt hatte.

John zog sich seihen dunkelgrauen Anzug an, nahm den Stapel Briefe in die Hand und sah ihn durch. Es war viel Belangloses darunter, Geburtstagsgrüße von Freunden, die er seit Ewigkeiten nicht gesehen hatte, nichts, was auf Post aus Europa hindeutete. Wusste Elisabeth überhaupt, wann er Geburtstag hatte? Als Letztes zog er einen wattierten Din-A5-Umschlag aus dem Stapel. Der Brief war in New York abgestempelt worden. Nirgendwo ein Absender. Vielleicht ein Geschenk von Ruth Steinberg? Er hatte sie vor einiger Zeit in New York besucht und dabei wohl auch erwähnt, dass er bald Geburtstag hatte.

Er öffnete den Umschlag. Heraus kam eine Kassette von Sony ohne Aufschrift und eine Karte.

»Lieber John, ich dachte, es wäre wichtig, dass Sie diese Musik hören«, stand auf der Karte. Und dann noch »Herzliche Grüße, Katja Zaron«.

Als er den Namen las, begann sein Puls zu rasen. Bilder stürzten auf ihn ein, er sah Katja in der Musikhochschule auf der Bühne und spürte Elisabeth neben sich.

Vielleicht war es ein Mitschnitt des Konzertes? Oder war Elisabeth inzwischen noch einmal aufgetreten? John lief die Treppe hinunter ins Wohnzimmer. Glücklicherweise war er immer noch allein. Er steckte die Kassette in das Tapedeck und trat ans Fenster. Die Seile der Schaukel für die Enkelkinder, die an einem Ast der großen Eiche hing, rüttelten im Wind. Es sah nach Sturm aus.

»Ich spüre dich in jeder Welle des Wassers, in jedem Hauch, der über meine Haut fährt«, hörte er Elisabeths Stimme. Sie klang dunkel, melancholisch, rauchig, weich. John musste sich ans Herz fassen, weil es plötzlich aus dem Takt geriet. Er lehnte sich gegen die Fensterscheibe, zwang sich, ruhig ein- und auszuatmen, und sah in den Garten, ohne irgendetwas wahrzunehmen.

Sie sang dieses Lied für ihn, das war ihm sofort klar, als er ihre Stimme hörte. Sie hatte an ihn gedacht, während sie dieses Lied sang, nur an ihn, nicht an Chaim oder jemand anderen. An ihn. Und er wusste in dieser Sekunde, dass sie ihn noch liebte. Dass er sie finden musste und diese Chance nicht wieder vorübergehen lassen durfte wie schon einmal. Als Ruth ihm von ihrem ersten Treffen mit Elisabeth erzählt hatte, war er nämlich am nächsten Tag zum Flughafen gefahren und hatte sich ein Ticket nach Berlin gekauft. Doch in der Wartezeit hatte er sich etwas zu trinken gekauft und beim Bezahlen einen Blick auf die Fotos seiner Kinder in seiner Brieftasche geworfen. Er hatte die Maschine nach Berlin abfliegen lassen, war aber noch stundenlang nicht imstande gewesen, nach Hause zu fahren, so aufgewühlt war er gewesen.

Elisabeths Stimme hob ihn jetzt aus der Wirklichkeit heraus. Er hörte nicht, dass Carolyn ins Zimmer trat. Erst als Katja schon längst wieder sang, konnte John sich aus seiner Erstarrung lösen. Er drehte sich um und entdeckte Carolyn am anderen Ende des großen Wohnzimmers. Sie sah ihn mit hilflosem Augenausdruck an. Ihr Gesicht hatte fast das Weiß der Wandfarbe angenommen. Er wusste, dass sich in diesem Augenblick alles entschied. Sie hob fragend die Hände, und er nickte. Er sah, wie seine Frau sich daraufhin umdrehte und das Zimmer verließ. Er hörte ihr unterdrücktes Schluchzen und musste plötzlich daran denken, wie er sie das letzte Mal hatte weinen sehen, nämlich als Barbara ihr erstes Kind geboren hatte. Er wusste, dass sie jetzt auf ihrem Bett lag und weinte, aber es ging ihn nichts mehr an. Seine Entscheidung war gefallen. Er wollte keine Kompromisse mehr machen, weil er meinte, in der Verantwortung gegenüber seiner Familie zu stehen. Er wollte endlich seinem Herzen folgen. Jetzt war der richtige Zeitpunkt. Er fühlte sich stark genug. Wenn er ihn Vorbeigehen ließe, würde so ein Augenblick nie wiederkommen.

Er holte seine zwei Koffer aus dem Keller, die Carolyn vor Wochen dort verstaut hatte, stieg die Treppe hinauf in sein Schlafzimmer, öffnete Schubladen und Schranktüren und legte die Kleidungsstücke, die ihm als Erstes in die Hände fielen, in den Koffer. Er ging ins Bad, packte Rasierer und alles andere zusammen. Als Letztes steckte er die Kassette in seine Jackentasche. Er trug die Koffer auf den Flur, zögerte vor der Tür von Carolyns Zimmer, ging dann aber vorbei und die Treppe hinunter. Er nahm seinen Mantel vom Haken, verließ das Haus mit einem Koffer in jeder Hand. Er wusste, dass er um diese Zeit an der Ecke eine Taxe erwischen würde, und war froh, nicht zu Hause auf einen Wagen warten zu müssen.

Er sah auf die Uhr. Es war erst sechs. Also bestand keine Gefahr, in dieser Gegend jemandem von der Familie über den Weg zu laufen. Er würde ihnen alles erklären. Später.

23. Kapitel

Irgendwann hatte Elisabeth aufgehört, die Tage, Wochen und Monate zu zählen, während derer sie nichts von John gehört hatte. Es war nicht so, dass sie es nun leichter ertragen konnte, ohne eine Nachricht zu sein, aber sie hatte sich mittlerweile an ihre sehnsüchtigen Gedanken gewöhnt und an die endlosen Nächte, in denen sie nicht schlafen konnte, weil sie nicht aufhörte, sich vorzustellen, wie es gewesen war, in seinen Armen zu liegen.

Die Tage hatten wieder ihr Gleichmaß angenommen. Sie unterrichtete Katja weiter. Sie war nach wie vor ihre Lieblingsschülerin, mit der sie auch manchmal noch abends zu Hause arbeitete. Dort saßen sie oft zusammen und sprachen über Musik. Katjas Karriere als Sängerin hatte schon begonnen. Sie bekam immer mehr Konzertangebote, nicht nur wegen Chaims Liedern, mit denen sie vor Weihnachten allerdings oft aufgetreten war, sondern mit einem vollständigen Repertoire von Stücken deutscher und jüdischer Komponisten der 20er und 30er Jahre.

Demnächst nahmen sie gemeinsam eine Platte mit Chaims

Liedern auf. Elisabeth würde die Hälfte der Lieder selbst singen, das war eine Bedingung der Plattenfirma gewesen, denn sie hoffte, dass sie mit Elisabeths immer noch bekanntem Namen mehr Käufer interessieren könnte. Die Plattenfirma wollte auch eine Aufnahme mit Elisabeths besten Songs herausbringen. Die Arbeit an den Songs würde den ganzen Sommer über dauern. Eigentlich lief es ziemlich gut bei ihr, sie konnte sich vor Anfragen von Gesangsschülern kaum retten und sich die besten und interessantesten heraussuchen. Und ihr machte es Freude, ihr besonderes Wissen genauso wie ihre geheimen Tipps gegen Lampenfieber an Katja weiterzugeben, denn durch sie würde ihre Art, Stücke zu interpretieren, überdauern.

Sie hatte durch ihre eigenen Auftritte während der Konzerte mit Chaims Liedern wieder mehr Kontakt zu ihren Freunden aus der Musikszene bekommen. Sie ging mehr aus, saß lange mit alten Bekannten zusammen, trank, rauchte, vergaß die Zeit und genoss es, so ungebunden zu leben, dass sie niemanden anrufen musste, wenn sie beschloss, erst spät nach Hause zu kommen.

Aber wenn sie dann nachts mit ihrer Ente nach Hause fuhr oder allein durch die Straßen ging, stellte sie fest, dass der Platz neben ihr schmerzlich leer war. Und sie wusste, dass niemand anderer als John diese Leere je würde ausfüllen können.

Elisabeth begriff nicht, wie es möglich war, einen Menschen, den man nur selten gesehen hatte, so schmerzlich zu vermissen. Sie betrachtete sich im Spiegel und sah automatisch Johns Gesicht neben sich, seinen leicht spöttischen Blick, sein dichtes graues, welliges Haar und seinen Mund, dessen Lippen sie nicht betrachten konnte, ohne sofort daran zu denken, dass sie von ihm geküsst werden wollte.

Er fehlte ihr ständig, aber nach diesen Monaten ohne jegliches Lebenszeichen von ihm hatte sie sich an diesen Zustand gewöhnt.

Im Januar war es allerdings schlimm gewesen, sie hatte zu Hause gesessen und die Wände angestarrt, sie hatte nicht Weggehen wollen, das Telefon ausgestöpselt, weil sie es nicht mehr aushalten konnte, dass sie jedes Mal, wenn es klingelte, zusammenzuckte, weil sie dachte, es könnte John sein, und sich nur mit unglaublicher Kraftanstrengung von der Hoffnung lösen konnte, bevor sie den Hörer abnahm. John würde sich nicht melden. Sie spürte in dieser Zeit nach Weihnachten besonders, dass er beschlossen hatte, sein Platz sei neben seiner Frau und innerhalb seiner Familie. Und diese Erkenntnis, die sich ihr dadurch mitzuteilen schien, dass sie gedanklich seltener Kontakt zu ihm aufbauen konnte, weil sie den Eindruck hatte, er habe sich ihr innerlich entzogen, hatte eine Zeit lang all ihre Gefühle gelähmt und nur eine große Trauer übrig gelassen, in die alles hineingesogen wurde wie in ein schwarzes Loch.

Aber das war jetzt vorbei. Die Tage wurden schon wieder merklich länger, und es würde nicht mehr viel Zeit vergehen, bis sie wieder in ihrem Café am Savignyplatz draußen sitzen konnte.

Sie zog nur wenige ihrer Freunde ins Vertrauen, denn sie war sich sicher, dass nur diejenigen mit Hang zur Dramatik verstehen konnten, was es bedeutete, jemanden zu lieben, der vollkommen unerreichbar war.

»Setz dich in ein Flugzeug und flieg hin oder ruf zumindest mal an«, war der Tipp eines ehemaligen Liebhabers. Aber sie hatte nur abgewehrt, denn sie wusste, dass sie John nicht unter Druck setzen durfte. Wenn er sich für sie entschied, musste er es allein tun, sonst würde er ihr immer vorwerfen, sie hätte ihn aus seiner Ehe geholt. Aber sie vertraute schon lange nicht mehr darauf, dass seine Liebe zu ihr durch die Entfernung und die Sehnsucht größer als sein Pflichtgefühl geworden war.

Dennoch konnte sie sich nicht damit abfinden, sich allein zu fühlen, seit John wieder in ihr Leben getreten und zu schnell daraus verschwunden war. Es machte sie fast wütend, dass sie in ihrem Wohnzimmer auf ihrem Lieblingssessel saß und die Leere des gegenüberliegenden Sofas sie zum Weinen brachte oder Frank Sinatra hörte und ihr die unerträgliche

Sehnsucht nach John wie ein zähflüssiger heißer Brei durch den Körper floss. Aber sie hatte sich daran gewöhnt, sich nicht vollständig zu fühlen, und sich damit arrangiert, mit diesem Gefühl erst einmal eine lange Zeit umgehen zu müssen. Natürlich bestand die Hoffnung, dass sie John irgendwann wieder vergessen würde, aber bis dahin konnte viel Zeit vergehen.

Am Anfang hatte sie es sich ausgemalt, wie es wäre, wenn er plötzlich vor ihr stünde. An der Tür klingelte, sie öffnete. Sie würde als Erstes den Abdruck wahrnehmen, den der über Jahrzehnte getragene und nun fehlende Ehering an seinem linken Ringfinger hinterlassen hatte. Aber seit einiger Zeit stellte sie sich diese Szene nicht mehr vor, weil sie sowieso nie Realität werden würde.

24. Kapitel

Am selben Abend ging keine Maschine mehr von Boston nach Deutschland. Also flog John nach New York, nur um Abstand zwischen sich und Carolyn zu schaffen. Er buchte einen Platz in der ersten Maschine nach Hamburg, nahm sich in einem Hotel in der Nähe des Flughafens ein Zimmer und wartete auf den Morgen. Mehr konnte er nicht tun. Er saß in der Hotelbar und trank Gin Tonic, aber nur so viel, dass die Schuldgefühle, die ihn jetzt übermannten, gedämpft wurden. Ja, er hatte Carolyn verlassen, und das wollte er auch auf keinen Fall rückgängig machen. Das war es auch nicht, was ihm Kopfzerbrechen bereitete. Sie würde seine Entscheidung sehr wahrscheinlich nicht verstehen. Wie sollte sie auch? Für sie musste es so aussehen, als ob er verrückt geworden wäre. Nein, das Problem war nicht, dass er sich endlich von seiner Frau trennte, wie er es in Momenten der Wahrheit in den vergangenen Jahrzehnten immer wieder vorgehabt hatte. Die Schwierigkeit war, dass er sich aus einem geschlossenen System herausbewegte und ihm eine Absage erteilte, nämlich dem System seiner Familie, das

Carolyn und auch er aufgebaut hatten. Er ging raus, und das System geriet dadurch ins Wanken. Aber er war sich sicher, dass Carolyn alles dafür tun würde, um dieses Wanken zu vertuschen. Sie würde ihr Familienschiff weiter auf Kurs halten, zuerst mit großer Anstrengung, dann würde es ihr aber nicht mehr ganz so schwer fallen. Finanzielle Probleme würde sie nicht bekommen. Das war er ihr schuldig. Wenn er seine Dinge in Berlin geregelt hätte, würde er sich mit seinem Anwalt in Verbindung setzen, um die Scheidung einzuleiten.

John wunderte sich darüber, dass er so sachlich an Scheidung denken konnte, als ob dieser Gedanke schon sehr lange in seinem Kopf gewesen wäre. Er ahnte, dass, einerlei, wie Elisabeth reagieren würde, der Weg nach Boston für ihn versperrt wäre. Aber dieser Gedanke machte ihm keine Angst, denn das System, das er verlassen hatte, gehörte nicht zu ihm, sondern zu seiner Frau. Immer mehr kam er zu der Überzeugung, dass Carolyn ihn damals in ein von ihr schon vorgegebenes Bild von ihrem zukünftigen Leben eingesetzt hatte. Ihr war von Anfang an klar gewesen, wie sie leben wollte. Als sie ihn traf, dachte sie, er wäre genau der Richtige, um das Puzzle in ihrer Vorstellungswelt zu komplettieren. Ein Mann, der ihr finanzielle Sicherheit gab und Schutz, der gewährleistete, dass ihre eigene Familie genauso viel Ansehen genoss wie die Familie ihrer Eltern. Ein Mann, der so viel arbeitete, dass er nur am Rande der Familie eine Rolle spielen konnte, einer Familie, deren Zentrum von Anfang an Carolyn bildete, um das sich alle anderen wie selbstverständlich drehten, ohne sich jemals zu fragen, ob es auch anders ginge.

Auch er hatte sich all die Jahre um sie gedreht und nicht begriffen, dass sie nicht selbstlos und aufopferungsvoll war, wenn sie sich mit solcher Hingabe um ihre Kinder kümmerte, sondern egoistisch, weil sie nicht zulassen wollte, dass er eine Beziehung zu seinen Kindern aufbaute, als sie noch klein waren, die unabhängig von ihr existieren konnte. Mit den beiden Mädchen hatte er es auch nicht erreicht, etwas Eigenes zu gestalten, nur mit seinem Sohn, aber auch erst, als der anfing, sich für das Geschäft zu interessieren.

Er würde seine Kinder vermissen, das war ihm klar, aber er konnte zumindest hoffen, dass sie irgendwann die Möglichkeit bekämen, darüber nachzudenken, ob seine Entscheidung für ein neues Leben wirklich so unbegreiflich war.

John ging in sein Hotelzimmer und legte sich aufs Bett. Es war eines dieser unpersönlichen Hotels mit großem Fernseher und Minibar, Duschhauben und Seifen in Pappschachteln, wie er sie in den vergangenen Jahrzehnten tausendmal bewohnt hatte. Er holte sich noch ein Bier aus der Bar und schaltete den Fernseher an. Er starrte auf den

Bildschirm, ohne etwas wahrzunehmen, und trank direkt aus der Flasche.

Sollte er Elisabeth anrufen? Und wenn sie nicht zu Hause wäre? Oder nur verhalten reagierte? Würde ihn dann der Mut verlassen? Würde er dann aufstehen, seine Koffer nehmen, das Hotelzimmer verlassen und nach Boston zurückkehren, nur weil er sie überrumpelt hatte und sie vielleicht nicht so reagieren konnte, wie sie eigentlich gewollt hätte?

John versuchte, sich auf das Fernsehen zu konzentrieren, um die Zweifel zu verscheuchen, die ihn packten. Er wollte sich nicht vorstellen, dass Elisabeth längst einen neuen Mann gefunden hatte. Er wollte sich nicht vorstellen, dass sie ihn kühl zurückweisen könnte. Er trank noch ein Bier und beschwor das Bild herauf, an dem er sich in den vergangenen Monaten festgehalten hatte, wenn er allein unterwegs gewesen war: dass Elisabeth ihn mit offenen Armen empfangen würde.

John hatte gedacht, dass seine Familie zumindest Anstalten machen würde, ihn zu suchen. Er hatte sich vorgestellt, jedenfalls Michael auf dem Flughafen zu treffen, um ihn von seinem Flug nach Deutschland abzuhalten, aber niemand schien sich für seinen Entschluss zu interessieren. Eigentlich hätte er ja erleichtert sein müssen, aber er war es nicht, sondern im Gegenteil verletzt. So schnell strichen sie ihn aus ihrer Familie?

War er wirklich nur immer Zaungast gewesen? Und wie viel lag es an ihm selbst, dass es dazu gekommen war? Er grübelte auf dem Weg zum Flugzeug und auch noch, als sich die Maschine in die Luft erhob. Aber als die »Bitte nicht rauchen«-Schilder ausgingen, fiel ihm ein, dass Carolyn sehr wahrscheinlich gar nicht gesagt hatte, warum er bei seiner eigenen Geburtstagsparty nicht anwesend gewesen war. Sie hatte es nicht zu erklären brauchen, denn es war nicht das erste Mal, dass er seine Familie mit seiner Abwesenheit beehrt hatte, wenn er eigentlich die Hauptperson des Festes hätte sein sollen.

Er musste sich eingestehen, dass er gegenüber seiner Familie oft nicht sehr aufmerksam gewesen war. Gut, an diesem Umstand konnte er nichts mehr ändern. Aber er würde sich in Zukunft anders verhalten und mehr darauf achten, die Wünsche derjenigen, mit der er zusammen lebte, zu respektieren und zu berücksichtigen.

Aber würde er eigentlich mit Elisabeth Zusammenleben? Was, wenn sie ihn gar nicht haben wollte?

John versuchte den Gedanken wegzuschieben, während er sein Menü aus der Plastikschale aß. Er hatte extra nicht Business Class gebucht wie sonst immer, sondern Economy, aber diesen Anflug von Sparsamkeit schon bald wieder bereut. Er fühlte sich beengt. Sein Nachbar war zwar ruhig und schien auch in Gedanken vertieft zu sein, aber Körperkontakt ließ sich nicht vermeiden.

Nicht nur einmal stießen ihre Arme zusammen, und das Aftershave des Mitfliegers gefiel John ganz und gar nicht.

Und er stellte sich vor, dass er in Zukunft wohl noch in anderen Bereichen auf Luxus würde verzichten müssen. Nicht unbedingt, weil ihm die finanziellen Mittel fehlten, sondern weil Elisabeth keinen Bezug zu den Dingen zu haben schien, die er in den vergangenen Jahrzehnten zu schätzen gelernt hatte.

Sie hatte, wie er fand, eine zutiefst sozialistische Einstellung, und er wusste, dass diese Sichtweise ihn in Zukunft nicht nur einmal zur Raserei bringen würde. Aber es bestand zumindest die Möglichkeit, dass sie auch von ihm etwas lernen würde, nämlich dass das Leben mit ein wenig mehr Luxus leichter werden konnte.

Das fing schon bei ihrer Wohnung an. Sie war sehr charmant, aber zu klein für zwei. Für die erste Zeit würde es gehen, aber dann würden sie wohl umziehen müssen, wenn sie sich nicht auf die Nerven gehen wollten. Er wusste nicht, ob Elisabeth überhaupt bereit sein würde, sich noch einmal zu verändern, aber irgendwann würde er dieses Thema ansprechen müssen.

John sah auf die Uhr. Es waren noch drei Stunden bis

Frankfurt. Er versuchte sich auf den Film zu konzentrieren, aber er bekam nichts von der Handlung mit, weil er den Kanal der deutschen Synchronisation eingestellt hatte und mit Schrecken bemerkte, dass er fast gar nichts verstand.

Für Gespräche mit Elisabeth würde es deshalb keine Schwierigkeiten geben, weil sie ja englisch sprachen, aber wie sollte er mit diesen rudimentären Deutschkenntnissen mit anderen in Kontakt kommen? War er überhaupt in der Lage, in seinem Alter noch eine neue Sprache zu erlernen?

Was würde er eigentlich in Berlin anfangen? Er konnte doch nicht die ganze Zeit mit Elisabeth verbringen und, wenn sie arbeiten musste, auf sie in der Wohnung warten. Er musste sich etwas Eigenes suchen, früher oder später. Aber was sollte das sein? Sollte er sich eine Arbeit suchen? Aber wer war schon an einem Endsechziger aus Boston ohne nennenswerte Sprachkenntnisse interessiert?

Ein wenig ärgerte sich John über seinen Pragmatismus, der seine überschwänglichen Gefühle für Elisabeth in den Hintergrund drängte.

Er versuchte sich einzureden, dass es erst einmal nicht so wichtig war, was er eigentlich in Berlin tat, wenn er nur mit Elisabeth zusammen sein könnte.

Nein, er durfte sich nicht wieder durch logische Überlegungen in sein altes Leben zurückziehen lassen. Er wollte sich doch gerade von dem gesamten Pragmatismus lösen, um nur seinen Gefühlen zu folgen.

Lind was wäre, wenn diese Gefühle trogen? Wenn er nach einiger Zeit feststellen müsste, dass Elisabeth und er doch nicht zusammenpassten? Würde Carolyn so großherzig sein und ihn wieder aufnehmen, ihm dieses Intermezzo mit einer Frau, die er ja eigentlich kaum kannte, verzeihen? Er war sich nicht sicher, vermutete aber, dass sie ihm tatsächlich vergeben würde. Aber würde er denn überhaupt zurückkehren wollen?

Die Maschine setzte auf dem Rollfeld des Frankfurter Flughafens auf. John verbot sich alle weiteren Gedanken, die die Zukunft betrafen, starrte auf die Stuhlreihe vor sich.

Bei der Vorstellung, Elisabeths Stimme vielleicht in ein paar Minuten zu hören, begann sein Herz bis zum Hals zu klopfen.

Er wartete ungeduldig, bis er aussteigen konnte, und strebte dann dem nächsten Telefon zu, das er in der Flughafenhalle finden konnte. Eigentlich hatte er wenig Zeit, denn der Anschlussflug nach Berlin ging in einer Dreiviertelstunde.

Er kramte den Zettel mit Elisabeths Telefonnummer aus der Manteltasche, strich das Papier mit nervösen Fingern glatt, stellte fest, dass er zwar deutsche Scheine hatte, aber keine Münzen besaß, ging an eine Bar in der Nähe, um Geld zu wechseln, kam zurück mit einer Hand voll Münzen, die zu bekommen er sein ganzes Repertoire an Charme benötigt hatte, musste warten, weil das Telefon jetzt besetzt war, wanderte vor der Telefonzelle nervös auf und ab und merkte nicht, dass die Frau, die telefonierte, nach irritierten Blicken in seine Richtung entnervt den Hörer auflegte.

»Endlich!«, hätte er der Frau am liebsten nachgerufen. Er holte erneut den Zettel aus der Tasche, strich ihn glatt und wählte Elisabeths Nummer.

Es erklang das Freizeichen. Er ließ es klingeln. Nach dem zehnten Klingeln sah er auf die Uhr. Es war jetzt Sonntagmorgen halb neun. Elisabeth musste doch zu Hause sein. Nach dem zwanzigsten Klingeln gab er auf.

Enttäuscht legte er den Hörer auf die Gabel. Aus dem Lautsprecher hörte er seinen Namen. »Mr Smithfield, kommen Sie bitte zu Gate 14, Mr Smithfield, dies ist der letzte Aufruf für den Panam-Flug 324 nach Berlin.«

Er hastete in Richtung Gate 14. Er musste sich unendlich konzentrieren, um die Dinge, die sonst eigentlich für ihn Routine waren – das Ticket über die Theke schieben, die Bordkarte entgegennehmen, mit dem Mantel über dem Arm und dem dicken Aktenkoffer, den er immer als Handgepäck dabeihatte, seinen Platz suchen – überhaupt ausführen zu können.

In seinem Innern tobte Verzweiflung. Am liebsten hätte er

Elisabeth alle fünf Minuten angerufen, in der Hoffnung, dass sie dann vielleicht ans Telefon käme.

Aber er musste sich jetzt wieder eine Stunde gedulden, sein Handgepäck verstauen, sich anschnallen, darauf achten, den Nachbarn nicht zu berühren, was in dieser kleinen Maschine so gut wie ausgeschlossen war. Er bestellte sich bei der Stewardess einen Wodka Martini, weil er hoffte, dass es ihm dann besser gehen würde, aber der Drink bewirkte nur, dass sich das elende Gefühl im Magen noch verstärkte.

John ging in die Bordtoilette und benetzte seine Arme und sein Gesicht mit Wasser und betrachtete sich dabei im Spiegel. Er sah wirklich ziemlich angegriffen aus, übernächtigt und unrasiert und sehr alt. Vielleicht war es besser, Elisabeth nicht direkt vom Flughafen anzurufen. Es hing zu viel von diesem Anruf ab. Außerdem wusste er noch überhaupt nicht, was er ihr sagen sollte.

Er beschloss, sich etwas mehr Zeit zu geben und alles genauer vorzubereiten. Denn ihm fiel plötzlich auf, dass er in den vergangenen Monaten alle Möglichkeiten eines Wiedersehens durchgespielt hatte, aber niemals die Möglichkeit, dass er nach Berlin fahren und sich vor ihre Tür stellen würde. Er hatte sich diese Vorstellung verboten. Es war zwar nicht leicht gewesen, sich so zu disziplinieren. Oft war er nachts unter dem Vorwand aufgestanden, ihn würden das schwere Essen und die aufputschende Wirkung des Nikotins daran hindern einzuschlafen. Er war ins Wohnzimmer gegangen und hatte sich dort in einen Sessel gesetzt und aus dem Fenster gesehen, geraucht, Musik gehört, einen Drink gemixt und war erst dann wieder ins Bett gegangen, wenn das innere Zittern nachließ, das die Sehnsucht nach Elisabeths Stimme, ihrem Körper und ihrem Lachen verursachte. Und dann hatte er sich wieder ins Bett gelegt und auf den Morgen gewartet, wieder ein Morgen ohne Elisabeth, aber daran war er ja gewöhnt. Das hatte er wenigstens bis vorgestern gedacht. Aber jetzt wusste John, dass er sich geirrt hatte und man diese Gefühle nicht einfach wegsperren konnte, dass auch sein fortgeschrittenes Alter und seine Lebenserfahrung ihm nicht dabei halfen und er nur Ruhe finden würde, wenn er sich dem Wiedersehen mit Elisabeth stellte.

Je näher John seinem Ziel Berlin kam, desto mehr beschlichen ihn dennoch Zweifel. Vielleicht liebte Elisabeth schon längst jemand anderen, vielleicht war sie mit ihm weggezogen? Warum hatte er nicht früher an diese Möglichkeit gedacht?

Blödsinn, rief John sich zur Ordnung, sie hat mich genauso geliebt wie ich sie, das habe ich gespürt. So etwas schmeißt man nicht einfach über Bord und wirft sich einem anderen an den Hals.

Im Hotel Kempinski am Kurfürstendamm begrüßte man ihn mit Namen, sein Zimmer ging nach hinten raus und war deshalb ruhig. Er gab dem Boy mit dem Gepäck ein üppiges Trinkgeld, prüfte dann die Minibar, schenkte sich ein Bier ein und riss eine Erdnusspackung auf, wie er es immer tat, wenn er in einem Hotel übernachtete. Diese schon hundertmal ausgeführten kleinen Verrichtungen gaben ihm Halt, und er wurde ruhiger.

Er ließ sich ein Bad ein, tauchte ins Wasser und schloss die Augen. Die Wärme entspannte seinen Körper. Es wird schon gut gehen, sagte er sich. Aber wirklich überzeugt war er davon nicht.

25. Kapitel

Es war wieder einer dieser Montage, in die sich Elisabeth gern fallen ließ, seit John gegangen war. Sie traf sich um zwei mit Katja in der Musikhochschule zur Probe, um mit ihr das neue Programm für das nächste Konzert noch einmal durchzugehen. Danach musste sie schnell essen gehen, denn sie erwartete ab siebzehn Uhr zu Hause noch zwei Gesangschülerinnen.

Elisabeth stand gegen halb neun Uhr auf und verließ die Wohnung. Sie hatte sich angewöhnt, am Montag unten im Café zu frühstücken und die Zeitung zu lesen.

Vormittags war es um diese Jahreszeit noch zu frisch, um draußen zu sitzen, deshalb nahm sie einen Tisch in der Ecke, von dem aus sie den Eingang im Blick hatte, denn ihr machte es Spaß, die hereinkommenden Leute zu beobachten, während sie ihren Milchkaffee trank und ihre erste Zigarette des Tages rauchte.

Gestern war einer jener steingrauen Tage gewesen. Sie war schon um sieben Uhr aufgewacht mit dem Wissen, auf keinen Fall wieder einschlafen zu können, denn die Sehnsucht nach John hatte sich ihr auf die Brust gelegt, so dass sie nur noch schwer Luft bekam.

Sie war aufgestanden, hatte sich etwas Sportliches angezogen, Kaffee in eine Thermoskanne gefüllt und war mit ihrer Ente in den Grunewald gefahren und dann stundenlang durch den Wald gelaufen – aber nicht dorthin, wo sie mit John gewesen war. Sie fuhr nicht nach Nikolskoe, das hätte sie nicht ertragen.

Als sie in der Dämmerung nach Hause kam, hatte sie sich zwar nicht besser gefühlt, aber sie war wenigstens so müde, dass sie gleich einschlafen konnte, nachdem sie das Telefon ausgestöpselt hatte, weil sie nicht gestört werden wollte.

Sie war auch nicht in der Nacht aufgewacht und jetzt vollkommen ausgeschlafen wie schon seit Monaten nicht mehr.

Das ist wenigstens etwas, dachte Elisabeth. Und freuen werde ich mich spätestens dann, wenn ich mit Katja probe.

John wusste nicht mehr weiter. Sonntagnachmittag hatte er versucht, Elisabeth anzurufen, ohne Erfolg, Sonntagabend vergeblich ihre Nummer gewählt und dann aus Verzweiflung zu viel getrunken, so dass er am nächsten Morgen erst um halb zehn aufgewacht war und deutlich merkte, dass er etwas gegen seine Kopfschmerzen unternehmen musste, bevor er wieder versuchte, Elisabeth zu erreichen.

Mittlerweile kam er sich so dämlich wie ein pubertierender Schuljunge vor, der zum ersten Mal verknallt ist und es nur fertig bringt, seine Angebetete von weitem zu bewundern, oder sie nur dann anruft, wenn er ganz sicher sein kann, dass sie und der Rest ihrer Familie nicht zu Hause sind. Warum war er nicht schon gestern in der Lage gewesen, einfach zu ihrer Wohnung zu fahren und zu läuten? Dann hätte er die Antwort auf all die Fragen gehabt, die er sich in den vergangenen Monaten zu selten gestellt hatte und die ihn jetzt bestürmten, nämlich die Frage nach Elisabeths Gefühlen ihm gegenüber. War es wirklich so sicher, dass sie ihn liebte? Sie hatte ihn in den ganzen Monaten nicht ein einziges Mal versucht zu erreichen. Sie hatte ihn nicht daran gehindert wegzugehen, sie hatte weder geweint noch geschimpft, als er ihr mitteilte, dass er nach Boston zurückkehren würde.

Johns Gedanken drehten sich in einem immergleichen Reigen. Er hatte sie gestern Abend nicht anhalten können – außer durch das schnelle Trinken von vier Whiskeys mit wenig Wasser. Danach war es ihm besser gegangen, aber nur deshalb, weil er zu betrunken gewesen war, um überhaupt noch an irgendetwas zu denken.

Am Montagmorgen gegen drei Uhr wachte er auf, weil ihm übel wurde. Als es ihm wieder etwas besser ging, griff er zum Telefonhörer und hatte die Nummer schon halb gewählt, als ihm einfiel, wie spät es war, und er den Hörer wieder abrupt auf die Gabel zurücklegte. Nein, Elisabeth um drei Uhr morgens zu wecken und sie damit zu konfrontieren, dass sie ihr Leben ändern sollte, war keine gute Idee.

Nach einem Frühstück mit Rührei und Speck, das er sich immer genehmigte, wenn er exzessiv getrunken hatte, rief er wieder an, mittlerweile konnte er ihre Nummer auswendig, aber Elisabeth ging nicht ans Telefon.

Er musste dieser Qual ein Ende setzen, indem er sie zu Hause aufsuchte, selbst auf die Gefahr hin, dass sie nicht da war und er stundenlang im zugigen Treppenhaus warten musste, bis ihm jemand eine Auskunft geben konnte. Er war sich ziemlich sicher, dass sie immer noch dort wohnte. Ihre Nummer stand noch unter derselben Adresse im Telefonbuch. Trübsinnig saß John unten in der Eingangshalle, trank seinen dritten Kaffee und wusste nicht weiter. Und er dachte nicht zum ersten Mal in den letzten zwei Tagen daran, Carolyn anzurufen, sie um Verzeihung zu bitten und die ganze Angelegenheit auf sich beruhen zu lassen. Aber dann würde er sich täglich die Frage stellen, was geschehen wäre, wenn er sie wiedergesehen hätte.

Wo konnte sie sein? Zu Hause war sie nicht. Er wusste nicht, wo Katja wohnte. Aber vielleicht probte sie mit ihr ja noch in der Musikhochschule?

26. Kapitel

Im Foyer der Musikhochschule drängten sich die Studenten, niemand achtete auf John. Es gab nur eine Chance, Elisabeth irgendwo zu erwischen, nämlich in den Probenräumen, die überall im Gebäude verstreut lagen. Aber wo sollte er anfangen? Er ging zum schwarzen Brett, weil er hoffte, dort zu erfahren, wer in welchem Probenraum übte. Aber er war viel zu unkonzentriert, um sich durch den Wust der Ankündigungen hindurchzuarbeiten. Er musste das gesamte Gebäude absuchen. Er ging eine breite Treppe mit einem dunklen gusseisernen Geländer hinauf, hielt sich am Handlauf aus hellem Holz fest, weil er sich plötzlich schwach fühlte. Sein Vorhaben erschien ihm auf einmal absurd, und er fühlte sich viel zu alt, um sich auf ein solches Abenteuer einzulassen. Aber er wusste auch, dass er schon zu weit gegangen war, um noch einmal umzukehren.

Er begann bei den Probenräumen im dritten Stock. Hier oben war er noch nie gewesen. Den Fußboden bedeckte grünes Linoleum, von der Decke baumelten Kugellampen aus weißem Milchglas, die beige-braunen Wände schienen noch dunkler, weil kein Sonnenlicht durch die hohen Fenster mit den kleinen Scheiben fiel. Heute war der Himmel bedeckt. Eigentlich wäre es hier oben trostlos, wenn nicht das Klavierspiel gewesen wäre, das aus einem der Probenräume erklang. Es war eindeutig etwas Romantisches, vielleicht Mahler. John setzte sich auf eine Holzbank und hörte dem Spiel zu. Und er meinte Chaim wieder vor sich zu sehen, wie er ihn in jenem Jahr in Hamburg in den Probenräumen der Musikhochschule oft vorgefunden hatte: selbstvergessen über das Klavier gebeugt, versunken in seiner Welt, für niemanden erreichbar, vollkommen uninteressiert an allem, was nicht mit Musik zu tun hatte. John hatte sich still auf einen Stuhl gesetzt und darauf gewartet, bis sein Freund mit dem Spiel fertig war, einerlei, ob er Karten fürs Kino hatte und die Vorstellung in einer Viertelstunde begann oder zwei Mädchen am Bahnhof darauf warteten, abgeholt zu werden.

Er sah aus dem Fenster auf den Innenhof, wo Schilf und Gras wuchsen, und beneidete den Klavierspieler hinter der Tür um die Möglichkeit, durch sein Spiel aus der Banalität des Alltags zu flüchten, wann immer er wollte.

Auch Elisabeth konnte das, wenn sie sang, wenn auch nicht so bedingungslos wie Chaim. Bei ihm hatte er immer das Gefühl gehabt, dass ihn wirklich nichts anderes auf der Welt interessierte außer Musik. Elisabeth war anders, sie hatte die Welt nie aus dem Blick verloren.

Im dritten Stock war sie nicht. Also stieg John die Treppen hinunter in den zweiten Stock. Hier wirkte der Flur mit den Probenräumen nicht so düster. Das Linoleum war nicht grün, sondern rot, und einige Sonnenstrahlen fielen jetzt durch die Fenster und zeichneten schräge Schatten auf den Boden. Mit Anfang zwanzig hätte er jede der hellbraunen Holztüren aufgerissen, wäre einfach in die Proben hereingeplatzt und hätte die Musiker gefragt, ob sie wüssten, wo Elisabeth oder Katja seien. Aber in seinem Alter brachte er so etwas nicht mehr fertig. Er beschloss, an den Türen vorbeizugehen und notfalls das Ohr an das Holz zu legen, um besser horchen zu können, aber die Tür nicht zu öffnen.

Langsam schritt er den Gang ab. Er hörte Klavier, Cello, und noch einmal Klavier, aber nicht Elisabeths Stimme. Als er am Ende des Ganges angekommen war, drehte er sich um und ging noch einmal langsam zurück, blieb vor jeder Tür stehen und lauschte. Und da hörte er ihre Stimme, diese für ihn unvergleichliche Stimme. Mit der Erinnerung an ihren Klang war er abends eingeschlafen und morgens wieder aufgewacht. Die Sehnsucht nach ihrer Stimme war fast genauso stark gewesen wie die Sehnsucht nach ihrem Körper, und er hatte die Hoffnung, diese Stimme noch einmal zu hören, niedergekämpft. Jetzt war sie dort hinter der Tür und ganz nah an seinem Ohr. Er lehnte den Kopf gegen die Tür, lauschte dem warmen Klang und hoffte, dass niemand ihn dabei überraschen würde. Er wartete.

Nächste Woche gab Katja ein Konzert, dieses Mal in einer kleinen Bar, und sie sang nicht Chaims Lieder, sondern Chansons und Songs, teilweise auch solche, die Elisabeth selbst früher in ihrem Repertoire gehabt hatte, wie My funny Valentine, was immer noch genauso gut ankam wie früher aber auch Ne me quitte pas von Jacques Brei und Ma solitude von Georges Moustaki. Und Cole Porters: Just one of those things. Dieses Lied sang Katja mit einem verschmitzten Lächeln. Anscheinend hatte sie in den vergangenen Monaten eine Menge Erfahrungen gesammelt, was Affären ohne Konsequenzen anging, dachte Elisabeth.

Heute war kein guter Tag für das Liebeslied von Jacques Brei. Elisabeth setzte sich ans Klavier und spielte die ersten Akkorde. Sie hatte das Stück für Katjas Alt transponieren müssen. Zuerst war es ungewohnt gewesen, Katjas klare Stimme zu hören anstatt Breis rauchiger, trauriger. Katja hatte dieses Lied zu klar und zu wenig verzweifelt gesungen, und es hatte lange gedauert, bis sie überhaupt verstand, worum es ging. Brei sang »Verlass mich nicht«, und Elisabeth bereute es jedes Mal, dass sie das nicht zu John gesagt hatte. Sie hatte Katja das Lied vorgesungen. Ihr Herz fühlte sich dabei ganz klein und zusammengezogen an. Schließlich hatte Katja begriffen.

Hört das eigentlich nie auf?, fragte sie sich oft. Ich bin 66, langsam müsste ich doch das Interesse daran verlieren. Aber sie dachte fast jede Nacht vor dem Einschlafen daran, wie es wäre, mit John zu schlafen.

Jetzt versuchte sie sich auf die Begleitung von Ne me quitte pas zu konzentrieren, aber dieses Mal gelang es ihr nicht. Ihre Finger wurden feucht und rutschten ab, sie verspielte sich zu oft, und Katja sah stirnrunzelnd zu ihr herüber.

»Ich denke, wir lassen es für heute«, sagte Elisabeth, als das Stück endlich zu Ende war. Sie wollte so schnell wie möglich nach Hause und allein sein.

»Gehen wir noch ins Café?«, fragte Katja, und es klang so, als ob sie ihr etwas erzählen wollte, aber heute hatte Elisabeth keine Lust auf Gespräche über Liebhaber oder Musik.

»Tut mir Leid, habe etwas Kopfschmerzen. Vielleicht sage ich meinen anderen Schülerinnen ab.«

Sie packte ihre Noten in die Tasche. »Ich sehe dich am Mittwoch.« Sie öffnete die Tür.

Elisabeth hatte die Wiedersehenszene in Gedanken in den vergangenen Monaten so oft durchgespielt, so oft die Vorfreude vorweggenommen, dass sie in dem Moment, als sie tatsächlich geschah, gar nichts empfand außer Staunen.

John saß gegenüber vom Probenraum auf dem Fenstersims und sprach mit einer Studentin. Anscheinend versuchte er ihr zu erklären, dass er keine Hilfe brauche und die junge Frau auch nicht anklopfen solle, sondern dass er lieber warten wolle. Er mühte sich mit seinem Deutsch ab, das in der Zwischenzeit nicht besser geworden war, und lachte dabei verlegen. Elisabeth bemerkte, dass die junge Frau ihn charmant fand, und das machte sie stolz. Sie wollte auf ihn zulaufen und sich ihm in die Arme werfen, aber sie konnte nicht. Sie wollte etwas sagen, aber ihr kam kein Wort über die Lippen.

Zuerst bemerkte er sie nicht, doch dann wies die junge Studentin auf sie und verabschiedete sich von ihm. Auch Katja war ohne ein Wort gegangen, als sie John entdeckt hatte.

Er drehte sich zu Elisabeth um, stand auf und kam ein paar Schritte auf sie zu. Er trägt seinen Ring nicht mehr, dachte Elisabeth. Sie begegneten sich in der Mitte des Flures und umarmten sich schweigend.

Epilog

Sie fuhren mit dem Doppeldeckerbus bis zum ehemaligen Reichstagsgebäude. John hatte Mühe, die schmalen, steilen Stufen der eisernen Wendeltreppe hinunterzusteigen. Er musste sich darauf konzentrieren, nicht zu stolpern, und sich gleichzeitig beeilen, um noch rechtzeitig unten anzukommen.

Elisabeth wartete vor dem Bus auf ihn. Sie trat von einem Bein auf das andere. Offensichtlich war ihr kalt. John wunderte es nicht, denn sie hatte statt ihres Wintermantels mal wieder ihre Lederjacke ohne wärmendes Innenfutter angezogen. Aber er hatte in den vergangenen Jahren gelernt, sich nicht mehr darüber aufzuregen, wenn sie sich nicht richtig anzog und auch bei Minusgraden mit offener Jacke aus der Wohnung ging. Als er bei ihr ankam, klappte er ihr den Mantelkragen nach oben und knöpfte ihr den obersten Knopf zu. Sie lächelte.

»Eigentlich nicht das richtige Wetter, um hier draußen herumzulaufen«, murmelte er und setzte den Hut auf seine mittlerweile weißen Haare. Er zog seine schwarzen Lederhandschuhe an und hakte sich bei Elisabeth unter. So gingen sie seit einiger Zeit spazieren, wenn er seinen Stock vergessen hatte.

Elisabeth erwiderte nichts auf seine kleine Bemerkung, schaute ihn noch nicht einmal an. Sie schritt schweigsam neben ihm her, sah auch nicht nach vorne, sondern auf den Boden, als ob sie dort etwas suchen würde.

Sie waren ganz gegen ihre Gewohnheit früh aufgestanden und hatten sich mit dem Frühstück nicht viel Zeit gelassen, aber dennoch umgaben sie an diesem Ort zu dieser Zeit ungewöhnlich viele Menschen. Es war ein Tag vor Weihnachten 1989.

»Ich habe Angst«, flüsterte Elisabeth plötzlich und blieb stehen. John drehte sich zu ihr um. Er versuchte, den Ausdruck ihrer Augen zu erforschen, aber sie hatte ihren dunkelgrauen Hut tief in die Stirn gezogen. Stattdessen nahm er ihre Hände und wärmte sie, weil sie wie immer ihre Handschuhe vergessen hatte.

»Angst«, fragte er, »warum?«

»Weil ich nicht weiß, ob ich den Erinnerungen standhalten werde«, sagte sie. »Oder der Freude«, fügte sie sehr leise hinzu. Er wusste, was sie damit ausdrücken wollte. Auch er fürchtete sich vor dem Moment, in dem sie wieder durch das Brandenburger Tor gehen würden. Für ihn war Berlin damals nur eine Episode in seinem Leben gewesen. Sie dagegen hatte all die Jahre der Mauer erlebt, sie erlitten und erduldet und irgendwann aufgehört zu hoffen, dass sie sich in der Stadt, die sie mit all ihrer Verzweiflung auch noch in den dunkelsten Stunden liebte, wieder frei bewegen können würde.

Und nun war es von heute auf morgen geschehen. Vor knapp sechs Wochen. Und sie hatten das große Ereignis verschlafen, weil sie am Abend noch eine Flasche Wein zusammen getrunken und den Stöpsel aus dem Telefon herausgezogen hatten, um ungestört zu sein. Elisabeth tat so etwas öfter, und mittlerweile hatte er sich daran gewöhnt und geriet nicht mehr in Panik, irgendetwas Wichtiges zu verpassen.

Am nächsten Morgen hatte Katja bei ihnen Sturm geklingelt. Es musste erst sieben Uhr gewesen sein. »Die Mauer ist auf«, hatte sie ihnen gesagt und dabei so nach Alkohol aus dem Mund gestunken und vollkommen glasige Augen gehabt, dass John sich ernsthaft gefragt hatte, ob er nicht einen Notarzt anrufen sollte.

Aber Elisabeth hatte die Situation sofort begriffen, sich in ihrer unvergleichlichen Art irgendetwas zum Anziehen übergeworfen und war aus der Wohnung gestürmt, ohne auch nur von ihm Notiz zu nehmen. Er war ihr erst eine Stunde später gefolgt, weil er gespürt hatte, dass sie diesen Moment ohne ihn erleben wollte. Und er hatte sie dann am

Grenzübergang Friedrichstraße gefunden, wo sie nur stumm die Menschen betrachtete, die an ihr vorbeizogen. Danach lag sie eine Woche mit einer schweren Grippe im Bett, und er hatte zum ersten Mal in seinem Leben wirklich Angst gehabt, allein auf dieser Welt zurückzubleiben und mit diesem Zustand dann nicht fertig zu werden.

Aber jetzt war sie wieder gesund und schien vergessen zu haben, wie schwach sie sich noch vor kurzem gefühlt hatte.

»Komm. Lass es uns hinter uns bringen«, sagte sie plötzlich entschieden und ging ein Stück voraus. Ihre plötzlichen Stimmungsumschwünge erstaunten ihn schon lange nicht mehr, und er meinte auch nicht mehr, etwas von seinem Stolz einzubüßen, wenn er sich ihnen beugte. Deshalb beeilte er sich, hinter ihr herzukommen.

Kurz bevor Elisabeth unter dem Brandenburger Tor angekommen war, hatte er sie eingeholt.

Sie reichte ihm die Hand, ohne ihn anzusehen. Und er zog seinen Handschuh aus, bevor er sie ergriff.